edition hochfeld

Die Identität des Erschlagenen, den man an einem Montagmorgen im Spätsommer zwischen den alten Bäumen nahe dem Wasser findet, steht schnell fest. Es handelt sich um den Journalisten Günther Bamm. Der Tatort, den Conrad Schielin und Lydia Naber vorfinden, gibt über eines sofort Auskunft: Der Täter war brutal und gezielt vorgegangen, und ein Raubmotiv spielte offensichtlich keine Rolle.

Die Ermittlungen führen Schielin zu einem Londoner Kunsthändler, der auf der Suche nach einem seit Kindertagen vermissten Gemälde ist, und in die Welt der Verwalter und Betreuer. Zudem unterhielt Günther Bamm ein bizarres Verhältnis zu einer Lehrersfrau. Kann sie weiterhelfen?

Fragen genug, um sich auf einsame Wanderungen mit Esel Ronsard zurückzuziehen und nachzudenken.

Jakob Maria Soedher lebt und arbeitet als Autor und Fotograf in Augsburg. Seine Kriminalromane erscheinen in der edition hochfeld (Augsburg) und im Aufbau-Verlag (Berlin). Er ist Mitglied der Autorenvereinigung *Das Syndikat*. Weitere Informationen auf der Autoren-Website unter: *www.soedher.de*

Schielins dritter Fall

Heidenmauer

edition hochfeld

1. Auflage
Mai 2009
edition hochfeld, Augsburg

Umschlagkonzept und Gestaltung: edition hochfeld
Titelbild: Ullrich-Jürgen Schönlein
Lektorat: Hilke Bemm, Affing
Satzherstellung: Amann, Aichstetten
Gesamtherstellung: CPI Ebner & Spiegel, Ulm
Printed in Germany

ISBN: 978-3-9810268-8-7
www.edition-hochfeld.de

Ein guter Ruf ist köstlicher denn großer Reichtum,
und Gunst besser denn Silber und Gold.
Reiche und Arme müssen untereinander sein;
der HERR hat sie alle gemacht.

Salomo (Prediger 7,1)

Heidenmauer ist ein Kriminalroman. Handlung und Personen sind frei erfunden. Etwaige Namensgleichheiten oder Ähnlichkeiten mit lebenden Personen oder Ereignissen sind rein zufällig und unbeabsichtigt.
Die Professor Armbruster betreffenden Stellen sind historisch belegt. Ein kurzer Lebenslauf findet sich im Anhang.

Bad Schachen

Auf dem Laub der Bäume lag eine erste Ahnung von zartem Gelb, indessen ein weicher milchiger Schleier über dem See ruhte und den Horizont verhüllte. Aus dem Nichts über dem Wasser rollte das ferne Grollen großer Schiffsmotoren, und von der Insel her drang der einsame Stundenschlag der Glocken von St. Stephan. Leo Korsch saß auf einem der schmalen Stühle draußen am Balkon und starrte in die Unendlichkeit. Zwischen den Blättern der Platanen, Buchen und denen des jungen Ginkgos, der gleich am Ufer stand, erschienen die Umrisse der Insel wie aus einem Märchenbuch.

Den rechten Rand bildete der Pulverturm, von dem aus eine imaginäre Linie entlang der ineinander verwobenen Dächer und Mauern dem Festland entgegen mäanderte – immer wieder unterbrochen von Türmen, Fahnenmasten und Giebelspitzen. Es hätte wirklich die Imagination aus einem Märchen sein können, wäre die Kühle dieses Sonntagmorgens nicht allzu spürbar an den Beinen emporgekrochen.

Am Bahndamm rangierte ein Zug. Aus der Ferne sahen die Waggons aus, als gehörten sie zu einer Spielzeugeisenbahn. In einzelnen Abteilen der Waggons war Licht auszumachen, und das Brummen der Dieselloks vernahm man nur, wenn man das Gehör darauf ausrichtete. Leo Korsch lachte ohne äußere Regung über diese Entdeckung und dachte, dass es so wäre wie mit allem: Man hört und sieht nur, was man möchte.

Er blieb noch eine Weile sitzen, bis die ersten Strahlen der aufgehenden Sonne einen farbigen Glanz in den Dunst warfen. Bald würde die Heiligkeit dieses Augenblicks verschwunden sein.

Er legte die Wolldecke beiseite, die auf seinen Knien lag. In seinem Rücken hörte er Schritte und fühlte bald darauf die warmen Hände seiner Frau auf der Schulter. Sie blieb schweigend hinter dem Stuhl stehen, und für einige Sekunden genossen beide den Blick auf das stumme Schauspiel jenseits der Brüstung des Balkons. Dann stand er auf, und sie gaben sich der wohligen Gediegenheit des Frühstückssaals hin.

Einige Tische waren schon besetzt. Die ältere Dame in Begleitung ihrer erwartungsvollen Erben saß wieder am runden Tisch, in der Ecke, direkt an der breiten Fensterfront. Sie hatte dem Fenster und allem, was sich draußen abspielte den Rücken zugekehrt und den Stuhl gewählt, der ihr den Blick in den Saal ermöglichte, was ihr interessanter erschien. Sie lächelte wissend und senkte langsam den Kopf zur Begrüßung. Leo Korsch erwiderte den Gruß, und ohne bisher ein Wort miteinander gewechselt zu haben, das über die erforderlichen Höflichkeiten hinausging, waren diese Blicke wie ein stiller Transfer von Kommunikation.

Ein junges Pärchen saß etwas verloren an einem der Tische vor dem Fenster. Sie tuschelten leise, und was an Lauten in den Raum drang ließ auf eine osteuropäische Sprache schließen. Ein anderes, nur unwesentlich älteres Pärchen, betrat den Raum. Die beiden schritten selbstbewusst in den Raum, grüßten in die Runde und begaben sich zu ihrem Tisch, der sich im Schatten der Wand befand. Beide, wie in den letzten Tagen auch, wieder im den aufmerksamen Beobachtern vertrauten Partnerlook gekleidet: hellblaues Hemd, Pullunder, Baumwollhosen, braune Lederschuhe. Für ein Paar so um die dreißig ein wenig eigenwillig, wie Leo Korsch fand. Nach der Begrüßung galt ihre schweigende Konzentration ausschließlich dem Frühstück.

Er rückte seiner Frau den Stuhl zurecht und holte vom gewaltigen Frühstücksbüffet je ein Croissant, eine Semmel, etwas Butter und Honig. Er trank mehrere Tassen Kaffee und sah schweigend hinaus auf die Fläche des Sees, auf die Bäume und ein gelassen auf den Wellen tanzendes Boot. Der Parkettboden glänzte hell. Schwarze Einlagen teilten und ordneten die Fläche in Quadrate, wodurch einem der Raum noch größer vorkam.

»Du bist aufgeregt«, stellte seine Frau ganz nebenbei und ohne Sorge in der Stimme fest.

Er schüttelte den Kopf. »Nein, nein, das nicht. Es ist eher eine gewisse Neugierde auf das, was dieser Tag wohl bringen wird.«

»Das bin ich auch – neugierig«, antwortete sie und nahm das Croissant. »Ich kenne dieses Gemälde schließlich nur aus Erzählungen.«

Nach dem Frühstück holte er sich die Zeitung und nahm in einem der bequemen Sessel des Salons Platz, Pianoklänge schwangen durch die Halle. In Gedanken summte er mit: *a kiss is just a kiss…* und dachte, nein, wirklich nicht, *sometimes it's not just a kiss.*

Später saß er wieder auf dem Balkon und sah hinüber zur Insel. Der Anblick der durch die Entfernung zu einem monumentalen steinernen Schatten zusammengedrängten Inselbauten förderte Vergangenes aus seinem Gedächtnis. Die Sonne hatte inzwischen ihr Werk vollbracht. Alle Schleier waren versengt, in der Ferne leuchteten die Berge, und nur über dem Wasser hielt sich ein schmaler Streifen lichten Dunstes. Die unschuldig weißen Segel einsamer Boote kreuzten das Blau des Wassers wie verirrte Federn, und selbst die Vögel achteten die matte Stille. Nur verhalten drang Gezwitscher aus Bäumen und Büschen. Aus der Ferne wechselte das Dröhnen von Motoren mit dem rhythmischen Schlagen der Wellen. Er schloss die Augen, fühlte die Wärme lang vergangener, heißer Sommer, schmeckte das Wasser des Sees, weich und frisch, fühlte, wie es in Perlen über Stirn und Nase rann, bis sich einige Tropfen an den Lippen verfingen.

Er schauderte in Erinnerung an die erbarmungslose Kälte eisiger Winter, fühlte den Schmerz erfrorener Füße nach stundenlangen Schlittschuhpartien auf den zugefrorenen Stellen des Sees. Und er roch die warme Stube seiner Tante wieder, sah den alten braunen Tisch mit den Intarsien vor sich stehen, hörte das knarrende Geräusch, das entstand, wenn man die Auszüge belastete. Daneben dann die beiden Sessel, das Sofa, der Duft nach warmer Milch, Honig – und immer wieder das Bild, das über dem Sofa hing und, gleich an welcher Stelle des Wohnzimmers man sich befand, den Blick unwillkürlich auf sich zog. Stundenlang hatte er auf dem Teppichboden liegen, ein Kissen unter dem Kopf, und diese weite Landschaft betrachten können. Sie hatte ihn, das Kind, entführt, weit weg in ferne Gegenden. Er war sich sicher, dass es dieses Gemälde war, das ihn mehr beeinflusst und angeregt hatte, als alles andere, was er danach sah und lernte. Mit diesem Bild hatte für ihn die Welt angefangen zu existieren, und heute war der Tag, wo es vielleicht ein Wiedersehen geben sollte. Es rührte ihn an, machte ihn still. Er saß mit geschlossenen Augen und schwelgte in lange vergangenen Zeiten, die nicht nur vergangen, vielmehr noch verloren waren.

Am Nachmittag tranken sie Kaffee auf der Terrasse. Am Steg legte eines der Schiffe an. Es war die *Karlsruhe*, wie er entziffern konnte; ein wenig stolz darauf, es ohne Brille geschafft zu haben, trotz seines Alters.

Nur eine Handvoll Leute waren ausgestiegen, kamen zurück von einer Rundfahrt, die an das schweizerische Ufer und über Meersburg und Wasserburg hierher zurück geführt hatte. Er spürte die Anspannung wachsen, obgleich es keinen Grund dafür geben sollte. Er war gesund, leidlich vermögend, liebte seine Frau, befand sich an einem der herrlichsten, friedlichsten Orte – und dennoch versetzte ihn der Gedanke, ein altes Gemälde wieder in Händen zu halten, in Aufregung. Dabei war es nicht so, dass er zu Sentimentalitäten neigte. Bei sachlicher Betrachtung handelte es sich schlicht um ein Ölgemälde, das an der tapezierten Wand über dem Sofa im Wohnzimmer seiner Tante hing.

Seine Frau las nach dem Kaffee auf dem Balkon. Er setzte die in seinem Inneren wirkende Erregtheit in Bewegung um und schlenderte zuerst ein wenig durch den Hotelkomplex. Er liebte die Großzügigkeit der Räume, die nicht einengten, vielmehr auf unaufdringliche Weise das Gefühl von Raum vermittelten und dem Einzelnen dabei dennoch den Eindruck von Intimität ließen. Lindgrün und Rosa rahmten Säle, Gänge, Salons und Zimmer. Immer wieder studierte er die Gemälde: Portraits, Landschaften, durchweg in Öl. Danach passierte er den Flugel und trat hinaus auf die Terrasse. Sein Weg führte ihn zunächst zum Steg, wo der Bootsverleiher auf einer Treppenstufe saß und einem Bekannten erzählte, dass dieser Sonntag schlecht fürs Geschäft gewesen sei. Leo Korsch lächelte, denn der Mann machte keineswegs einen unglücklichen Eindruck; ihm fiel außerdem die Redensart ein – *kein Schaden ist ohne Nutzen*, die er aber für sich behielt.

Er lehnte eine Weile am Holzgeländer, sah ohne Gedanken dem Spiel der Wellen zu und setzte seinen Weg fort. Im grellen Licht der spätsommerlichen Sonne wärmten sich vereinzelt Menschen am Ufer, tagträumten mit geschlossenen Augen in die wärmenden Strahlen oder lasen ein Buch. Der Anblick dieser Fremden wirkte beruhigend auf ihn, und er wendete schließlich im Friedenspark und ging zurück aufs Zimmer.

Appetit hatte er keinen, doch Martha bestand darauf, dass er vor dem Termin, der ihn so beschäftigte, noch mit ihr zu Abend aß. Er tat wie geheißen. Sonntags gab es Chefmenü, und es war ein Genuss. Der Speisesaal war erfüllt von Gesprächen, Klappern und Klirren, einer Melange aus Düften der unterschiedlichen Speisen und der aus dem Salon herüberschallenden Klänge des Flügels.

Leo Korsch lauschte eine Weile versonnen und sagte schließlich: »Er hatte recht …« Er ließ eine Pause, horchte weiter den Klängen nach, als müsste er selbst noch einmal genau darüber nachdenken, was er ausdrücken wollte.

»Wer hat recht?«, fragte seine Frau.

»Gottfried Benn. Er hat recht, wenn er sagt, dass Chopins Musik wie geschaffen dafür ist, aus der Ferne gehört zu werden, aus einer geöffneten Tür oder einem halb offenen Fenster kommend, wie ein Schmetterling, unverhofft und wunderschön.«

Sie sah ihn verwundert an. »Sagte er das, Gottfried Benn? Ich erinnere mich in Verbindung mit ihm an ganz andere, weniger romantische, vielmehr drastischere Schilderungen.«

»Ja sicher, aber es gibt ein Gedicht von ihm, darin sagt er das.«

Sie lächelte und nahm das Weinglas. »Du und deine Gedichte.«

Er legte die Gabel zur Seite und blickte versonnen in den Raum. »Er spielt es sehr schön, dieses Nocturne. Alle Gäste sind beim Essen, keiner der Gäste hat vorne in den Sesseln Platz genommen oder Zeit gefunden, und so spielt er für niemanden als für sich selbst, daher klingt es so, wie es sein soll. Er muss keine Erwartungen erfüllen, sondern spielt so, wie ihm gerade ist – das ist schön.«

Jenseits der Fensterscheiben brach die Dämmerung herein. Das Blau am Horizont verlor zusehends an Kraft. Drüben, irgendwo zwischen Bahndamm und Pulverturm, tauchten die ersten fahlen, gelblichen Lichter aus dem Dunkel auf. Es existierte ein Augenblick während der Dämmerung, da schien es, als würde alles Helle heller werden und alles Dunkle dunkler, doch dann brach dieses kurze Aufflackern, diese Täuschung in tiefem Schwarz zusammen.

Sie riss ihn aus seinen Gedanken. »Wann musst du eigentlich gehen?«, fragte sie.

»Wir treffen uns um einundzwanzig Uhr dreißig in der Bar des Hotels Bayerischer Hof.«

»Wieso eigentlich so spät, und warum kommt er eigentlich nicht hierher?«

»Er sagte, er käme mit einem der Schnellzüge am Abend aus München zurück, und das Hotel liegt ja gleich gegenüber dem Bahnhof, noch dazu so aufreizend schön am Hafen.«

»Dann hat er da ein Zimmer?«, fragte sie, ohne auf seine Schilderung einzugehen.

»Ich weiß es nicht, denke aber eher nicht.«

»Mir ist nicht wohl bei dem Gedanken, dass du dich in der Nacht mit einem Fremden triffst.«

»Aber ich bitte dich. Es geht doch nur um eine Information und nicht um ein Geschäft. Ich hab weder Geld noch sonst irgendetwas Wertvolles bei mir. Außerdem – wir treffen uns auch nicht wie in einem Krimi, auf einem düsteren, nebligen Parkplatz, um Koffer auszutauschen, sei also bitte unbesorgt. Jetzt bist du es, die angespannt ist.«

Sie sah ihn an, während sie einen kräftigen Schluck Wein nahm, und sagte ruhig, aber bestimmt: »Nimm bitte das Handy mit.«

Kurz nach einundzwanzig Uhr verließ Leo Korsch den Parkplatz des Hotels Bad Schachen und fuhr auf die Insel Lindau. Den Mercedes, einen Leihwagen, stellte er auf einer freien Parkfläche vor dem Hotel vis-à-vis ab. Eine kühle Brise fuhr vom Hafen her in die Stadt. Er ging zum Bahnhof, drückte die mächtige Schwingtür auf, so wie Ungezählte es vor ihm getan hatten, was an den abgewetzten Messingbeschlägen zu sehen war. Der Zug aus München war schon angekommen, und die Diesellok drückte ein grollendes Stampfen auf den funktionellen Bahnsteig. Alles hier wirkte vergehend auf ihn, so ohne Leben. Ob es im Sommer anders war, oder war auch für die Zeit der Bahnhöfe ein Horizont in Sicht?

Es war kein Strom an Reisenden, sondern ein Tröpfeln, das sich beobachten ließ. Ein paar Rucksackträger, eine feine Dame mit Rollkoffer und ein älteres Ehepaar steuerten langsam in Richtung Bahnhofshalle. Leo Korsch machte niemanden aus, den er als die Person identifizieren konnte, mit der er eine Verabredung hatte. Er ging ein paar Schritte den Bahnsteig entlang, erinnerte sich an Zeiten, da er als Junge hier mit bebendem Herzen angekommen war, und ging schließlich hinüber in die Bar des Hotels Bayerischer Hof.

Heidenmauer

Conrad Schielin saß mit seiner Frau und den beiden Töchtern am Tisch in der Küche. Das Abendessen war vorüber, und über allem lag die dezente Lähmung eines Sonntagabends, die im Unbewussten die Erwartung einer Arbeits- und Schulwoche in Körper und Geist legte und die Trauer über ein im Vergehen begriffenes Wochenende. Diese feine Lähmung zähmte beinahe auch die Widerborstigkeit und Nörgellust pubertierender Teenies.

An diesem Abend war es Lena, die jüngere von beiden, die auf fast schon mitleiderregende Weise versuchte, ein Thema zu finden, das sich für einen kleinen Küchentischeklat eignen könnte. War bei Laura das pubertäre Feuer langsam, aber erkennbar am Verlöschen, loderte es bei ihrer Schwester immer züngelnder auf. Lenas Thema war indes so alt wie langweilig; sie hatte sich die pädagogische Unfähigkeit des Lehrpersonals sowie die von diesen Wesen angewandten vorsintflutlichen Methoden ausgesucht.

Conrad Schielin hörte den Ausführungen mit halbem Ohr zu und simulierte durch fehlenden Widerspruch so etwas wie Zustimmung. Er las Zeitung, seine Frau blätterte in einem Katalog, und Laura saß mit betont gelangweilter Miene dabei und tippte auf dem Handy herum. Erst nach einer Weile wurde Conrad Schielin klar, dass es in irgendeiner Weise um Gedichte ging. Er schenkte der Diskussion daher mehr als zwanzig Prozent Aufmerksamkeit und ermittelte nach einer Weile, dass seine Tochter den pädagogischen Sinn des Auswendiglernens von Gedichten in Zweifel zog. Sie führte allerhand Argumente ins Feld, deren inhaltlicher Wert sich vor allem im intensiven Gebrauch von Fremdworten manifestieren sollte. Der Sinngehalt ihrer Argumentation hingegen blieb ihm verschlossen.

Jetzt sagte sie: »Das ist doch aus der Mottenkiste der schwarzen Pädagogik und überhaupt nicht altersgemäß. Heute existiert eine völlig andere Lernmethodik.«

Die Flüssigkeit der Argumentation und die stereotype Formulierung klangen ganz nach einem auswendig gelernten Text, und das machte ihn stutzig.

»Wer sagt das?«, fragte er argwöhnisch. Offensichtlich hatte sein Töchterchen keine Schwierigkeiten, Derartiges zu memorieren.

»Deboreas Eltern«, lautete die missmutige Antwort in der mitschwang, dass wenigstens diese Eltern so ganz auf der pädagogischen Höhe der Zeit waren.

»Au weh.« Er drehte sich zu seiner Frau herum, die nach hinten gegangen war und sich ein Glas Wein einschenkte, und fragte: »Sind das die mit der Milch?«

Sie nickte und grinste boshaft.

»Hätte ich mir eigentlich denken können ... Deborea ... wer sonst kommt auf einen solchen Namen.«

»Welche Milch?«, fragte Lena, die eigentlich altklug bemerken wollte, dass das Kind schließlich nichts für seinen Namen könne, aber dann hätte sie zu hören bekommen, wie schön ihr Name doch sei, was sie auch so sah, und ihre Neugier hätte warten müssen.

Das so banale Wort *Milch* in Verbindung mit Deboreas Eltern war irgendwie ungewöhnlich und daher von Interesse.

Conrad Schielin atmete tief aus. »Deine Mutter hat mich einmal in einen Vortrag geschleppt, bei dem es angeblich um gesunde Ernährung gehen sollte ...«, von hinten drang ein hämisches Lachen in den Raum, von dem er sich jedoch nicht irritieren ließ, »die Vortragenden waren Deboreas Eltern. Im Grunde ging es dabei nur darum, den Leuten, die in guter Absicht, und viele nur aus Höflichkeit, gekommen waren, zu erzählen, dass sie keine Milch und auch keine Milchprodukte mehr verwenden sollten, da die Milch von Kühen naturgegeben für die süßen kleinen Kälbchen da sei und dadurch, dass wir bösen Menschen diesen unschuldigen Tierkinderchen die Milch wegsaufen, würde eine ganze Nahrungsmittelindustrie aufrechterhalten, die die Umwelt zerstöre und Unglück in die Welt brächte, ich weiß auch noch, wie sie, also Deboreas Mutter, erst begann, Sojaquark zu bewerben, um dann zu Sauerampfer und Löwenzahnsalat zu kommen … so in etwa lief das ab. Es war jedenfalls eine groteske Veranstaltung. Am Ende sollten wir noch irgendeine Petition unterschreiben, einfach grauenhaft. Das Milchprojekt scheint wohl etwas erfolglos gewesen zu sein, und nun sind anscheinend die Schulen und die Lehrer dran.« Er wendete sich Laura zu, die für einen Augenblick das Handy aus dem Blickfeld genommen hatte. »Die sind übrigens auch der Meinung, dass Handys zu einem großen Teil für die Erderwärmung verantwortlich seien, nur um das mal gesagt zu haben, wegen eurer SMS werden wir mal alle ersaufen.«

Er widmete sich wieder Lena und sah sie eindringlich an. »So wie ich die kenne, gibt es doch sicher einen Aufruf, eine Unterschriftenliste oder so was.«

Lena stand auf und kam tatsächlich mit einem Flyer zurück, der den Charme von Achtzigerjahre-Flugblättern hatte. Schielin musste das Blättchen etwas von sich entfernt halten, um etwas erkennen zu können, und las, dass es zuförderst darum gehe, die Integrations- und Sozialisationsfähigkeit von Kindern zu fördern, und nicht darum, stupide Texte auswendig zu lernen. Weiter wurde angemahnt, fächerübergreifendes und erfahrungsorientiertes Lernen zu praktizieren, wie es den Ergebnissen neuer Forschungen der Entwicklungspsychologie entspräche. Interessant war der letzte Absatz, in welchem darauf hingewiesen wurde, dass niemand einen Konflikt mit den Pädagogen suche, die wertvolle Arbeit leisten würden, und man eine Mediation anrege, um die entstandenen Irritationen beseitigen zu können.

Er schüttelte den Kopf. Das war eines der neuen, gar nicht

mal so unerfolgreichen Konzepte von Querulanten: Erst brachte man die Irritation in die Welt, um im gleichen Zug deren Aus-der-Welt-Schaffung anzubieten. Wer ein solches *Angebot*, so nannte man derartige Guerillataktik, nicht annahm, war nicht *gesprächsbereit* und hatte damit den Schwarzen Peter. Gar nicht blöde angestellt, dachte er.

»Und das alles nur, weil ihr ein paar Gedichte auswendig lernen sollt? Das ist doch … was ist daran so furchtbar, und um welches Gedicht geht es eigentlich gerade?«

»Hölderlin.«

Er lehnte sich zurück. »Hölderlin! Unser ehemaliger Kanzler, der, den sie den Dicken nannten, hat einmal auf der Frankfurter Buchmesse gesagt *Hölderlin schlägt alle tot*. Das hab ich mir gemerkt, weil es irgendwie stimmt.«

Er unterbrach kurz, um dann zu fragen. »Und was genau von Hölderlin?«

»Lebensmitte«, kam es muffig.

»Und wegen der paar Zeilen gibt es so einen Aufstand? Es ist eines der schönsten Gedichte deutscher Sprache.«

Schielin sprach leise: »Mit gelben Birnen hänget, und voll mit wilden Rosen, das Land in den See …«

»Du kennst es?«, kam es überrascht.

»Ja sicher. Das muss man kennen. Es ist große Kunst, die noch dazu so einfach zu haben ist, ein paar Zeilen auswendig gelernt.«

Der kurze Anflug von Verwunderung wurde mit einer etwas bockigen Attacke überspielt. »Aber es ist doch schon unpassend, dass wir, die wir ja noch so jung sind, ein Gedicht lernen sollen mit dem Titel *Lebensmitte*.«

Schielin nickte ernst. »Weißt du, im Grunde hast du recht, und ich wünsche dir von Herzen, dass du alt und runzelig wirst. Aber es weiß doch niemand, wann er die Mitte seines Lebens erreicht hat.«

»Es geht dabei ja auch nicht um dieses Gedicht«, sagte sie, »sondern um etwas fundamental Prinzipielles.«

Schielin stand auf und ächzte ein wenig. »Ah ... immer wenn es in Deutschland um etwas fundamental Prinzipielles ging, war das nicht sonderlich von Vorteil. Kannst du das Gedicht denn schon?«

»Na klar.«

Er ging nach oben und rezitierte stumm:

Die Mauern stehn,
Sprachlos und kalt, im Winde
Klirren die Fahnen.

Im CD-Schrank suchte er ein paar Takte Entspannung. Bach wäre nicht schlecht, war ihm aber etwas zu klar. In seiner derzeitigen Gemütslage konnte nur ein Österreicher helfen. Mozart. Wieder einmal musste das Klavierkonzert Nummer 9 ran. Diesmal nahm er die alte Aufnahme von Clara Haskill.

Spät in der Nacht ging er noch einmal aus dem Haus und hinüber zur Weide am Waldrand. Er lehnte eine Weile still am Holzzaun und sah in die Nacht. Langsam hoben sich die Äste der Obstbäume, der hellen Flechten wegen, die die Borke überzogen hatten, von der Schwärze ab. Ronsard kam gemächlich angetrottet. Sein warmer Atem machte deutlich, wie kühl es geworden war.

Der Montag konnte kommen.

*

Das Wetter hatte über Nacht eine Wendung zum Herbstlichen genommen. Es waren keine Regenwolken, und auch die Sonne ließ sich an diesem Montagmorgen erkennen. Es gab nur wenige Wolken, grau und flatterig, die langsam von Westen her den See querten. Mit ihnen war eine kühle Brise gekommen, die sanft hätte sein können, wäre es nicht erforderlich gewesen, die bloßen Stellen am Hals vor ihr zu schützen. Der See lag in mattem Graublau und zeigte etwas Leben. Ein erster Zug, der von Bregenz her kam, verursachte die üblichen Staus vor den Bahnübergängen.

Schielin bereute es, keine Handschuhe mitgenommen zu haben. Je schneller er radelte, desto schneidender stieß die Kühle in die Haut. In den Büros des Gesundheitsamtes, mit denen sie sich das Gebäude teilten, brannte schon Licht. Ein Streifenwagen fuhr aus der Einfahrt hinaus in die Ludwig-Kick-Straße. Er sah eine winkende Hand – es war Jasmin Gangbacher, die da grüßte. Kimmel kam ihm im Gang entgegen und grüßte gewohnt mürrisch.

Um acht Uhr begann die Morgenbesprechung, und alle waren anwesend. Die Urlaubszeit war vorbei, und das Wochenende war ruhig gewesen, was dem Bericht von Kimmel zu entnehmen war. Ein versuchter Einbruch in einer Lagerhalle in der Ladestraße, ein Einbruch in die Lagerhalle eines Kfz-Ersatzteillieferanten, ein Pkw-Diebstahl, eine versuchte Vergewaltigung, wobei das Opfer die Anzeige aber am Sonntagnachmittag wieder zurückgezogen hatte, dazu zwei Körperverletzungen – beide Male Familienstreitigkeiten, die durch Wodka erfolgreich in Schwung gebracht worden waren. Ein Einbruch in einen alten Stadel in Unterreitnau war noch zu vermelden, dazu der übliche Kleinkram. Die Kollegen vom Trachtengau hatte es am Wochenende schwerer erwischt. Zwei Politikerbesuche auf der Insel und zwei schwere Unfälle – beides gleich schlimm.

Alle waren eigentümlich müde, Gespräche kamen nicht in Gang, und als sich die Runde auflöste, weil die Kaffeetassen leer waren, zog sich jeder in sein Büro zurück. Es musste am Wetter liegen. Nicht einmal Erich Gommert sorgte für ein wenig Wirrwarr.

Es war auch gänzlich unüblich, in welch unaufgeregter, fast schon gelassener Weise der Dienststellenleiter Kimmel kurze Zeit darauf ins Büro zu Schielin und Lydia Naber trat und sie darüber informierte, dass man auf der Insel, gleich unter den Bäumen am Kreisverkehr nach der Landtorbrücke – er sagte immer noch Landtorbrücke, obwohl es die schon seit über einem Jahrhundert nicht mehr gab – dass man dort im Stadtgarten, am Anstieg zur Ludwigsbastion, sie würden es schon sehen, einen Toten aufgefunden habe und sie sich bitte darum kümmern sollten.

Schielin sah erstaunt über den Tisch zu Lydia. Es war kurz vor zehn und schlechterdings möglich, dass man erst jetzt einen Toten findet, der zwischen Zwanzigerstraße und den Bootsstegen am Kleinen See liegen sollte. Seine Kollegin schien das Gleiche zu denken. Wie es aber an jenem Montagmorgen war, zog sie im Aufstehen nur eine Grimasse und zuckte mit den Schultern.

*

Im Grunde genommen war es ein unspektakulärer Tatort – wären die Schaulustigen und das Drumherum nicht gewesen. Entlang der Heidenmauer reihte sich eine Menschenkette den Gehsteig entlang. Die Neugierigen standen brav da, reckten die Hälse und versuchten, einen Blick zu erhaschen. Einige Touristen, die am See jedoch nicht mit diesem profanen Wort, sondern mit dem sehr viel intimeren Begriff *Gäste* bezeichnet wurden, hoben ihre Digitalkameras hoch über den Kopf und fotografierten ins Nichts. Schielin nahm es aus den Augenwinkeln wahr und fragte sich, was diese Menschen auf den Bildern zu sehen bekommen wollten? Keiner der Schaulustigen wusste etwas Genaues, aber es waren mehrere Autos mit Blaulicht, die die Einfahrt in die Zwanzigerstraße zu einer einspurigen Engstelle werden ließen – Krankenwagen, Notarzt, Feuerwehr und Polizei.

Eine junge Polizistin regelte den Verkehr und sorgte dafür, dass keines der Autos stehen blieb. Gerüchte und Gerede murmelten durch die Menge; ... man hätte einen Toten gefunden ... jemand sei gestürzt ... im Kino sei etwas geschehen, ein Brand vermutlich.

Lydia zog den weißen Overall über, Adolf Wenzel war mit Robert Funk ebenfalls gekommen und kroch gleichfalls in den knisternden Überzug. Durch die Menschenreihe an der Heidenmauer ging ein stummes Raunen.

Conrad Schielin wusste die Leiche bei Lydia Naber und Adolf Wenzel in guten Händen und besorgte die Dinge, die zu tun waren. Jasmin Gangbacher hielt mit der winkenden Linken den Verkehrsfluss aufrecht und hob in der Rechten einen Zettel nach oben, als sie ihn kommen sah.

»Die Personalien der Frau, die ihn gefunden hat. Ich habe sie gebeten, im Kino zu warten, bis man sie befragt hat, bin selbst noch nicht dazu gekommen.«

Energisch gab sie einem Lieferwagen Zeichen, etwas flotter vorbeizufahren. »Ich hab die Feuerwehr geholt wegen der Absperrung. Dazu haben wir nicht genügend Leute, und die machen das gern und gut. Wir haben den Fundort gesichert, und ich habe gleich mal angefangen, alles zu filmen. Die Lustschauer da drüben auch.« Sie wies mit einer kurzen Bewegung des Kopfes zur Heidenmauer.

Schielin sah sie verwundert an. »Wie gefilmt ...?«

Sie zeigte auf das Dach des Streifenwagens, wo in großer Unschuld eine dieser modernen, kleinen Videokameras lag. »Nimmt alles auf das Ding, jede Bewegung da drüben und alles, was von der Insel rein und rausfährt ... Weitwinkel ... digital aufgelöst ... sieht man das Weiße in den Augen.«

Schielin nickte anerkennend. »Bring mir die Aufnahmen vorbei, wenn wir hier fertig sind.«

Im Vorraum des Kinos saß eine Frau auf einem Hocker. Schielin fiel ein, das er noch nie am helllichten Tage hier gewesen war, abends hingegen unzählige Male. Anders als in den Momenten, da er in Erwartung eines Films hier gestanden und gewartet hatte, kam ihm der Raum jetzt unwirtlich, geradezu abweisend vor. Zu viel Licht für ein Kino, jetzt am Tage, dachte er. Es muss etwas duster sein, befand er.

Er sah zur Frau hinüber und verzichtete auf weitere Gedanken über zu lichte Kinos. Sie hatte beide Ellbogen auf die Knie gestützt, und ihr Kinn ruhte nachdenklich auf den beiden Händen. Da sie nach vorne gebeugt saß, fielen ihre glatten blonden Haare seitlich über die Wangen, wodurch nur Mund, Nase und Augen sichtbar waren. Sie machte nicht den Eindruck, aus der Fassung gebracht worden zu sein, und so war auch ihr weiteres Auftreten. Nachdem Schielin sich vorgestellt hatte und seine einfachen Fragen stellte, antwortete sie mit fester Stimme und ohne jene Floskeln und Phrasen zu gebrauchen, die er in solchen Situationen oft gehört hatte. Seine Favoriten waren *Ach, wie schrecklich*, gefolgt von *Ja ist es denn zu glauben* und *Was man nicht alles erleben muss*.

Sie erzählte, dass sie sich auf dem Weg vom Inselparkplatz zur Fischergasse befunden hätte, als sie kurz hinter dem Kino diese liegende Gestalt im Vorübergehen wahrgenommen hatte. Eigentlich hatte sie schon weitergehen wollen, nur ein Betrunkener schon früh am Morgen, aber dann habe sie sich gedacht, dass jetzt am helllichten Tage ja nichts passieren könne, und sei die paar Schritte zwischen die Bäume getreten. Schon als sie gesehen habe, wie befremdend die Tasche ein stückweit vom Körper entfernt gelegen hatte, habe sie gewusst, dass das nichts mit einem Betrunkenen zu tun haben konnte. Auf die Frage, wie sie darauf käme, zuckte sie nur mit den Schultern und meinte, dass man manchmal Dinge sähe und sofort ahnte, was es damit auf sich hat, wobei das Ahnen mehr ein Wissen sei. Als sie dann das Blut gesehen habe, am Ohr und auf der Wange, nicht viel, aber auch in den Haaren klebte ein wenig, da habe sie doch lieber die Polizei angerufen.

Schielin hatte aufmerksam zugehört, einige Stichpunkte notiert, und als sie auf seine Frage, ob sie noch etwas Auffälliges habe feststellen können, nichts erwiderte, zog er langsam und nachdenklich einen Strich unter die Notizen.

Er erkundigte sich noch, was sie auf der Insel vorgehabt hätte, und sie antwortete: »Mein Geschäft wollte ich aufsperren, mein Geschäft.« Und ohne dass er nachgefragt hatte, ergänzte sie: »Antiquitäten.«

Er begleitete sie zur Tür und bat sie, nicht den Weg vorbei an den Schaulustigen zu nehmen. Zwischen den mächtigen alten Bäumen waren die weißen Overalls auszumachen, Robert Funk sprach in eines der neuen Diktiergeräte, vom Kleinen See her drang sanftes Plätschern, dazwischen immer wieder das Knacken und dumpfe Schlagen der Boote. Schielin ging die Straße entlang bis zu der gekennzeichneten Trasse, die zu dem Toten führte. Die wenigen Nummerntafeln, die im Umfeld des Körpers zu sehen waren, deuteten darauf hin, dass es nicht viele Spuren gab.

Lydia Naber stand mit Adolf Wenzel ein paar Schritte abseits des Toten, und ihren Gesichtern war anzusehen, dass sie über etwas nachdachten. Eine junge Ärztin stand an ihrer Seite und wiegte den Kopf. Schielin fragte mit einer Handbewegung an, ob er schon an den Toten herantreten könne. Adolf Wenzel nickte kurz. Niemand sprach ein Wort. Die einzigen Laute waren die Motorengeräusche der Autos, die unablässig über die Inselbrücke fuhren, das sanfte Rauschen des Windes und das leise Plätschern des Sees.

Schielin ging möglichst nah heran, um die Details zu sehen und dennoch den Überblick zu haben. Er sah den Körper eines groß gewachsenen Mannes, der mit der rechten Körperseite auf der weichen Grasfläche lag. Auch die rechte Gesichtshälfte haftete am Boden. Er hatte kurz geschnittene, braune Haare, trug Jeans, braune Lederschuhe, ein blaues Sweatshirt und einen hellbraunen Trenchcoat. Um den Hals hing ein ockerfarbener Schal. Man hätte meinen können, er schlafe. Nur die unnatürlich verkrümmten Beine und die Lage des rechten Armes, der unter dem Körper verklemmt lag, deuteten das Unglück an. Der Mund des Toten war einen Spalt weit geöffnet, die Augenlider hingen bleich über den Augen, die sie nur halb bedeckten. Im linken Ohr war getrocknetes Blut zu sehen. Direkt darüber, vom Hinterkopf bis zum Ansatz der Schläfe, klebten dunkle, fast schwarze Flecken getrockneten Blutes. Feine rötliche Rinnsale leiteten von dort, vorbei an Schläfe und Jochbein, über die Wange zum Mund und weiter zum rasierten Kinn. Auch aus der Nase war Blut gelaufen. Im Gras darunter war nurmehr ein brauner Flecken auszumachen. Am Schal waren klar abgegrenzte Blutflecken zu sehen. Auf dem Mantel obenauf lagen verloren einige erste Blätter des Herbstes. Sie waren noch nicht mal richtig gelb geworden, fiel Schielin auf.

Sein Blick suchte nach der Tasche, von der die Antiquitätenhändlerin gesprochen hatte. Das Stück lag verloren im Gras, etwa zwei Meter entfernt. Es war eine große Umhängetasche und hatte – den Spuren auf dem Leder nach zu urteilen – ihren Besitzer lange begleitet.

Schielin ließ den Blick langsam über den Toten schweifen. Die Schuhe, die Hose, Jacke und Sweatshirt, der Schal – alles wohlgeordnet. Nirgends waren Schleifspuren zu erkennen, selbst die Schuhe hatten keinen Abrieb ins Gras gezeichnet. Die Kleidung sah so aus, wie sie nach einem Sturz auszusehen hatte. Die sichtbare Hand, auf Höhe der Hüfte, war unverletzt. Die Stellen des Körpers, die geblutet hatten, ausschließlich im Kopfbereich, waren seit dem Geschehen nicht mehr berührt worden. Nirgends war verwischtes Blut zu entdecken. Auf den ersten Blick gab es keine andere verletzte Stelle zu erkennen, als jener Bereich des Schädels über dem linken Ohr.

Schielin, der in der Hocke vor dem Toten ruhte, sah zu Lydia und Adolf Wenzel auf. »Tatwaffe?«

Beide schüttelten den Kopf. Lydia beschrieb mit kurzer Handbewegung einen Kreis. »Wir müssen hier noch im weiteren Bereich absuchen, auch im Kleinen See tauchen und in den Booten, die da unten liegen, noch nachsuchen. Eine elende Arbeit. Aber hier im direkten Umfeld war nichts zu finden.«

Er sah zur Ärztin, die ihm sehr jung vorkam. »Todesursache und Zeitpunkt?«

»Ich habe es mehr mit den Lebenden, muss ich Ihnen sagen, sonst wäre ich ja auch Rechtsmedizinerin geworden, und Notarzt fahre ich nur wegen der Kohle.« Sie wies mit dem Kinn zum Toten. »Also vergiftet worden ist er nicht.«

Adolf Wenzel kicherte in den gräulichen Himmel, aber bevor Schielin sich aufregen konnte, kam die forsche Medizinerin an seine Seite und ging ebenfalls in die Hocke. Sie hatte lange, zarte Finger, wie selbst durch die Plastikhandschuhe zu erkennen war. Fast zärtlich strich sie über die Wunde am Kopf. »Im Bereich des seitlichen Schädels auf einer Fläche von etwa zehn mal fünf Zentimetern, längs über dem linken Ohr, deutliche Anzeichen einer multiplen Schädelfraktur.«

Sie sah Schielin an und sagte: »Sehen sie …« Vorsichtig drückte sie auf die Stelle über dem Ohr, und Schielin konnte an der Bewegung der blutig verklebten Haare sehen, wie weich es dort war, wo es doch hart und fest hätte sein müssen. Er verzog das Gesicht und meinte, dass es nun gut sei und sie aufhören könne.

Sie lächelte. »Es muss ein heftiger, gezielter Schlag gewesen sein. Nur ein einziger Schlag. Soweit ich das bisher sagen kann, handelt es sich bei der Tatwaffe um nichts Kantiges, sondern eher um etwas Rundes, das da zum Schlagen benutzt worden ist. Es kann auch nichts Metallisches gewesen sein, denn so, wie sich die Brüche anfühlen, ohne tiefer eingehenden Riss der

Schädelhaut, also da schließe ich eher auf etwas Federndes. Ein Holzschläger, vielleicht so in Richtung Baseballschläger. Allerdings ist der etwas zu groß, was den Durchmesser anlangt. Vom Aufschlagwinkel her kann ich mit ziemlicher Sicherheit sagen, dass der Angriff von vorne kam. Genaues wird die Obduktion sicher ergeben. Geht man davon aus, welche Wirkung ein solcher Schlag entfaltet, und betrachtet man die Liegeposition, so würde ich sagen, der Mann ist von der Straße aus in Richtung Wasser gelaufen und der Angreifer kam von der Wasserseite her. Er ist sofort hier zusammengebrochen. Man sieht es ja auch an den Schuhen … keine Bewegung mehr, die Oberfläche des Grases ist völlig unberührt. Er hat mit dem, was ihm geschehen ist, nicht gerechnet, hat nicht versucht, den Schlag mit der Hand oder dem Arm abzuwehren, so wie es natürlich wäre, wenn man noch reagieren kann. Er war wohl auf der Stelle tot.«

Schielin sah sie von der Seite an. Ihre sachliche Art und Weise hatte ihn verblüfft. »Wegen der Kohle machen Sie das also, und Rechtsmedizin hat Sie nie interessiert? … Dafür folgern Sie aber recht professionell.«

»Ich bin Krimileserin.«

»Gott behüte …«

»Und meine Mutter hatte einen ähnlichen Job wie Sie …«, warf sie schnell ein.

»Einen ähnlichen …?«

»Staatsanwältin. Ich habe früher, als Kind, heimlich die Akten gelesen, die sie übers Wochenende mit nach Hause gebracht hat. Das war richtig spannend, gruselig, vor allem die Fotos, und verboten war es zugleich. Außerdem habe ich ein halbjähriges Praktikum in Los Angelas hinter mir. Südafrika ist auch sehr beliebt. Das sind so die Orte, an denen man als junger Medizinstudent an Menschen rangelassen wird, um zu Nähen und so. Schnittverletzungen, Schusswunden, tiefreichende Schlagverletzungen … verstehen Sie. Bei uns darf da nur der Herr

Oberarzt ran, wenn so was überhaupt mal ins Krankenhaus kommt. Man ist ja schließlich versichert ...«

Schielin lachte ohne Scham in Gegenwart des Toten. Dann fragte er: »Todeszeitpunkt?«

»Irgendwann heute Nacht. Gehen Sie mal von etwa zehn Stunden aus, denn die Temperaturgleiche ist schon eingetreten – Körpertemperatur gleich Umgebungstemperatur. Bei einem erwachsenen Mann wie ihm hier, ich schätze so gute achtzig Kilo ... ich schätze, so von Mitternacht bis gegen zwei Uhr. Aber wie gesagt, warten Sie mal besser auf das Ergebnis der Obduktion. Ich muss mich nun mal langsam wieder um die Lebenden kümmern.«

Sie standen auf. Schielin verzichtete in ihrer Gegenwart auf das obligatorische Stöhnen. Die Hüfte, und überhaupt.

Sie sagte. »Vitamin E.«

»Wie bitte?«

»Vitamin E, gut für die Gelenke. Wenn Sie das Ziehen über längere Zeit nicht los werden, sollten Sie mal einen Arzt aufsuchen. Sie nehmen nämlich schon eine leichte Schonhaltung ein, das ist nicht gut.«

Schielin dankte mit einer angedeuteten Verbeugung. Dann ging er mit Robert Funk ein paar Meter in Richtung Kleiner See. Lydia Naber und Adolf Wenzel drehten den Toten zur Seite und inspizierten die Kleidung genauer. Inzwischen war der Leichenwagen vorgefahren, und wieder war von der Heidenmauer Gemurmel zu hören.

»Haben wir was über den Mann?«, fragte Schielin.

Robert Funk hielt ihm eine lederne Brieftasche hin. »War alles in der Innentasche des Trenchcoats. Also ein Raubmotiv scheidet definitiv aus. Die Ledertasche ist voller Unterlagen, und es hat nicht den Anschein, dass sie geöffnet worden ist. Hier in der Brieftasche sind Kreditkarte, EC-Karte und zweihundert Euro. Das hätte man mit einem Griff herausholen können, selbst im Dunkeln. Wie er heißt, wissen wir übrigens auch. Führerschein und Ausweis sind auch hier drin. Alles sehr ordentlich. Wir haben es mit einem Günther Bamm zu tun, sechsundvierzig Jahre alt, wohnhaft draußen in Schönau. Von Beruf war er freier Journalist, jedenfalls steht das auf den Visitenkarten, die er dabei hatte. Mehr haben wir noch nicht. Ich habe die Handynummer, die da angegeben ist, schon mal angewählt, es tutet zwar, aber es hat nirgends hier geklingelt. Finde ich eigenartig, dass so einer das Handy nicht dabei hat. Vielleicht steht sein Auto noch irgendwo hier rum. Ich habe schon veranlasst, dass Kennzeichen und Typ ermittelt werden und es in die Fahndung kommt.«

Schielin nickte. »Wir sollten jemanden raus zu seiner Wohnung schicken, meinst du nicht auch? Das soll die Jasmin machen, die wird froh sein, von diesem Verkehrsregeln da drüben endlich entbunden zu werden. Jemand soll sie ablösen.«

Robert Funk stimmte zu und machte sich auf den Weg zu Jasmin Gangbacher.

Schielin ging vor zum Ufer des Kleinen Sees und sah sich um. Ein Boot tänzelte der Seebrücke entgegen, auf der sich ebenfalls eine Kette Neugieriger am Geländer entlang aufgereiht hatte. Drüben am Bahndamm fuhr ein Zug aus, und bei den Booten war heute nichts los. Sie lagen in ruheloser Bewegung an ihren Liegeplätzen. Hinter dem Bahndamm erhob sich der Turm des Hotels Bad Schachen, und die Brüstungen der Balkone schienen hell durch das langsam lichter werdende Laub der Bäume.

Wer hatte hier auf Günther Bamm gelauert?

Er ging zurück zu Lydia und fragte, was sie vorhin mit Adolf Wenzel so kritisch bedacht hätte.

Sie sah sich um, als sie es ihm erklärte. »Was er hier an diesem Ort wollte, was ihn dazu bewogen hat, hier herein in das Dunkel zwischen die Bäume zu treten? Eine Verabredung kann hier doch nicht stattgefunden haben, in der Zeit, die infrage kommt – Mitternacht. Ist ja gruslig.«

Schielin sah, wie in ihrem Rücken zwei dunkle Gestalten mit Mützen auf dem Kopf einen Zinksarg zwischen den Bäumen hindurch trugen. Er wartete, bis die Leiche abtransportiert wurde. Adolf Wenzel würde die Suche organisieren, die an Ort und Stelle noch durchgeführt werden musste. Lydia entledigte sich des Overalls, und er ging noch eine kleine Runde und sah sich um. Das war eine richtige Frage, die Wenzel und Lydia da gestellt hatten. Was hatte diesen Günther Bamm bewogen, in das Dunkel zwischen die Bäume zu treten?

Ein schweizerischer Zug kroch langsam über den Bahndamm auf die Insel.

Später, im Auto und auf dem Rückweg zur Dienststelle, beschäftigte ihn noch eine ganz andere Frage. Was war eigentlich mit Kimmel los. Bisher war der Chef noch immer an solchen Tatorten aufgetaucht, hatte sich *comme il faut* aus den Ermittlungstätigkeiten herausgehalten – aber er war vor Ort.

*

An die Presse ging ein Bericht, dass man am Montagmorgen die Leiche des Journalisten Günther B. im Stadtgarten gefunden hätte. Die Umstände ließen auf ein Verbrechen schließen, wobei genaue Angaben erst bei Vorliegen des Obduktionsberichtes gemacht werden könnten.

So wurde die öffentliche Neugier befriedigt und man verschaffte sich zugleich etwas mehr Zeit.

Am späten Nachmittag arbeiteten Schielin und Lydia Naber daran, an der Ledertasche eventuelle Spuren zu sichern, doch es war nichts Verwertbaren zu bekommen. Vielleicht brachte sie der Inhalt ja weiter. Schielin legte die Tasche auf den kleinen Tisch, der seitlich an der Wand im Büro stand und für derlei Dinge vorgesehen war, sofern ihn Lydia nicht als Ablage für ihre Taschen, Handtaschen, Jacken und anderes Zeugs belegte – was eigentlich immer so war.

Das braune Leder fühlte sich weich an, zahlreiche Schrunden und Scharten bedeckten die Oberfläche. Ein großes Innenfach ohne weitere Unterteilung nahm den Inhalt auf. Ein dunkelrotes Innenfutter mit feinen silberfarbenen Ornamenten leuchtete ihnen edel und unvermutet entgegen. Zwei Reißverschlüsse an den Seiten deuteten auf schmale Fächer hin.

Drei vergilbte Hefte kamen zum Vorschein, weiter ein gebundener Notizblock, ein Zigarettenetui, ein silbernes Feuerzeug, mehrere Stifte, ein Diktiergerät, eine kleine Digitalkamera und ein Terminplaner. Aus den Seitenfächern holte Schielin ein Handy, eine Eintrittskarte für die Insel Mainau und einen der Lagepläne der Blumeninsel, wie man sie am Schalter dort bekam, dazu eine Fahrkarte der Deutschen Bahn: Lindau – St. Margrethen – St. Gallen und zurück sowie weitere Bahntickets.

Er stöhnte. Alles in allem genügend Arbeit bis in die späte Nacht hinein. Er hielt einen Augenblick inne, da er nicht wusste, mit welchem der Dinge, die da verloren vor ihm auf dem Tisch lagen, er anfangen sollte. Er griff das Handy und nahm es mit zum Schreibtisch, wo er den kurzen Bericht von Jasmin Gangbacher überflog. Sie war in der Wohnung gewesen, hatte diese, nachdem augenscheinlich alles unberührt geblieben war, versiegelt und sogar mit dem Vermieterehepaar reden können. Der Wohnungsschlüssel lag nun in einem Kuvert auf seinem Schreibtisch und eine Notiz, unter welcher Intranetadresse er die Videoaufzeichnungen vom Vortag würde aufrufen können. Diese Gangbacher war eine ganz Fixe, dachte er.

Wie sie herausgefunden hatte, lebte Günther Bamm alleine, war geschieden, hatte eine Tochter, die bei seiner Frau in Tübingen lebte, und als nächste Angehörige war den Vermietern nur eine Schwester bekannt, die, soweit sie wussten, in Berlin lebte. Von Freunden und Bekannten war ihnen nichts bekannt, Günther

Bamm lebte seit zwei Jahren in Lindau. Die Nachricht vom Tod des Mannes hatte den Vermieter sehr getroffen, seine Frau hingegen trauerte mehr dem zuverlässigen Mieter nach als dem Menschen Günther Bamm, wie Jasmin Gangbacher berichtete. Schielin grinste innerlich. Man würde nicht umhin kommen, jemanden mit einem so feinen Gespür für das Menschliche, wie diese junge Frau ihn besaß, zur Kripo herüberzuholen. Es war ja nur ein kurzes Stück über den Hof hinweg. Aber das war Kimmels Job.

Kimmel fiel ihm wieder ein, wo war Kimmel? Er sah zu seiner Kollegin, die ganz in die Arbeit versunken erste Tatortberichte tippte. Manchmal wiederholte sie halblaut Formulierungen, um sie einmal gehört zu haben, bevor sie zu Schwarz auf Weiß wurden. Das war alles, was in dem Büro gesprochen wurde. Überhaupt hatten auch der Tote und seine noch unbekannte Geschichte die Sprachlosigkeit nicht vertreiben können, die seit dem Morgen auf dem Gebäude und allen darin Verweilenden wie eine matte Krankheit lag.

Ein erster Druck auf die Tastatur des Handys ließ das Display aufleuchten und forderte dazu auf, die Tastatursperre zu lösen. Eine PIN-Abfrage stellte sich nicht in den Weg. Das Lautlos-Profil war eingestellt, daher hatten sie es also nicht klingeln hören.

Er notierte zunächst die fünf Telefonnummern, die Günther Bamm zuletzt gewählt hatte, danach die Nummern der angekommenen Anrufe. Im Ordner für eingehende SMS fand sich nichts Aufregendes. Offensichtlich simste er intensiv mit seiner Tochter. Den Ausdrücken, die sie verwendete, und den Themen, um die es ging, nach zu urteilen, musste sie so etwa in Lenas Alter sein.

In einem Karton im Asservatenraum suchte er nach einem passenden Netzteil für das Handy und hängte es dran. Dann wandte er sich den anderen Fundstücken zu. Bei den drei vergilbten Heften handelte es sich um Abhandlungen von einem Professor Dr. Ludwig Armbruster. Sie waren allesamt Anfang der Fünfzigerjahre erschienen und beschäftigten sich mit der Kulturgeschichte Lindaus und der des Bodensees. Er blätterte die Hefte durch und legte sie dann zur Seite.

Auf dem Speicherchip der Digitalkamera waren keine verwertbaren Fotos zu sehen, nur zwei verwaschene Nachtaufnahmen, die einen Parkplatz zeigten. Das Diktiergerät gab nicht einmal ein Rauschen von sich. Er hörte in die Stille digitaler Aufzeichnungstechnik. Das schwarze, gebundene Notizbuch war voller Einträge. Es handelte sich um eine regelrechte Rumpelkammer aus Vermerken, Zeichnungen, Strichmännchen, Nummern, die alles hätten bedeuten können, eingeklebten Visitenkarten und Fußnoten. Auf fast jeder Seite klebte ein Post-it, und immer wieder lagen ausgeschnittene Zeitungsartikel zwischen den Seiten. Schon beim losen Durchblättern wurde deutlich, dass es ein schier unmögliches Unterfangen war, all das heute noch zu sichten, insbesondere dazu mit dem Ziel, Erkenntnisse für den Fall ableiten zu können.

Ähnlich chaotisch, wohl einem geheimen Code folgend, den nur der Besitzer zu entschlüsseln wusste, war der Terminplaner angelegt. Abkürzungen überall. Kaum Klarnamen. Schielin legte den Planer beiseite und flüchtete vorerst in die sicheren, eingeübten Rituale der Formalitäten – fotografierte die einzelnen Stücke, beschriftete Formulare und Etiketten, vergab Asservatennummern und legte alles in einer blauen Plastikkiste ab.

Spät in der Nacht kam ein Anruf von der Polizeiinspektion drüben. Sie hatten gesehen, dass noch Licht im Büro brannte. Man hatte das Auto gefunden, einen blauen Renault Scenic, auf der Insel, hinter der Stephanskirche.

Ginkgo

Er war früh aufgestanden am nächsten Tag und hantierte alleine in der Küche. Ein Blick aus dem Fenster schien es möglich zu machen, ohne Sturmausrüstung mit dem Fahrrad fahren zu können. Die Blätter an den Bäumen wehten munter im Morgenwind. Er hatte schlecht geschlafen, und Ronsard hatte in der Nacht zweimal dermaßen laut getutet, als hätte er einer Eseldame in Rorschach etwas ungemein Wichtiges mitteilen wollen.

An der Ampel zur Kemptener Straße, auf Höhe der Weinstube Reutin, erwischte ihn eine erste Böe, bis zum Kreisverkehr schaffte er es, den über den Schönbühl hereinbrechenden schwarzen Wolken zu entkommen. Dann wurde es wieder dunkel, und das kurze Stück bis zur Dienststelle reichte, um ihn klatschnass werden zu lassen. Wenigstens das Schweigen hatte der Regen vertrieben. Adolf Wenzel begrüßte ihn mit einem freundlich-gehässigen Grinsen, Erich Gommerts Schimpfen über irgendein Gelump drang aus dem Besprechungszimmer, und die Tür zu Kimmels Büro stand auch schon offen. Kimmel telefonierte gerade, mit wem auch immer zu dieser frühen Zeit, und signalisierte mit zwei kurzen Handbewegungen, dass Schielin erstens dableiben und zweitens die Tür schließen solle.

»Was war denn gestern los mit dir?«, fragte er, als Kimmel aufgelegt hatte.

Der winkte ab. »Ich hatte einen blöden Untersuchungstermin gestern. Ist mir in letzter Zeit nicht so gut gegangen, ständig hatte ich diese Schmerzen. Weißt du, es ist so seltsam, da zieht und zupft es mal hier mal da, man gewöhnt sich daran und nimmt es, wie es ist. Doch dann ist da plötzlich eine Art von Schmerz, gar nicht mal so heftig, dass man stöhnen müsste, doch er geht einem durch und durch, weil man spürt: Das ist etwas … ja Bedrohlicheres. Dann beobachtet man das eine Weile, überlegt hin und her, bis man endlich bereit ist, sich kennenzulernen … Du verstehst was ich meine, oder?«

Schielin gab stumm zu verstehen, dass er genau verstünde, wovon Kimmel sprach. Er machte mit dem Kopf eine fragende Geste. Kimmel winkte ab. »Alles in Ordnung, ein kleiner ambulanter Eingriff, und alles ist in Ordnung.«

Damit war alles gesagt, was zu sagen war. Schielin fragte gar nicht weiter nach Details, sondern berichtete darüber, wie weit sie gestern am Tatort gekommen waren. Außerdem sprach er an, dass er es für sinnvoll erachte, zu versuchen, Jasmin Gangbacher zur Kripo zu holen. Kimmel ließ nicht erkennen, was er von dem Vorschlag hielt. In Kürze war Morgenbesprechung, und da würde man sich ausführlicher zum Geschehen von gestern austauschen.

Erich Gommerts Schimpfen war lauter geworden, und Schielin wagte einen Blick in den Besprechungsraum. Gommi drückte wie wild auf den Tasten der Kaffeemaschine herum. Als er Schielin sah, verzerrte sich sein Gesicht zu einer jammervollen Miene. »Scho wieder hi, des Glump. Und billig sind die Saudinger auch net grad.«

Kein Kaffee! Das war wirklich schlimm. »Was ist es denn diesmal?«

»Die Brüh wird nimmer hoiß, kalter Kaffee …!«

Schielin warf dem Technikmonster ein »Glump, elendes!« zu und ging ins Büro.

Die Zeit bis zur Besprechung nutzte er, sich intensiver mit dem Inhalt der Ledertasche zu befassen.

Es war ganz und gar unwirtlich im Besprechungsraum, so ohne den belebenden Duft von Kaffee und ohne eine warme Tasse mit den Händen umfassen zu können; etwas, das unbewusst geschah und einem erst auffiel, wenn es nicht möglich war. Hände, die unbeschäftigt waren, irritierten.

Lydia Naber fasste die Situation am Tatort zusammen, denn so viel war sicher: Günther Bamm war dort getötet worden, wo man ihn aufgefunden hatte – mitten in der Stadt.

Schielin berichtete von den Dingen, die er in der Ledertasche gefunden hatte. Als wichtig erachtete er die Auswertung des Notizbuches, des Terminkalenders und die Feststellung, wann und mit wem Günther Bamm zuletzt telefoniert hatte. Sie wollten versuchen, zu rekonstruieren, was er in den Tagen vor dem Mord getan, und mit wem er Kontakt gehabt hatte.

Am letzten Freitag, so viel war bisher klar, war er auf Mainau gewesen. Das jedenfalls belegte die Eintrittskarte. Auf dem Lageplan der Insel gab es Stellen, die mit einem Kreuz markiert waren. Am Samstag dann war Günther Bamm mit dem Zug in der Schweiz unterwegs gewesen. Anhand der Kontrollstempel auf der Fahrkarte würde man den Fahrweg und die Aufenthalte genau rekonstruieren können. Die mussten allerdings von Fachleuten unter die Lupe genommen werden.

Erich Gommert meldete sich zu Wort. Eine E-Mail der Berliner Kollegen war im Dienststellenpostfach eingetroffen. Günther Bamms Mutter lebte nicht mehr in Berlin, sondern befand sich in einem Lindauer Altenheim. Schielin war sauer, dass er davon erst jetzt erfuhr, Lydia erhielt auf ihre launige Nachfrage, wie lange Gommi schon über dieser Information brütete, nur ein halbwegs entschuldigendes Schulterzucken zur Antwort.

Kimmel unterbrach den Zwist mit einer Frage. »Ein einziger Schlag und sofort tot?«

»Ja«, bestätigte Schielin, »der Angriff kam mit großer Wahrscheinlichkeit direkt von vorne, und der Täter hat nur ein einziges Mal zugeschlagen. Die Verletzung liegt auf der linken Schädelseite direkt über dem Ohr. Keine Abwehrspuren.«

»Da muss er den Täter sehr nah an sich rangelassen haben, oder?«

Lydia Naber stimmte ihm zu. »Ja, und zwar so nahe, wie

man in der Nacht zwischen dunklen Bäumen jemanden an sich heranlässt, den man nicht kennt. Da sucht man eigentlich Distanz. Er muss den Täter gekannt haben, und der war Rechtshänder und mit dem Schlagen auf irgendeine Weise vertraut, denn so wuchtig und gezielt zuzuschlagen, da gehört schon eine gewisse Übung dazu, mindestens eine gute Körperbeherrschung, und es war auch nicht das Ergebnis eines dummen Zufalls, wenn man die Gesamtumstände würdigt.«

»Die Tatwaffe?«, fragte Kimmel.

Adolf Wenzel richtete sich auf. »Fehlanzeige. Vielleicht finden die Taucher ja was im Kleinen See. Der läge für die schnelle Entsorgung ja günstig.«

Lydia Naber war skeptisch. »Es war vermutlich ein Rundholz, mit dem zugeschlagen wurde, nichts Metallisches. Also nichts, was da so herumgelegen hätte. Ich gehe davon aus, dass die Taucher auch nichts finden werden, weil der Kerl das Ding, was auch immer es gewesen sein mag, seelenruhig wieder mitgenommen hat.«

Kimmel neigte den Kopf. »Der Kerl – eine Frau scheidet als Täter also schon aus?«

»Angesichts der Art und Weise, wie zugeschlagen wurde, kommt für mich nur ein Mann infrage.«

Gommert jaulte sich in die Diskussion. »Ohjau ... noja ... mir fallet da schon ein paar so Amazonien ein, die en recht en gute Schlog hätte.« Schnell zog er sich wieder in die Schneckenposition zurück, denn statt des erwarteten Lachens erntete er nur kühle Ignoranz.

»Sonstige Spuren?«, fuhr Kimmel fort.

Lydia winkte ab. »Nichts, im gesamten Umfeld nichts. Im Gras nichts zu erkennen. Wir dachten, einen Schuhabdruck im Umfeld des Toten zu finden, da der Täter ja mit voller Wucht zugeschlagen haben muss, da dreht man normalerweise mit den Füßen etwas zur Seite, aber nichts. Der scheint ansatzlos aus der Hüfte zugeschlagen zu haben.«

»Golfer«, sagte Schielin.

Kimmel ging nicht darauf ein. »Journalist …«

»Ja. Ein sogenannter freier Journalist. Wir wissen im Moment noch nicht, woran er gerade gearbeitet hat, wie gesagt, die Unterlagen, seine Wohnung, das Auto … müssen wir alles erst noch sichten.«

»Das Auto hat die Streife an der Stephanskirche gefunden«, sagte Wenzel.

Schielin nickte. »Ja. Ich will da langsam rangehen. Am liebsten abschleppen lassen, in die Garage.«

Die anderen sahen ihn fragend an. Kimmel fragte: »Wieso?«

»Der Autoschlüssel ist nirgends aufgetaucht. Nicht in der Kleidung, nicht in der Tasche, nicht im näheren Umfeld. Könnte sein, dass der Täter genau den wollte, und dann hätten wir vielleicht Spuren.«

»Übernehme ich«, sagte Lydia Naber.

Schielin machte weiter. »Bisher gibt es noch keinen Hinweis darauf, was Günther Bamm nach Mitternacht auf der Insel wollte. Im Kino wird er kaum gewesen sein, angesichts der Filme, die da momentan laufen. Außerdem hatte er diese Tasche mit dabei, mit allen Unterlagen. Das sieht mehr nach Recherchen aus, aber so spät in der Nacht noch? Und das Auto, dort an der Stephanskirche … das ist alles noch nicht schlüssig.«

»Die Mutter muss noch benachrichtigt werden«, stellte Kimmel fest und sah Schielin dabei an. Dann wechselte er, ohne eine Antwort abzuwarten, das Thema. »Also so wenig haben wir in der Sache ja nicht, vor allem keinen Mangel an Arbeit. Nun aber noch etwas anderes. Ab Mitte der Woche werden wir, zunächst auf dem Wege der Abordnung und für ein halbes Jahr, Verstärkung erhalten. Die Kollegin Gangbacher wird uns unterstützen. Das ist erfreulich, andererseits wirft es die Frage auf, wo wir sie unterbringen. Das Büro von Conrad und Lydia ist voll belegt. Es blieben also Robert und Adolf übrig. Wie schaut's da aus.«

Erich Gommert nahm für sich in Anspruch, der Entdecker dieser jungen Kollegin zu sein. Allein schon, wie sie ihm damals bei der Geschichte mit dem Drucker geholfen hatte, und überhaupt. Er meldete sich sofort zu Wort. »Also bei mir im Geschäftszimmer kriegt sie doch von allem etwas mit und …«

Kimmel sah ihn missmutig an. »Wo bitte soll sie in dem ganzen Gerümpel und Müll, den du dort sammelst, Platz finden?«

Gommert beließ es dabei, entrüstet und mit offenem Mund den Kopf zu schütteln.

Robert Funk und Adolf Wenzel erklärten, dass es bei ihnen erstens gehe und zweitens auch sonst nichts dagegen spräche.

Kimmel nahm es zur Kenntnis und vertagte eine Entscheidung. Es gab im Moment genug anderes zu tun. Er stand auf und die Runde zerstreute sich.

Lydia Naber telefonierte mit einem Abschleppunternehmen, während Schielin die Verbindungsdaten der Telefonanschlüsse von Günther Bamm beantragte. Inzwischen war die Bürobeleuchtung überflüssig geworden, denn eine milchige Sonne brachte ein diffuses Licht über den See und in die Gassen.

Ein Schatten schob sich in die offene Türe. Lydia Naber verzog den Mund, schrieb aber weiter an dem, was zu schreiben war. Schielin zeigte ebenfalls keine Reaktion.

Erich Gommert hatte den beiden eine Weile zugesehen, bevor er sich traute, etwas zu sagen. Sicher, er hätte gleich am Morgen Bescheid geben können, über diese Sache mit der Mutter, die im Altenheim war, aber alle wollten immer frischen Kaffee.

»Des is scho schlimm«, fing er an.

»Was? Dass du uns wichtige Informationen vorenthältst?«, giftete Lydia Naber, ohne ihm einen Blick zuzuwenden.

»Noi! Ich hob die Mail ja selbst erst kurz vor der Besprechung gelesen, Mensch. Die elende Kaffeemaschine, die macht mich noch ganz narrisch. Ich hobs außerdem aus dem Meldesystem rausbekommen. Die Mutter von dem do, die ist im Maria-Martha-Stift.«

Lydia blieb ungehalten. »Genau. Kaffee gab's auch keinen. Das ist besonders schlimm.«

Erich Gommert ignorierte die ungerechtfertigte Kritik. Er sagte: »Des Lindau, des wird immer gefährlicher. Lauter Verbrecher umanand. Es vergeht ja kaum mehr ein halbes Jahr, dass net irgendwo e Leich umandander flaggt.«

»*C'est la vie*, Gommi«, suchte Schielin, dem Schmerz seines Kollegen etwas ebenso Tiefsinniges entgegenzusetzen, und füllte weiter die Formularfelder aus.

»Des sagst du so leicht dahin, *nichts geht mehr*, Conrad. Aber ich fühl mich ja scho nimmer sicher. Lauter Verbrecher, wo man hinschaut. Und dann geht man am Sonntagabend ins Kino, einen schönen Film ansehen, und danach schlagen's einem mitten in der Stadt den Schädel ein. Wenn's das erste Mal wäre, das so was passiert. Aber des ist ja fast schon eine schwarze Serie. Und vonseiten der Stadt ... die machen da ja gar nichts ... wie immer ... hocken nur rum ... aussitzen. Des ham die gelernt von dem Dicken, dazumal. Alles bleibt an uns hängen.«

Schielin schnaufte, Lydia Naber schüttelte den Kopf.

»Wobei ... es ist schon komisch. Den Kerle do, den Journalist, den haun die genau do an dem alten Baumer do um.«

»Gommi, da sind lauter alte Bäume, wo der umgehauen worden ist.«

»Ja, schon. Aber ich mein doch den besonderen, den ganz den alten.«

Schielin hielt inne. Auch Lydia unterbrach. Es mochte ja sein, dass ihr Kollege nicht ohne Fehl war, aber manchmal, manchmal, das hatten sie gelernt, lohnte es sich durchaus, hinzuhören.

»Was für ein besonderer Baum?«, fragte Lydia und wendete sich dem Türrahmen zu. Schielin sank im Bürostuhl zurück und schielte zur Tür.

Erich Gommert sah zur Decke. »Jaaa ... was für ein besonderer nun ... der Name, ich habs net so mit den Namen, aber alt ist er, und der Dichter, der Dichter mit dem *öhh*, der hat ein Gedicht drüber gemacht.«

»Hölderlin?«, sagte Schielin sofort.

Kopfschütteln. Blick zur Decke.

»Mörike, Eduard Mörike«, riet Lydia Naber.

»Noi! Der größere ...«

»Goethe?«, kam es fast zeitgleich von den beiden Sitzenden.

»Ja!«, lächelte Erich Gommert sie an.

»Der hat kein ö« sagte Schielin.

»Gööööthe«, wiederholte Gommert, »heißt er nun Gööööthe, oder vielleicht nicht ... also mit ö!«

Schielin ächzte. »Der Baum, Gommi, was ist mit dem Baum.«

Der schnippte mit den Fingern. »Bingo! Äh, nein ... Gringo ...«

»Ginkgo!?«, meinte Lydia Naber.

»Genau! Ginkgo.«

»Ach, den Ginkgo meinst du?«, sagte Schielin.

»Ja sicher. Einer der ältesten Gringos in Deutschland und steht da so unauffällig genau gegenüber der Heidenmauer rum.«

»Woher weißt du eigentlich so was?«, fragte Lydia Naber.

Gommert zuckte mit den Schultern. »So was woiß mer halt. Vielleicht hat der Mord ja was ...«

Die anderen beiden warteten gespannt.

»Ja ... so was Symbolisches.«

»Mhm«, entgegnete Schielin und wandte sich wieder seiner Arbeit zu. Als Lydia Gleiches tat, verschwand nach einigen Augenblicken der Schatten aus dem Türrahmen, denn auch er hatte noch etwas Wichtiges zu tun.

Conrad Schielin sah an sich herunter. Die Hosen waren wieder einigermaßen getrocknet.

*

Der Termin im Maria-Martha-Stift verlief glimpflicher als Schielin erwartet hatte. Günther Bamms Mutter lebte hier seit über einem Jahr, eine freundliche alte Dame mit weißen, lockigen Haaren. Sie nahm Schielins Nachricht lächelnd entgegen und freute sich aufrichtig, als der Name ihres Sohnes genannt wurde. Von dem, was Schielin ihr berichtete, verstand sie nichts. Sie nickte ein paar Mal ernst und erzählte dann von einem Ausflug mit der Pferdekutsche.

Die Schwester, mit der er sich anschließend auf dem Gang unterhielt, war betroffener von dem, was sie erfahren hatte. Günther Bamm war demnach mehrmals in der Woche im Maria-Martha-Stift. Am Sonntag allerdings hatte sie ihn nicht gesehen, und dass er spät in der Nacht noch bei seiner Mutter gewesen sein könnte, war auszuschließen.

Nach dem Termin im Maria-Martha-Stift nutzte Schielin die Gelegenheit und lief am Ufer des Kleinen Sees entlang bis zur Seebrücke, ging zu der Stelle, an welcher man den Toten gefunden hatte, und suchte nach dem Ginkgo.

Den Rückweg nahm er parallel zur Zwanzigerstraße auf der Mauer. Die Rosenbüsche reflektierten ein noch überwiegend tiefes Grün, und die wenigen braunen Blätter fielen nicht auf. An dem einen oder anderen Busch leuchtete eine letzte gelbe oder dunkelrote Blüte.

*

Lydia Naber wartete bereits vor dem Wohnhaus in Schönau auf ihn. Ein großzügiges Haus mit gepflegtem Garten und ausladenden Balkonen, die nach Süden, den Bergen zugewandt waren. Anhand der Klingelschilder war anzunehmen, dass alle vier Wohnungen belegt waren. Bamm hatte eine der oberen Wohnungen bewohnt.

Sie durchtrennte das Siegel und schloss die Tür auf. Die ersten beiden Räume links des Ganges waren türlos. Freundliches Licht strömte herein. Im Vorübergehen sah man zuerst ein leeres Zimmer, dann folgte die Küche und hinter einem offenen Durchgang breitete sich ein großer Wohnraum aus mit einer großflächigen Fensterfront nach Süden hin und einer breiten Tür, die auf den Balkon führte. Rechts in der Ecke versteckt war die Tür zum Schlafzimmer.

Der übergroße Raum diente Günther Bamm als Wohn- und Arbeitszimmer, wie an dem überladenen Schreibtisch in der Ecke sofort zu erkennen war.

Sieht aus wie in seinem Notizbuch, dachte Schielin beim ersten Blick über Regale und Schreibtisch, auf dem sich in mehreren erdgeschichtlichen Sphären Papiere, Magazine, Zeitungen, Schriftstücke türmten, dazwischen tummelten sich Stifte, Löffel, Andenken, Fotos, Telefonbücher, Briefbeschwerer und – kippelig auf dem gesamten Berg – eine schmale Computertastatur. Der Rechner selbst lag unter einem Haufen verborgen, ein kleines Kästchen, auf dem als Logo ein angebissener Apfel prangte. Im Regal hinter dem Schreibtisch entdeckte Lydia ein Notebook, klein, flach und silbrig glänzend, auch mit Apfelsymbol.

Sie schnaufte. »Brauchen wir gar nicht anfangen mit dem Zeug. Mit Apple kennen wir uns nicht aus, da brauchen wir die vom LKA.«

»Die kennen sich doch auch nicht aus«, grummelte Schielin und fächerte im Vorübergehen durch die Unterlagen, die in ungestümer Ordnung ausgebreitet lagen. Auf dem Boden, um den Schreibtisch, erhoben sich kunstvoll geschichtete Stapel, deren Grundlage großvolumige Kunstbände bildeten, dann folgten Zeitschriften und nach oben, zum Gipfel hin, kamen Zeitungsausschnitte und einzelne Notizblätter.

»Glaubst du, dass der sofort gewusst hatte, wo was lag, wenn er's gebraucht hätte«, stellte Lydia fest und schaute skeptisch durch die Wohnung.

»Keine Frage«, sagte Schielin, »dieser Günther Bamm hatte seine Ordnung im Kopf.«

»Schaut aus wie im Atelier meines Liebsten«, meinte sie wie beiläufig, »allerdings weiß ich nicht so recht, was der so manchmal im Kopf hat, Ordnung ist es jedenfalls nicht.«

»Was macht der eigentlich gerade?«, fragte Schielin.

Sie verzog das Gesicht. »Miese Stimmung im Moment. Der Brunnen ist fertig und Gott sei Dank auch bezahlt, war ein warmer, wohltuender Regen. Aber die Aphrodite, an der er gerade herumgemeißelt hat, war nicht so ganz voller Liebe. Ihr rechter Busen ist abgeplatzt.« Sie schüttelte die rechte Hand, als hätte sie sich verbrannt. »Ich verhalt mich so, als gäb's mich nicht. Von solchem Stress, da wird er immer krank, mein Liebster... naja, mal sehen.«

Schielin schürzte die Lippen und wendete sich wieder der Arbeit zu.

Ihr Blick fiel auf die Boxen an der Wand gegenüber vom Arbeitsbereich. Dahinter im Regal formierte sich eine auffällige CD-Sammlung, und ganz anders als das Chaos auf und um den Schreibtisch, in perfekter Organisation. An den Regalböden waren die Genrebezeichnungen mit Etiketten und gedruckten, serifenlosen Buchstaben angebracht; einzelne Werke oder Interpreten waren sogar eigens mit einer Beschriftung bedacht worden, ganz so, als sollten sich auch Fremde sofort zurechtfinden. Lydia machte einige Schritte auf die Musikecke hin zu. Auf den Boxen las sie *audiophysic*, das hatte sie noch nie gehört. Jazz, Blues, Klassik, Rock – alles war vertreten. Außerdem füllten CDs unter der Regalbeschriftung *Miles* einen ganzen Boden. Alle Größen der Klassik waren vertreten und zusätzlich nach Dirigenten und Interpreten unterteilt – alles sehr akkurat.

An der Decke hing ein mehrstrahliger Halogenfluter. Lydia suchte den Lichtschalter und betätigte ihn, obschon sein Leuchten angesichts des Lichteinfalls vom Fenster her nicht einen Hauch an Wirkung erbrachte.

Vor der Fensterfront stand eine braune, lederne Sitzgarnitur. Dreisitzer mit zwei gemütlichen Sesseln. Dem Leder war das Alter anzusehen. An der rechten Lehne trat ein großflächiger heller Bereich aus dem sonst dunklen Material heraus. Conrad Schielin deutete auf die Couch. »Er mochte Leder, braunes Leder, sieht aus wie die Tasche, die wir gefunden haben.«

Lydia Nabers Blick hing an einem Tontopf, der auf dem großflächigen Beistelltisch neben dem Sofa stand. Ein opulenter Strauß Dahlien quoll aus dem blauen Gefäß. Einige Blütenblätter waren abgefallen und reihten sich kreisförmig um die improvisierte Vase.

Sie wies mit der Hand in den Raum. »Das macht einen sehr angenehmen Eindruck hier, wohnlich, gemütlich – und das Chaos von da drüben im Arbeitsbereich greift gar nicht in den anderen Raum über, sondern bleibt, wo es ist. Es muss ein sehr disziplinierter Mensch gewesen sein.«

Schielin war gerade damit beschäftigt, das Computerkästchen abzusteckern, als sie vom Gang her ein Geräusch hörten. Schlüssel klapperten, und dumpf hallend drang das Knirschen bis ins Wohnzimmer, als der Schlüssel die Bolzen des Schließzylinders reihte und der Zylinder sich drehte.

Schielin machte einen Schritt auf die Fensterfront zu, um nicht sofort vom Gang aus gesehen zu werden, Lydia tat das Gleiche zu den Boxen hin. Beide hielten den Atem an. Wer hatte wohl noch einen Schlüssel für diese Wohnung?

Nachdem die Tür geöffnet worden war, folgten keine Schritte, sondern eine Frauenstimme erklang, tief und angenehm erwartungsvoll. »Günther!? Günther, bist du es, bist du da!?«

Schielin sah zu Lydia, und sie war es, die antwortete. Eine Frauenstimme erweckte mehr Vertrauen. »Nein. Günther Bamm ist nicht da.« Sie trat mit einem selbstsicheren Schritt in das Sichtfeld des Ganges und nickte der Unbekannten zu. Eine

Frau um die vierzig, lockige dunkle Haare bis zu den Schultern. Sie trug Jeans, eine helle Bluse und hatte eine Strickweste um die Schulter geworfen.

Sie blieb in der Tür stehen und fragte: »Wer sind Sie?« Ihrem Gesicht und der Stimme war nun der Schreck anzumerken, in der Wohnung auf Fremde getroffen zu sein.

Lydia Naber tat einen weiteren Schritt in den Gang und bedeutete ihr mit einer Handbewegung, näher zu kommen. »Mein Name ist Lydia Naber, und ich bin von der Lindauer Kriminalpolizei. Erschrecken Sie bitte nicht, mein Kollege ist noch dabei. Haben Sie das Siegel draußen an der Tür nicht gesehen?«

»Doch, doch. Aber es hing ja weg, und ich meine, wozu das Siegel, was ist denn passiert, ich meine, ist mit Günther etwas passiert?« Sie hatte die Tür geschlossen und war in den Wohnraum gekommen. Lydia Naber beobachtete jede ihrer Bewegungen. Sie ging zwar vorsichtig und der unerwarteten Situation angemessen; doch trotz dieser Unsicherheit war der Art, wie sie sich bewegte, anzusehen, wie sehr vertraut sie mit dieser Umgebung war. Es war die Art, wie sie in den Raum trat, und ohne groß schauen zu müssen, zur Seite hin den Lichtschalter betätigte, um das Deckenlicht zu löschen, das trotz der Helligkeit brannte. Eine Bewegung voller Selbstverständlichkeit.

»Und wer sind Sie?«, fragte Lydia Naber.

Es war, als müsste sie überlegen, zwischen den Worten holte sie hörbar Atem. Man sah ihr an, wie ihr Herz schlug. »Ähm … ich bin Hedwig Kohler, ich … wir wohnen unten, ich bin eine Nachbarin und kümmere mich ein wenig um die Wohnung, wenn Herr Bamm unterwegs ist … er ist viel unterwegs.«

Schielin dachte daran, wie leicht es doch gewesen war, der Mutter zu sagen, was passiert war, die für das Geschehene keine Empfindung mehr zeigen konnte. Hier lag die Sache nun anders. Auch sein Herz schlug ein wenig schneller.

Lydia Naber sagte: »Herr Bamm ist am Sonntagabend getötet worden.«

Hedwig Kohler nickte mit offen stehendem Mund und ungläubigen Augen. Sie drehte den Kopf zur Seite und sah Lydia Naber aus den Augenwinkeln an.

Schielin fragte: »Sie haben noch nichts davon gehört, von den anderen Nachbarn?«

Sie schluckte. »Nein. Wir waren übers Wochenende bei Verwandten meines Mannes, auf der Alb, bei Geislingen. Ein Geburtstag. Wir sind erst gestern Abend wieder nach Hause gekommen. Und die anderen Nachbarn, das ist ein altes Ehepaar, sehr alt. Die wissen das nicht, die bekommen da nichts mehr mit.«

»Setzen wir uns doch«, sagte Schielin.

Sie folgte und saß in stiller Verwirrung auf dem Ledersofa und starrte an Schielin vorbei in das helle Licht eines Herbsttages, der ihr nichts Gutes gebracht hatte. Lydia Naber holte ein Glas Wasser aus der Küche und stellte es auf den Tisch

»Inwiefern haben Sie sich um die Wohnung gekümmert?«

Hedwig Kohler zuckte mit den Schultern. »Die Post reingenommen … er hat viel Post bekommen, wissen Sie, größere Buchsendungen, und die haben nie in den Briefkasten gepasst, ja und dann Blumen gegossen, bei Ableseterminen die Leute hereingelassen, aufgepasst eben und so …«

»Sie machen auch den Garten unten vor dem Haus, nicht wahr?«

»Ja, sicher. Ich liebe Gartenarbeit.«

»Die hier«, sie wies mit einer sanften Bewegung auf den Dahlienstrauß, »die sind von Ihnen, nicht wahr?«

»Mhm.«

»Wann haben Sie Herrn Bamm denn zuletzt gesehen, oder mit ihm Kontakt gehabt, telefoniert vielleicht.«

Sie musste nicht überlegen. »Am Donnerstag, das war am Donnerstag. Wir sind am Freitag schon weggefahren, und er wollte auf die Mainau fahren, glaube ich, oder in die Schweiz. Genau weiß ich das nicht mehr, Entschuldigung.«

»Ist schon in Ordnung. Wissen Sie etwas über seine Freunde, Familie, Bekannte? Wir stehen da noch am Anfang.«

»Er hat eine Schwester, ich kann Ihnen die Adresse geben, auch die Telefonnummer, die hat er da hinten am Schreibtisch. Sonst gibt es da nur noch seine geschiedene Frau und die Tochter. Die war ab und zu mal da, so einmal im Monat für ein Wochenende. Hier in Lindau ist er nicht so verhaftet gewesen, aber seine Freunde, alles Berliner, da war er ja auch her, also die sind immer gerne hier zu Besuch gewesen«, sie sah sich um, »war ja auch schön. Und die Mutter, naja, sie kriegt nichts mehr mit …«

»Wissen Sie vielleicht, an welchem Thema er gerade gearbeitet hat?«

»Oh, er hatte immer viel zu tun, hat ja für alle großen Zeitungen und Magazine geschrieben. Manche haben bei ihm auch schreiben lassen und dann unter ihrem Namen veröffentlicht. Soweit ich weiß, ging es gerade um Gemälde. Er arbeitete an einem Buch über die Lebensgeschichte von Gemälden. Er hat einem Verlag ein paar Geschichten vorgelegt; und die haben das sofort haben wollen, haben auch gleich einen satten Vorschuss gezahlt.«

»Wirtschaftlich ging es ihm nicht schlecht«, stellte Schielin fest und sah sich um.

»Nein. Er hat gut verdient, sicher. Besonders reich ist er nun aber auch nicht, wissen Sie, seine Frau und die Tochter, da ging viel Geld hin, und er hat das Leben auch genossen, war viel unterwegs, Reisen, Hotels, Essen, Trinken. Da war er nicht sparsam.«

»Hier sind doch sicher Sachen, die er geschrieben hat, nicht wahr?«

Sie wies mit der Hand zum Regal in ihrem Rücken, ohne die Augen vom Fenster zu nehmen. »Da hinten sind die Ordner, in denen er seine publizierten Texte aufbewahrt, und im Regal stehen die Bücher, die er geschrieben hat, überwiegend Themen, die mit Kunst zu tun hatten.«

»Kunst?«

»Er hat Germanistik und Kunstgeschichte studiert, irgendwas mit Literatur auch noch … zu Beginn hat er bei verschiedenen Zeitungen im Feuilleton gearbeitet … aber schon immer Bücher geschrieben und so …«

»Was war er so für ein Mensch, Frau Kohler?«, fragte Lydia Naber. Sie erhielt keine Antwort.

»Wie ist es denn passiert?«, wollte Hedwig Kohler stattdessen wissen und starrte weiter aus dem Fenster.

»Man hat ihn erschlagen«, antwortete Schielin.

Sie zog ihre Unterlippe in den Mund und kaute darauf herum. Sonst war keine Reaktion festzustellen. Gerade als Lydia Naber eine nächste Frage stellen wollte, war vom Gang her Klopfen an der Tür zu vernehmen, und eine ärgerlich klingende Männerstimme rief, »Hedi! Heeedi!«

Schielin ging und öffnete die Tür. Ein überraschtes Gesicht wich vor ihm zurück, um ihn gleich darauf anzuherrschen: »Was ist denn hier los, und was soll das mit dem Siegel hier!« Der Mann hatte einen Gipsfuß und stützte sich auf eine Krücke. Schielin holte ihn in die Wohnung. Er humpelte bis zum Sofa. Seine Frau sah ihn mit großen Augen an und sagte leise. »Stell dir vor. Der Günther Bamm ist umgebracht worden, erschlagen.«

»Tot?«, fragte ihr Mann, und es klang mehr verwundert als erschrocken.

»Ja, tot«, bestätigte Lydia Naber.

Er drehte sich um, humpelte zurück zum Ausgang und brummte halblaut, mit einem vorwurfsvollen Unterton in den Gang: »Natalja kommt gleich von der Schule.«

Hedwig Kohler sagte: »Wissen Sie, mein Mann ist Lehrer und politisch sehr engagiert.«

Fast wäre Schielin ein »Ohje!« herausgerutscht. Er wunderte sich über die barsche Reaktion des Gipsfußes.

Lydia Naber sah sie nachdenklich an und spielte dabei

mit dem Zeigefinger der linken Hand versonnen an ihren Lippen.

Hedwig Kohler ging kurz darauf zielstrebig in Richtung Schreibtisch und suchte die Adresse der Schwester sowie die der Ehefrau aus Tübingen im Adressordner heraus. Lydia Naber beobachtete, wie sie sich suchend am Schreibtisch umsah und ein, zwei Schubladen öffnete, obwohl sie doch genau wusste, in welchem ledergebundenen Hefter die Adressen abgelegt waren. Auch als sie die Adressen hatten und keine weiteren Fragen mehr gestellt werden mussten, blieb Hedwig Kohler etwas zögerlich im Raum stehen. Lydia Naber nickte ihr freundlich zu und meinte, das sei alles gewesen, und Hedwig Kohler verließ mit stockenden Schritten den Raum. An der Tür angekommen, drehte sie sich noch einmal um und fragte: »Was machen Sie jetzt noch?«

»Wir sehen uns einfach noch ein wenig um«, entgegnete Lydia Naber. Dann hörte sie, wie die Tür vorsichtig ins Schloss gedrückt wurde.

»Komisch«, meinte sie, ging zu den Regalen und suchte ziellos zwischen den Büchern. Schielin hatte sich an den Schreibtisch gesetzt und ging die Unterlagen durch. Nach einer Weile hörte Lydia Naber ein feines, langes Pfeifen, das von Schielin kam. Er saß da und hielt ein braunes A5-Kuvert in der Hand. Darüber, unter seinem Daumen eingeklemmt, hing ein Packen Fotos, wie sie aus der Entfernung erkennen konnte. Schielin blätterte in schneller Folge durch. »Schau dir das mal an.«

Schon als sie hinter ihm stand, erkannte sie, dass es Hedwig Kohler war, die auf den Fotos abgebildet war. Lydia Naber schnippte mit den Fingern. »Das war es also, was sie gesucht hat. Hab ich's mir doch gedacht.«

Auf dem ersten Foto war Hedwig Kohler auf dem Ledersofa zu sehen. Sie kniete auf der Sitzfläche, stützte sich mit der linken Hand ab, hielt in der rechten Hand einen aufgespannten Regenschirm über sich und war ansonsten nackt. Der Fotograf, vermutlich Günther Bamm, hatte sie etwas schräg von vorne aufgenommen. Ihre Lippen waren mit schwarzem Lippenstift geschminkt. Das nächste Bild zeigte sie am Boden vor dem Sofa, zwischen den aufragenden Stuhlbeinen dreier umgestürzter Stühle, wieder einen Regenschirm über sich haltend. Es waren insgesamt sieben Fotos, vergrößert und perfekt, was Licht und Kontrast anging. Schielin blätterte die Serie zweimal durch.

»Und?«, fragte Lydia.

»Es wirkt nicht abstoßend.«

»Das meinte ich nicht«, erhielt er etwas genervt zur Antwort, »hat ihr Mann davon gewusst, was meinst du?«

»Das glaube ich eher nicht.«

Lydia Naber nahm ihm die Fotos aus der Hand und sah sie aufmerksam durch. Dann steckte sie die Aufnahmen ins Kuvert und legte es zu ihrer Tasche.

Schielin packte Notebook und Computer in einen Karton, der in der Küche herumgestanden hatte. Dann verließen sie Günther Bamms Wohnung.

»Schöner Garten«, züngelte Lydia Naber über den Zaun und warf einen Blick auf die Dahlien.

»Gehen wir mal davon aus, dass der politisch engagierte Lehrer ihn nicht erschlagen hat«, meinte Schielin.

»Wenn der nicht so ein gutes Alibi hätte, dazu die Krücke und das Gipsbein ... also zutrauen würde ich ihm das. Wie der gegen die Tür gedonnert hat, also mein lieber Herr Gesangsverein! Und ich meinerseits gehe mal davon aus, dass in ihrer eigenen Wohnung nicht so ein schöner Blumenstrauß steht.«

»Dieses Alibi, das werden wir schon genauer überprüfen müssen. Das machst du am besten ... mit deinem Dialekt ... kannst dich da droben auf der Alb besser verständlich machen.«

Lydia Naber ging gar nicht darauf ein, und Schielin fragte: »Was machst du mit den Fotos?«

»Die will ich ihr geben, es ist doch schließlich ihr Eigentum, irgendwie jedenfalls, oder nicht?.«

»Mhm. Und jetzt?«

»Hab ich Hunger.«

*

Günther Bamms Auto war abgeschleppt worden und wurde von den Leuten der Spurensicherung aus Kempten untersucht. Adolf Wenzel veranlasste die Benachrichtigung der geschiedenen Frau und der Schwester, und am Nachmittag sollte die Obduktion in Memmingen stattfinden. Erich Gommert brachte Unterlagen der Staatsanwaltschaft und eine Notiz über einen Anruf, den er entgegengenommen hatte, in Schielins Büro. Er hatte noch seinen Blaumann an. Als sich auf der Dienststelle herumgesprochen hatte, in welchem Outfit Gommi herumspazierte, machten sich Robert Funk und Adolf Wenzel in seltener Eintracht auf den Weg zum Geschäftszimmer. Der Anblick war erschreckend. Alle Kisten, Kartons, Aktenordner, die Telefonbücher ab Jahrgang 1975, verstaubte Schreibmaschinen, Farbbänder und die Ausgaben der Gewerkschaftszeitungen *Der Kriminalist* – einfach alles war verschwunden. Gegenüber Erich Gommerts altem Schreibtisch stand ein nagelneuer Kunststofftisch mit dazugehörigem Rollwagen. In der Mitte prangte ein neuer, großer Flachbildschirm, Notizblöcke lagen an der Seite und in einer Enderlin-Stiftablage sammelten sich Kugelschreiber, Bleistifte und wasserfeste Marker.

»Kommet, denn es ist alles bereit«, giftete Adolf Wenzel. Und in der Tat – Jasmin Gangbacher konnte kommen.

Robert Funk wendete sich kopfschüttelnd ab, ließ ein »du Lump, du alter«, hören. Und zog sich hämisch grinsend in sein Artefakt zurück. Erich Gommert sagte keinen Ton und betrachtete stolz sein Werk.

Schielin stellte zufrieden fest, wie sorgsam Gommert die Unterlagen auf seinem Schreibtisch drapiert hatte. Er nahm den gelben Post-it zur Hand, der auf dem oberen Blatt heftete, und wählte die Telefonnummer, die darauf angegeben war. Bereits nach dem ersten Klingeln vernahm er eine vorsichtig klingende Frauenstimme am anderen Ende. Kurz darauf machte er sich mit Robert Funk auf den Weg zum Hotel Bad Schachen. Lydia war schon auf dem Weg zur Obduktion.

*

In der Lobby des Hotels Bad Schachen herrschte reger Betrieb, wenngleich keinerlei hektisches Treiben oder Getue. Es mochte auch an den dunkelroten Teppichen liegen, die verhinderten, dass kurze schnelle Frauenschritte als Stakkato wahrzunehmen waren. Klavierspiel erfüllte die Halle; eine Aneinanderreihung belangloser Melodien, die über so viel Charakter verfügten, dass sie als angenehm wahrgenommen wurden. Gleichzeitig verfügten sie über so wenig künstlerische Potenz, dass Gespräche und Unterhaltungen, die halblaut über die alten Tische hinweg geführt wurden, nicht dadurch beeinträchtigt waren, dass die Gedanken der Gesprächspartner von den Tonfolgen entführt werden konnte.

Schielin und Funk waren schon erwartet worden und saßen in der hintersten Ecke der Lobby. Sie hatten sich bequeme Sessel ausgesucht, und den beiden gegenüber, auf dem Sofa, unter einem ausladenden Gemälde, einem Seestück, saß ein Ehepaar. Sie trug ein beigefarbenes Kostüm und eine hellblaue Bluse. Dazu eine schlichte Perlenkette. Er hatte weite, bequeme Cordhosen an, ein braunes, kariertes Hemd und ein dunkelgrünes Sakko. Schielin und Funk hatten den Kaffee, der ihnen angeboten worden war, nicht abgelehnt, und sie warteten mit ihren Fragen, bis man ihn serviert hatte.

Schielin beantwortete die Frage des Mannes, der sich als Leo

Korsch vorgestellt hatte. »Ja. Bei dem Toten handelt es sich um den Journalisten Günther Bamm.«

Das Ehepaar sah sich ernst an. Sie schüttelte ungläubig den Kopf, so als wäre gerade etwas Ungehöriges geschehen, und sagte zu ihrem Mann: »Ich hatte von Anfang an kein gutes Gefühl, ich hatte kein gutes Gefühl dabei.«

Er winkte müde mit einer Hand ab und erklärte: »Wissen Sie, ich hatte am Sonntagabend einen Termin mit Herrn Bamm vereinbart. Wir wollten uns um halb zehn im Hotel Bayerischer Hof treffen, so war das eigentlich vorgesehen.«

»Ich nehme an, zu diesem Treffen ist es nicht gekommen«, sagte Schielin.

»Also ich war dort. Ich bin nach dem Abendessen, das wir hier noch zusammen eingenommen hatten, losgefahren, um pünktlich zu sein. Ich war sogar etwas früher zur Stelle und bin noch ein paar Schritte durch den Bahnhof gegangen. Ich liebe dieses Gebäude, wissen Sie. Kaum einer hat ja die Zeit, dieser gewaltigen Uhr und der Decke den verdienten Blick zu gönnen, oder den so wundervoll geschwungenen Eingangspforten. Seit ich als Kind mit dem Zug hier zu den Ferien angekommen bin, hängt mein Herz an diesem Bahnhof. Es hat sich aber viel verändert, doch eines nicht – der Geruch, oder besser gesagt, das Bukett. Jeder Ort hat seinen eigenen Geruch, und er behält ihn, das jedenfalls ist meine Meinung und das ist etwas sehr Schönes, wie ich finde, und über diese bestimmte Zusammensetzung eines Aromas werden in uns Erinnerungen geweckt, werden Situationen wieder wach«, er lächelte, hob den Kopf und sie sahen ihn riechen. Dabei führte der die Kaffeetasse an der Nase vorbei. »Ich habe mich sofort wieder in die Zeit damals zurückversetzt gefühlt …«

Seine Frau legte ihm ihre Hand auf den Unterarm. Er verstand die Geste richtig zu deuten. »Aber wie Sie schon feststellten … dieses Treffen hat nicht stattgefunden. Ich habe bis kurz nach zehn Uhr gewartet, habe dann noch einen kleinen Spaziergang durch den Hafen gemacht und bin dann wieder nach Hause, also hierher gefahren.«

»Hätten Sie Herrn Bamm denn erkannt?«, fragte Robert Funk.

»Ja. Ich denke schon. Es gab ja Fotos von ihm schon früher in Zeitungen, und ich habe ein, zwei Bücher von ihm gelesen, da war hinten auch sein Foto abgedruckt«, Leo Korsch unterbrach und dachte nach, denn die Frage des Polizisten hatte zumindest eine spekulative Variante möglich scheinen lassen. Dann bestätigte er nochmals, »Nein, nein – das wäre nicht passiert, dass wir einander verpasst hätten.«

»Worum sollte es bei Ihrem Treffen gehen?«

Leo Korsch atmete hörbar aus, es klang fast wie ein Seufzer, und etwas Aufregung schwang auch mit. »Das ist eine nicht so ganz einfache Geschichte. Herr Bamm hat sich vor etwa vier, fünf Wochen bei mir gemeldet. Er berichtete mir, dass er gerade an einem neuen Buch arbeite, in dem es um die wechselhaften Wege gehen sollte, die Gemälde so im Laufe ihrer Existenz hinter sich bringen oder durchmachen müssen, ganz wie man will. Dabei ging es nicht unbedingt um berühmte Kunst, vielmehr betrachtete er die Geschichte von Kunstwerken als Metapher, wie er es in dem kurzen Telefonat ausgedrückt hatte.«

Seine Frau unterbrach ihn. »Sie müssen wissen, mein Mann ist Kunsthändler, nicht mit einer Galerie, in welcher die Werke von Künstlern direkt den Kunden angeboten werden, sondern eher in der Funktion eines Vermittlers. Wir leben in London und haben dort unser Büro. Im Wesentlichen arbeiten wir für die großen Auktionshäuser, Sie wissen … Sotheby's, Christie's …«, sie sah mit einem kurzen Blick zu ihrem Mann, »er kümmert sich um die Kunst, und ich regele die finanziellen Dinge. Eine gute Kombination, wie ich finde.« Sie lächelte feinsinnig nach ihrem letzten Satz, lehnte sich zurück in das Polster und nahm wieder die Position der hellwachen Zuhörerin und Beobachterin ein.

Ihr Mann rutschte nun ein Stück nach vorne, dem Rand des Sofas zu, und gab so einen größeren Teil seines Körpergewichts über die Beine an die Füße ab. Das Thema, das er nun ansprach, bewegte ihn im wahrsten Sinne des Wortes, und die ausladenden Bewegungen seiner Arme, die manchmal den gesamten Körper mitrissen, hätten ihn dank der soliden Federung des Sofas doch sehr hin und her geschaukelt. Er war impulsiv und synchronisierte das, was er sagte, mit Händen, Armen und den Bewegungen seines Oberkörpers und Kopfes. Es war eine Wonne, ihm zuzusehen.

Den Satz, mit dem er darlegte, dass er als Kind und jüngster Spross seiner Familie als Einziger die Ferien bei einer alleinstehenden Tante in Lindau verbringen durfte, begleitete er wie ein Dirigent. Langsam schoben sich die Arme auseinander, beschrieben einen Halbkreis um seinen Kopf und trafen sich wieder als betende Hände vor seinem Hals, als das Wort Lindau fiel. Schon die Zugfahrt von Regensburg hierher an den Bodensee habe ihn für sein Leben beeindruckt, wie er sagte. Die Tante war früh verwitwet und verlebte gar nicht miesepetrig die Pension ihres Bahndirektorgattens in einer eindrucksvollen Wohnung auf der Insel. Selbst aus einer begüterten Familie stammend, handelte es sich um eine durchaus vermögende Frau, der es große Freude bereitete, die Familie an ihrem Glück und Wohlstand teilhaben zu lassen, wobei offenblieb, ob sich das Glück auf das frühe Ableben des Gatten bezog oder darauf, den Krieg überstanden zu haben.

Schielin fiel auf, dass Leo Korsch in seinem gesamten, die Tante beschreibenden Bericht kein einziges Mal das Wort *reich* verwendete, und es doch im Raum schwebte wie die Bilder dieser Tante, die in den Köpfen entstanden, wenn Leo Korsch mit den Händen beschrieb, wie stolz sie durch die Maximilianstraße gegangen war, in Begleitung des kleinen Bengels.

Schielin und Funk genossen die Erzählung ihres Gegenübers, begleitet vom Gemurmel und den Klängen des Klaviers, die den Raum des weitläufigen Saales füllten. Man konnte darüber die Welt um sich herum aus dem Blick verlieren, vergessen, dass es einen Toten gab, der gerade aufgeschnitten wurde, vergessen, dass es jemanden gab, der diesen Menschen mit einem Holzprügel erschlagen hatte und noch frei herumlief; vielleicht sogar hier ein paar Meter weiter in einem der edlen Sessel sitzen konnte, die Zeitung aufgeschlagen, eine Tasse Kaffee und Schokoladenkuchen vor sich auf dem Tisch.

Leo Korsch war beim Zimmer seiner Tante angekommen, beschrieb das Wohnzimmer so, wie es bei den Buddenbrooks ausgesehen haben könnte, und machte dann eine Pause, deutete stumm an eine imaginäre Wand, irgendwo draußen über dem See zwischen Altrhein und Rohrschach. Er zeichnete ein Rechteck, einen Bilderrahmen, breites, dunkel gemasertes Holz. Außen eine umlaufende, vergoldete Kordel, innen ein schmaler von Patinaeinschlüssen gealterter Goldrand. Die Größe – für ein Kind gewaltige Ausmaße – im Katalog würde stehen einhundertsechzig mal einhundert Zentimeter. Ein Ölschinken. Er sackte ein wenig in sich zusammen, bevor er ihn beschrieb. Die bestimmenden Farbtöne waren tiefe, dunkle Grüntöne und alles, was die Palette des Malers an Blau herzugeben in der Lage war. Dazwischen Erdfarben, die ihm eher golden in Erinnerung geblieben waren. Er zog mit der Rechten, die Handfläche seinen Zuhörern zuweisend, einen Strich in die Luft, der auch hätte bedeuten können, bis hierher und nicht weiter. Es war der Vordergrund des Bildes.

»Eine Anhöhe. Es ist Sommer, zu Begin des neunzehnten Jahrhunderts, und nachmittägliche Hitze brütet über dem Land. Ein Weg führt vom rechten unteren Bildrand breit und wuchtig in die Bildmitte, umgeben von Wiesen rechts und einem kleinen Wäldchen links, an dessen Rand zwei mächtige Eichen ihre Wurzeln aus der Erde graben und ihr Blätterdach das ganze linke Drittel des Bildes einnimmt.« Leo Korsch ballte beide Fäuste, was die Wuchtigkeit des Grüns und die Mächtigkeit der Eichen unterstreichen soll.

»Der Weg schlängelt sich diagonal in die Tiefe der Landschaft. Unter den Eichen eine Weidelandschaft, die sich in fernen Hügeln und Wäldchen verliert. Dazwischen Bauern bei der Arbeit, mit Ochsenkarren, weidende Schafe, Kühe, ein paar Ziegen und Frauen bei der Feldarbeit, mit der Art, Kopftücher zu tragen, wie sie seit Millets *Ährenleserinnen* nie wieder schöner gemalt wurden.« Seine Arme schoben sich beide nach rechts und wiesen auf die weite Fläche hin, die das Bild, wie er sagte, nach rechts fließen ließ.

»Eine Weidelandschaft und im Tal ein See, dahinter Berggipfel, einige, die höchsten Berge natürlich, mit Schnee bedeckt.« Nach der Beschreibung wurden seine Hände ganz still, und ohne Bewegung erzählt er, dass im Schatten der linken Eiche ein Hirtenjunge döste, an eine der Bodenwurzeln gelehnt.

»Und den Weg aus dem Seegrund herauf, sah man ein Mädchen gehen, einen Korb in der Hand.« Er unterbrach und sagte dann ehrfurchtsvoll. »Das war das Bild meiner Tante.«

Seine Frau meinte. »Seien sie froh, meine Herren, nur das kleine Bild erklärt bekommen zu haben. Ich kenne die Variante acht mal zehn Meter und eine Kinoversion gibt es auch noch.«

Schielin und Funk mussten herzhaft lachen. Ihr Gegenüber schmunzelte.

Nach einem Schluck Kaffee und einigen Sekunden der Stille, die das Bild sicher wert war, fragte Schielin. »Wo besteht nun der Zusammenhang mit Günther Bamm.«

Leo Korsch rutschte zurück auf die ausladende Sitzfläche und ruhte am Rückenpolster aus. »Nach dem Tod meiner Tante, wir waren damals schon in London und unsere Tochter war gerade geboren, wurde die Wohnung hier in Lindau aufgelöst und verkauft. Zwei meiner Geschwister lebten und leben noch in Deutschland, und sie haben die Sache ordnungsgemäß durchgeführt. Es hatte alles seine Richtigkeit, und wir haben da nicht im Geringsten Streit miteinander gehabt, nur um das festzustellen. Allein – das Bild tauchte nicht mehr auf. Meine Tante hatte es aber mit absoluter Sicherheit nicht verkauft und auch niemandem geschenkt, denn sie war bis in ihr hohes Alter hinein geistig vollständig präsent und – sie hatte es mir versprochen. Wir haben oft zusammen vor dem Bild gesessen und es betrachtet, immer wieder neue Details entdeckt. Es war sehr schön, glauben sie mir. Ich war über einige Jahre hinweg immer wieder in den Sommerferien in Lindau und, weil es mir und ihr so gut gefallen hat, später auch einige Male im Winter. Nun gut. Dieses Gemälde, von dem ich ihnen berichtet habe, hat mein ganzes Leben geprägt. Es ist allerreinste Romantik, dieses Stück, Romantik, wie sie Novalis den Geist hatte, zu definieren: *›Indem ich dem Gemeinen einen hohen Sinn, dem Gewöhnlichen ein geheimnisvolles Ansehn, dem Bekannten die Würde des Unbekannten, dem Endlichen einen unendlichen Schein gebe, so romantisiere ich es.‹*

Dem Maler meines Gemäldes war all dies gut gelungen.«

Er legte die Hände auf die Knie und atmete aus, so als wäre eine große Last von ihm genommen. »Ich habe zwar Kunst studiert, das aber nie als berufliche Möglichkeit in Betracht gezogen, weil ich sehr früh erkannte, wie mäßig mein Talent war, und dass ich immer nur zu grober Mittelmäßigkeit würde fähig sein können. So habe ich eine Kaufmannsausbildung drangehängt und bin eben Kunsthändler geworden. Vor einigen Jahren habe ich mich auf die Suche nach dem Bild gemacht, schließlich hatte ich die Verbindungen dazu und auch den Zugang zu gewissen Katalogen und Datenbanken. Aber das alles mit sehr geringem Erfolg. Im Sommer dieses Jahres bekam ich dann einen Anruf von Herrn Bamm, der recherchierte gerade für sein Buch, und er sagte mir, dass er zwar keine Geschichte über das Bild, welches ich suchte, verfassen wollte, dass seine Recherchen jedoch Informationen über den Verbleib des von mir gesuchten Bildes zutage gefördert hätten. Er wollte nur noch einige Daten überprüfen, und wir wollten uns am Sonntag auf der Insel treffen.«

»Wieso denn erst so spät am Abend?«

»Er sagte, er käme erst am Abend mit dem Zug aus München zurück. Genaueres weiß ich darüber leider nicht.«

»Mhm.«

»Wann waren Sie wieder hier zurück?«

Seine Frau meldete sich erneut: »Das Taxi war so halb zwölf Uhr hier, es kann auch schon etwas näher an Mitternacht gewesen sein.«

»Sie waren also mit dem Taxi unterwegs«, stellte Robert Funk fest.

Sie antwortete. »Nur der Rückweg. Es war auch besser so, denn im Hotel da auf der Insel gab es ein, zwei … Whiskey …«

Robert Funk lächelte. »Das war besser so, wirklich. Aber schade, was das Bild angeht. Nun sind Sie eigens hierher gekommen und jetzt das …«

Beide verneinten. »Nein, nicht eigens. Wir kommen jedes Jahr im Übergang vom Sommer zum Herbst hierher ins Bad Schachen und verbringen einige genussvolle Tage. Ich liebe diesen Blick zur Insel hinüber … wie gesagt … viele Erinnerungen. Und das Hotel liegt einzigartig schön. London ist sehr hektisch, gleich wo, man kann sich diesem Stampfen und Rumoren nie ganz entziehen. So ist es in den ersten Tagen immer völlig unwirklich hier, die Vögel singen zu hören, die Geräusche des Sees zu empfangen, so zart, alles kommt wie von fern. Und in den Gängen und Sälen hier im Hause schwebt ja zweifelsfrei der Geist des *Zauberbergs*. Es ist eine Reise in die Vergangenheit. Außerdem erleben ja auch wir im Moment den Beginn einer Epoche des Verfalls.«

Schielin wusste darauf nichts zu antworten. Das mit dem Zauberberg konnte er nachvollziehen. Sicher, Madame Couchat hätte sehr gut in das Interieur gepasst, und kaum einer hätte sich gewundert, wäre sie mit ihrem bitteren Lächeln durch die Räume geschwungen. Unter der Äußerung *Beginn einer Epoche des Verfalls*, konnte er sich durchaus etwas vorstellen, war sich aber nicht im Klaren darüber, was Leo Korsch genau damit sagen wollte. Mitten in seinen Gedanken hörte er sich plötzlich den banalen, beinahe peinlich klingenden Satz sagen: »Im Sommer ist es hier aber auch sehr schön.« Er ärgerte sich darüber, kaum dass es gesagt war, und äffte sich im Geiste selbst nach. *»Im Sommer ist es hier aber auch sehr schön.«*

Es war Frau Korsch, die antwortete. »Sicher, sicher. Aber jetzt, wo es doch ruhiger geworden ist und das Licht mehr wie ein Schleier erscheint, denn als reine, strahlende Helligkeit, da offenbart der See am deutlichsten seine Seele – eine melancholische, eine romantische Seele.«

Ihr Mann nickte dem Boden zu und sagte: »Novalis.«

»Eine Frage noch, Herr Korsch. Günther Bamm hat nicht versucht, Sie am Sonntag zu erreichen, hier im Hotel vielleicht, über Handy oder anderswie, um den Termin abzusagen?«

»Nein, sonst wäre ich ja nicht auf die Insel gefahren.«

»Ich frage nur, weil Herr Bamm, nach allem was wir bisher von ihm wissen, nicht ohne Grund einen Termin wie diesen platzen lässt.«

Leo Korsch zuckte mit den Schultern. »Es ist ganz sicher etwas dazwischengekommen, etwas was nicht gut für ihn ausgegangen ist.«

*

Schielin und Robert Funk fuhren in Richtung Unterreitnau davon, wo Funk den Stadel in Augenschein nehmen wollte, der am Wochenende zuvor aufgebrochen worden sein sollte. Sie schwiegen auf den ersten Kilometern, noch dem Eindruck der letzten Stunde verhaftet. Schielin unterbrach das Schweigen und sagte, dass er als Nächstes die Unterlagen sichten wolle, die Günther Bamm für sein neues Buch zusammengetragen hatte, denn die Erkenntnis aus dem Gespräch mit dem Ehepaar Korsch legte nahe, dass Bamm bei seinen Recherchen auf die eine oder andere dubiose Kunsttransaktion gestoßen war. Robert Funk saß wie abwesend auf dem Beifahrersitz und sah hinaus auf die Landschaft, denn Schielin fuhr einen Umweg, ganz den romantischen Gefühlen verbunden, die geweckt worden waren.

»Worüber denkst du nach, Robert?«, fragte er schließlich.

Robert Funk wandte sich ihm zu und sagte: »Das Bild, das Bild das dieser Korsch beschrieben hat, es geht mir nicht aus dem Kopf.«

Schielin nickte. »Es hat ihn sehr beeindruckt, das steht fest.«

Robert Funks Blick blieb an ihm haften. »Mich auch … ich glaube, ich kenne es.«

Schielin sah kurz zu ihm hin. »Wie?«

»Ich habe es schon irgendwo einmal gesehen. Es hing in einer Wohnung, in der ich mal war … einfach so an der Wand. Mir fällt aber nicht mehr ein, wo es war und in welchem Zusammenhang. Ist schon ein paar Jahre her. Du weißt, in wie viele Wohnungen wir kommen, was und wen wir alles sehen. Das gerät dann im Kopf da droben durcheinander, in Vergessenheit, und wenn man es wieder hervorkramen will, wird alles noch schwieriger.«

Sie hielten vor dem alten Stadel. Ein gelangweilter Nachbar hatte beobachtet, wie sich in der Nacht von Donnerstag auf Freitag eine Gestalt am Holztor zu schaffen gemacht hatte. Als die verständigte Streife ankam, stellte sie ein aufgebrochenes Schloss fest. Der Stadel selbst war leer, und es ließ sich nicht feststellen, ob etwas entwendet worden war. Der Zeuge selbst wusste nur, dass das alte Gebäude schon vor einigen

Jahren an jemanden von auswärts verkauft worden war. Im Dorf gab es niemanden mehr, der sich um den Stadel und das Stück Wiese darum herum kümmerte. Was zwischen den alten Holzbrettern gelagert wurde, wusste er auch nicht. Ab und zu sei mal ein Lieferwagen dagestanden, aber was da ein- oder ausgeladen worden war, das hatte man nicht sehen können.

Funk sah sich das Schloss an. Grobe Arbeit mit der Brechstange. Im weichen Holz waren noch die Abdrücke des Eisens zu erkennen. Was bezweckte jemand damit, einen Stadel aufzubrechen?

Das Tor ließ sich öffnen, ohne ein Knarren oder Quietschen von sich zu geben. Butterweich und leicht schwebte die schwere Holztür auf. Der Innenraum verblüffte die beiden. Statt des Kies- oder Lehmbodens erwartete sie ein ordentlich verlegter Dielenboden, der auf einem Balkengerüst angebracht war und fast eine Trittstufe höher lag. Wände und Decke waren sauber verkleidet. Links an der Wand und hinten erhoben sich ausladende Regale. Über einigen lose herumstehenden Kartons hingen weiche Decken, einige dicke Bogen mit Ölpapier, so wie sie von Umzugsunternehmen verwendet wurden, lagen an der Wand.

Schielin strich mit den Fingern über die Regalböden. Kein Staub. Er holte das rote Schweizermesser hervor, das er von seinen Kollegen aus Bern einmal geschenkt bekommen hatte, und stocherte durch einen Schlitz der Seitenverkleidung. Dicke Plastikplanen isolierten den Raum nach außen. Er pfiff anerkennend und rief Funk zu: »Sehr solide hergerichtet. War wohl doch was zu holen hier.«

Funk inspizierte gerade einen der Kartons genauer und entgegnete: »Schaut nach Antiquitäten oder Haushaltsauflösungen aus. Habe so was schon mal gesehen. Das sind Firmen, die so einen Stadel mieten und herrichten. Ist viel billiger als andere

Lagereinrichtungen. Strom- und Wasseranschluss braucht man ja nicht, und die staubfreie Innenverkleidung ist in ein, zwei Tagen hergestellt.«

»Aber der Typ, der das hier aufgebrochen haben soll, war nicht mit einem Fahrzeug hier«, stellte Schielin fest und sah sich um.

»Vielleicht ein Neugieriger aus dem Dorf. Es schaut mal nicht so aus, als ob er hier noch etwas vorgefunden hätte.« Funk hatte etwas entdeckt, ging in die Hocke und zog mit der Plastikpinzette, die er immer dabei hatte, etwas aus der Ecke eines Regals. Es war eine Scherbe. Er drehte sie in das vom Tor her einfallende Licht und nickte anerkennend. »Zwiebelmuster. Das war mal Meißener Porzellan. Den Mieter werde ich mir mal genauer ansehen.«

»In der letzten Zeit war es doch ziemlich ruhig, oder? Keine Einbrüche in Antiquitätengeschäfte, keine Tageswohnungseinbrüche, nichts an der Profieinbrecherfront.«

»Stimmt. Ich denke auch nicht, dass das hier ein Parkplatz für Diebesgut war. Aber es hat sich wohl jemand für das Zeug interessiert, das hier zwischengelagert wurde – ist wohl zu spät gekommen.«

Nachdem sie einige Fotos gemacht hatten, fuhren sie zurück zur Dienststelle, wo Schielin allein im Büro war, da Lydia von der Obduktion in Memmingen nicht mehr zurück auf die Dienststelle gekommen war.

Robert Funk versuchte, einige Informationen über den Mieter des Stadels herauszubringen, und Schielin hockte über den Unterlagen, die Günther Bamm für sein neues Buch zusammengetragen hatte. Erstmals ging er auch das Notizbuch genauer durch und legte die Zeitungsartikel heraus, die zwischen den Blättern lagen. Es war ein buntes Allerlei. Er überflog die Rezension eines Buches über Leonardo da Vinci, las den Bericht über die Entwicklung der Preise am Kunstmarkt, auf einem ausgeschnittenen Zeitungsblatt war eine Sportmannschaft in eigenwilligem Dress zu sehen, auf der Rückseite dann das großflächige Inserat eines St. Gallener Auktionshauses, die auf eine Sonderausstellung hinwies – altes Porzellan. Ein Datum war nicht zu erkennen, das Papier selbst machte einen betagten Eindruck, vielleicht war es aber auch nur dem Sonnenlicht ausgesetzt gewesen und aus diesem Grund schon so verblichen.

Er suchte weiter, fand einen Artikel, den er selbst in der Frankfurter Allgemeinen gelesen hatte. Die Geschichte eines Familiengemäldes und wie sich die Familie zwei Generationen später über die Rechtmäßigkeit des Besitzes entzweit hatte. Er blickte hinaus in den Hof und sah Jasmin Gangbacher in Begleitung von Adolf Wenzel. Er trug einen Karton, sie zwei Taschen. Kurz darauf klapperte es vorne im Geschäftszimmer: Einzug. Für die neue Kollegin hatte Schielin auch schon eine interessante Arbeit. Er legte die drei vergilbten Hefte von Professor Armbruster zusammen und heftete einen Notizzettel daran. Er selbst ackerte die Listen mit den Verbindungsdaten durch. Einige Versuche blieben Versuch, ein Polsterer meldete sich sichtlich genervt, noch so spät angerufen zu werden, und noch ärgerlich, den Hörer abgenommen zu haben. Dann wählte Schielin eine Lindauer Nummer. Ein klare, emotionsfreie Stimme meldete sich mit »Ja, hallo.«

Schielin stellte sich vor und erfuhr, dass er mit dem Sekretariat der Familie Borgghes verbunden war. Er machte für den nächsten Tag einen Termin aus und blätterte danach im Notizbuch. Der Name, den er eben am Telefon vernommen hatte, war ihm der eigentümlichen Schreibweise wegen schon im Notizbuch aufgefallen. Tatsächlich fand er ihn. *Borgghes* stand da, etwas unförmig. Es sah aus, als habe Günther Bamm die Buchstaben unzählige Male nachgefahren, so wie man es in Gedanken manchmal tut. T. Borgghes und C. Borgghes war da zu lesen. Es war die Seite, an welcher der Zeitungsausschnitt des Schweizer Auktionshauses heftete.

Er war auf den nächsten Tag gespannt. Der Name Borgghes

sagte ihm auch etwas. Er verband diesen Familiennamen mit sehr, sehr viel Geld. Sie besaßen einige Firmen, und ab und zu tauchte der Name auch in der Klatschpresse auf.

*

Schielin eilte sich, nach Hause zu kommen, wo er seine Frau und die Töchter dadurch irritierte, nach einer lakonischen Begrüßung durch das Haus zu gehen und die Bilder zu betrachten, die an den Wänden hingen, begleitet von den skeptischen Blicken der Töchter und seiner Frau, die ihn schließlich fragte, was er da mache. Auf seine lustlose Antwort hin, er betrachte sich lediglich die Bilder, meinte sie mit milder Stimme, dass die meisten schon seit fast zwanzig Jahren im Haus wären. Er sagte, dass er es erschreckend fände, dass keines ihn so richtig packe. Er sagte *packe*. Die Frauen sahen sich verwundert an. Er ging hoch in den Dachboden und kruschtelte so lange in altem Kram und Staub herum, bis ein trockener Husten ihn zwang, einen Schluck Wasser zu trinken.

Sein Verhalten war so seltsam, dass nicht einmal eine der Töchter einen ironischen Kommentar von sich gab. Draußen wurde es nun schon dämmrig, doch er machte sich noch auf zur Weide. Die Laufleine war schon dabei, und Ronsard stand am Gatter und schien gar nicht unwillig, noch einen kleinen Ausflug zu wagen. Von Albin Derdes war weit und breit nichts zu sehen, und so machte er sich sofort auf den Weg.

Schielin erzählte Ronsard erst einmal von dem, was er heute im Radio gehört hatte. Er berichtete von der Regierung, die überrascht davon war, wie viel Geld fehlte, und dass es so ein fremdes Erleben war, wie ein Politiker sich sogar dafür entschuldigte. So etwas gab es selten in unserem Kulturkreis. In Japan, erläuterte Schielin dem aufmerksamen Esel, war dies eine bekannte und vom Volk erwartete Verhaltensweise. Die traten vor das

Volk, genauer gesagt, sie knieten auf einem dünnen Kissen, verbeugten den Oberkörper, stießen harte Laute in ein Mikrofon, hielten ein bitteres, reuig-ernstes Gesicht in die Kamera – und stürzten sich dann ins Schwert. Harakiri klang eigentlich nach etwas Essbarem, irgendwie nach Geflügel. Nun – es war was dran an dem Satz, dass man von anderen Kulturen lernen konnte, also wieso nicht auch von der japanischen. Diese Tradition entlastete die Seele des Volkes und gab frischen Kräften eine Chance – etwas sehr Begrüßenswertes.

Schielin zürnte beim Überqueren einer Streuobstwiese über diese Bande Gieriger, die – gleich einer Horde Besoffener – im *salle petites jeux* mit dem großem Geld anderer herumgezockt hatten. Es war zum Verrücktwerden – und die hatten sich getraut, Büchergeld für Schulkinder zu verlangen – einfach unglaublich. Ronsard holte im Vorübergehen ein Büschel Gras vom Wegrand und teilte Schielins Entrüstung nicht in gleichem Maße, jedenfalls nicht offensichtlich. Schielin sah zu, wie sich der Unterkiefer in gleichmäßigem Takt dem Gras zuwandte. Er steigerte das Empören und kam auf die Verwaltungsreform zu sprechen. Darauf, dass nun Förster, die ja so wahnsinnig teuer und nahezu unbezahlbar waren, an irgendwelchen Schulen unterrichteten, schimpfte davon, dass eine Polizeireform mehr Sicherheit und Effizienz bringen sollte durch Beseitigung von Wasserköpfen und Stelleneinsparung. Gleichzeitig verkündete ein zuständiger Minister vor Mikrofonen und Kameras den höchsten Personalstand bei der Polizei überhaupt. Schielin blieb stehen. Wenigstens jetzt erwartete er eine Reaktion von Ronsard. Das musste die Welt doch verstehen, dass die Dinge nicht mehr zusammenpassten, dass eine Nachricht der anderen widersprach und es in dem Informationswust niemandem mehr auffiel. Desinformation durch Überinformation.

Ronsard war stehen geblieben, mochte aber immer noch nichts von Schielins Aufregung wissen. Der stand immer noch da und sah ihm beim Kauen zu. Alles an Ronsard strahlte Ruhe und Gelassenheit aus. Es ging ihm gut, zweifelsfrei, gleich ob Milliarden verschwunden waren, gleich ob Regierungen wechselten – ein Büschel Gras würde es immer geben und jemanden, der einem das Fell tätschelte. Schielin erwog, ob er ein wenig von der Klimakatastrophe, dem Waldsterben oder dem Ozonloch erzählen sollte. Aber er ließ es sein – das war alles schon wieder Schnee von gestern.

Das Gemüt eines Esels war mit dem, was einen Menschen in Aufregung versetzte, nicht in Wallung zu bringen. Schielin fiel ein, dass irgendeiner dieser Staatsfunkjournalisten, die jetzt wieder alles genau wussten, so genau, wie sie zuvor dem Finanzmob hinterhergesprungen waren, einer von denen jedenfalls hatte neulich im Fernsehen gesagt, dass bei den Banken wohl einige Esel in führender Funktion tätig gewesen wären.

Es war eine Schande, so etwas zu sagen, wenn man einen Bezug zu Eseln hatte – so wie Schielin –, der gerade hier im Motzacher Wald stand und Ronsard betrachtete. Wo wir Menschen gierig waren, zeigten uns Esel Genügsamkeit, wo wir aufgeregt waren, verströmten Esel stoische Gelassenheit, wenn es gefährlich wurde und andere davonliefen, blieben Esel stur an Ort und Stelle – sie waren keine Fluchttiere. Wenn es nur mehr Esel gäbe an führender Stelle, dachte Schielin, wenn es nur mehr Esel gäbe.

In der Nacht dann, die Kinder und Marja waren schon im Bett, goss Schielin den Rest des Rotweins aus der Flasche in ein Glas, nahm Bamms Notizbuch samt den Unterlagen, die sein aktuelles Buch betrafen, und zog sich in sein Kämmerchen im Dachboden zurück. Miles Davis Trompetenklage drang leise aus den Lautsprechern. Das neue Buch war, soweit es aus Bamms Aufzeichnungen hervorging, fast fertig gewesen. Ein Artikel war mit einem Fragezeichen versehen, und es existierten dazu nur einige Blätter mit Notizen, die Schielins Interesse schnell auf sich zogen. Günther Bamm war bei seinen Recherchen an einen Kunsthändler in Wiesbaden geraten, der ihm von einem Verkaufsangebot erzählte, das eine Picasso-Lithografie betraf. Bamms Recherchen hatten ergeben, dass von der kleinen zweistelligen Auflage nur noch wenige Blätter existent waren und dass Blatt Nummer 43/60 im Besitz der Familie Hirschmann gewesen war. Professor Max Hirschmann hatte 1941 Selbstmord begangen, und seine nichtjüdische Witwe hatte sich, um überleben zu können, nach und nach von Kunstwerken, Schmuck, Geschirr, Silberbesteck und Porzellan getrennt. Bamm hatte einiges aufgelistet. Er war in einem Archiv neben vielem anderen sogar auf eine Kopie der Quittung für den Verkauf der Lithografie gestoßen.

Schielin legte die losen Papierbogen zur Seite und nahm das Notizbuch zur Hand. Er blätterte durch die wild beschriebenen, bekritzelten Seiten des Notizbuches und versuchte, den Buchstabenkürzeln, Worten, Halbsätzen, Skizzen und Zeichnungen etwas Informatives zu entnehmen, vielleicht eine Querverbindung zu dieser Picasso-Lithografie. Nachdem er zweimal eher lose durch die Seiten gegangen war, weit mehr auf Intuition hoffend, als auf die Kraft seiner Folgerungsfähigkeit und Fantasie zu vertrauen, änderte er sein Vorgehen.

Es war nun still im Haus. Wie aus einer weiten Unendlichkeit drang in unsteter Regelmäßigkeit das Schütteln des Kühlschranks von unten herauf, wenn sich der Kompressor abschaltete. Das Haus selbst gab Geräusche von sich, die lange schon vertraut waren. Die Melodienfolgen aus den Lautsprechern, der Wein, alles zusammen entführte Schielins Gedanken immer wieder an andere Orte und Geschehnissen, die mit seinem aktuellen Fall gar nichts zu tun hatten. Während er gerade an eine Szene des letzten Urlaubs dachte, einen Schluck Wein für einige Sekunden im Mund hielt, um den Geschmack in aller Fülle zu erfahren, während er einem klagenden Trompetenton folgte und seine rechte Hand mechanisch blätterte – in diesem entrückten Zustand war etwas gewesen, das durch den wohligen Nebel hindurch seine Wachsamkeit ansprach. Er schluckte den Crozes-Hermitage und richtete sich auf. Auf den letzten Seiten, die er so nebenbei überflogen hatte, hatte etwas gestanden. Er blätterte ein paar Seiten zurück und suchte. Auf der linken Seite wurde er fündig. Oben rechts hatte Bamm mit Bleistift eine Sonne gezeichnet, mit Gesicht – sie lächelte. Darunter einen Regenschirm mit zwei Beinen, ebenfalls mit lachendem Gesicht. Allerlei Striche, Kreise, Rechtecke und wilde Faxen darum herum gemalt, ganz so, wie man es während längerer routinierter Telefonate macht oder in Telekom-Warteschleifen hing, bei grausiger Musik und noch mieserem Service. Es folgten Notizen ein Konzert betreffend, Tschaikowsky, Symphonie Nummer 5. Dann folgten Zahlenreihen, Uhrzeiten, wie der Doppelpunkt zwischen den Ziffern nahelegte. Rechts klebte die Visitenkarte eines Professors, der seine Dienste als Personal-Coach anbot. Auch sie war bemalt. Daneben stand ein Absatz, in dem es um die Wirkung von Kunst auf unser Gehirn ging. Dann folgten wieder Zahlen. Zwischen den Zahlen und der Textnotiz waren große Buchstaben, die mehrfach nachgezogen waren und über die gesamte Seite, vom linken Rand bis direkt an den Heftrand reichten. Die Abstände zwischen den Buchstaben waren weiträumig, was dazu führte, sie als einzelne Lettern wahrzunehmen – genau dann, wenn das Gehirn auf der Suche nach lesbaren Informationen war und gelernt hatte, welche Abstände hierfür infrage kamen. Die fast beiläufige Weise, in der Schielin auf die Seite gestoßen war, offenbarte die wahre Information, die lautete: Geldübergabe.

Eine Zahl in nächster Nähe war vierstellig 2130, und am rechten Rand war ein Wort von oben nach unten geschrieben: Rhein. Von dort zweigte ein Wort nach links ab. Park. Das alles fand sich zwischen Texten und scheinbar krakeligen Faxen. Es konnte also bedeuten: Geldübergabe um einundzwanzig Uhr dreißig, Rheinpark. Der befand sich in St. Margrethen, dem ersten schweizerischen Ort jenseits der Grenze, und auf dem Parkplatz dort hatte schon einmal einer Geldübergabe stattgefunden. Damals war es ein Koffer mit Millionen, bestimmt für eine politische Partei. Was war es diesmal?

*

Am nächsten Morgen setzte Marja ihn an der Dienststelle ab. Ein strammer Wind zog von Westen über den See, und die ersten Blätterherden trieben über die Straßen. Bevor Schielin ins Büro ging, legte er Robert Funk das Notizbuch zur Durchsicht auf den Schreibtisch – andere Augen sahen anders.

Lydia Naber kaute an einer Laugenbreze. Er schnupperte – immer noch kein Duft von Kaffee in der Luft. Während er die Unterlagen sortierte, berichtete sie in groben Zügen von den Ergebnissen der Obduktion. Im Wesentlichen wurde bestätigt, was die junge Ärztin am Montagmorgen schon festgestellt und geschlussfolgert hatte. Er meinte, dass die Kleine eine ganz fixe sei, worauf Lydia Naber etwas spitz erwiderte, es sei keine Kleine gewesen, sondern eine Junge.

An der Morgenbesprechung nahm zum ersten Mal Jasmin Gangbacher teil. Ihre Begrüßung durch Kimmel fiel kurz und sachlich aus, und schon kurze Zeit darauf kam es allen vor, als habe sie schon immer mit in der Runde gesessen. Schielin berichtete stichpunktartig vom Treffen mit Leo Korsch und in welcher Verbindung dieser zum Mordopfer stand. Auch auf das Bild, das Korsch suchte, ging er kurz ein, wenngleich seine Beschreibung sehr sachlich ausfiel. Gleich nach Ende der morgendlichen Runde, schon auf dem Weg zu seinem Termin, brachte Conrad Schielin die drei Bücher bei Jasmin Gangbacher vorbei, mit der Bitte, mehr über diesen Professor Armbruster herauszufinden und vielleicht eine Erklärung dafür zu bekommen, weshalb Günther Bamm gerade diese

Bücher bei sich hatte. Gommi hörte ihm interessiert zu, und Schielin wurde klar, was – neben der angenehmen Gesellschaft, die er sich ins Büro geholt hatte – noch ein Grund für Gommerts behände Reaktion gewesen war: Durch die Anwesenheit von Jasmin Gangbacher hing er direkt am Puls der Ermittlungen. Schielin befand das für gut, denn nun würden sie von seinen Besuchen verschont bleiben, konnte er doch den Durst seiner Neugier mittels anderer Quelle stillen.

Lydia saß mit Schielin im Büro und legte stumm die Unterlagen bereit, die sie benötigte. Dazu gehörten auch die Fahrkarten, die in der Ledertasche von Bamm gefunden worden waren.

Er sah auf. »Du bist so still, alles in Ordnung zu Hause, alles wohlauf, immer noch diese Sache mit der Aphrodite?«

Ein kurzes, unmotiviertes »Mhm«, war alles, was sie hören ließ, ohne ihre Arbeit zu unterbrechen.

»Der Kleine krank?«, fragte Schielin nach.

Sie schüttelte den Kopf.

»Deiiiin …?«

Sie setzte sich aufrecht auf ihren Bürostuhl und nickte ernst.

Schielin wusste damit wenig anzufangen und fragte einfach nach: »Und …?«

Sie verzog den Mund. »Anfangs dachten wir, es sei Lungenentzündung …«

»Oh.«

»… dann deuteten die Symptome aber doch eher auf Lungenkrebs hin.«

Schielin war sprachlos.

Sie beruhigte ihn mit einer Handbewegung. »War es dann aber doch nicht, auch das Bronchialkarzinom konnte ausgeschlossen werden. Es ging ihm gar nicht gut, es geht ihm noch immer nicht gut.«

Schielin wurde blass.

»Ich hatte ja von Anfang an eine ganz andere Vermutung …«

»Und die war?«

»Irgendwas im Kopf«, sagte sie ernst.

»Im Kopf!? Ein … Gehirntumor?«

Sie schürzte die Lippen und kniff die Augen zusammen, sagte aber keinen Ton.

Schielin wurde ganz flau. »Und was ist es jetzt? «

»Mhm. So wie sich die Sache im Moment darstellt, der gesamte Krankheitsverlauf und so, da dürfte es sich tatsächlich um eine im Endstadium befindliche – Erkältung handeln.« Sie stand auf und machte weiter, ihre Unterlagen herzurichten. Schielin hatte sich wieder etwas entspannt und sah ihr zu. Ohne ihn dabei anzublicken, sagte sie: »Ich habe übrigens mit seiner Ex-Frau telefoniert.«

»Und?«, fragte Schielin.

»Sehr distanziert, sehr distanziert. Ich finde das schlimm. Mein Gott – er ist totgeschlagen worden.«

»Ja sicher, aber vielleicht war Bamm während seiner Ehe auch öfters mal erkältet.«

Sie fand es gar nicht witzig und hakte nach: »Was hältst du denn davon?«

»Ja, ich finde das auch nicht in Ordnung, wenn der Ex erschlagen wird und so gar nicht ein wenig Trauer bei der Frau zu spüren ist, aber was soll man machen, so sind die Menschen«, sagte Schielin und versuchte, den richtigen Ton zu treffen. Er hackte nun wieder auf die Tastatur ein. Zweimal hatte er schon das falsche Passwort eingegeben und beim dritten Mal würde sein Zugang gesperrt werden.

Lydia Naber ließ nicht locker. »Also ich bitte dich … so sind die Menschen … wo hast du denn diese Redensart her? Findest du das denn nicht seltsam? Sie sind schon eine Weile getrennt und haben eine Tochter miteinander. Sie hat mich nicht mal gefragt, wer sich um die Beerdigung kümmert.«

Schielin klatschte in die Hände und strahlte. Die Anmeldung hatte geklappt.

Lydia Naber sah ihn vorwurfsvoll an. Er hob die Schultern. »Beim dritten Mal wäre ich gesperrt gewesen. Du weißt, wie Gommi sich da immer anstellt.«

Sie winkte ab. »Ich werde mich mit seiner Schwester in Verbindung setzen.«

»Mach das. Was hältst du eigentlich generell von diesem Fall?«

Sie setzte sich wieder und dachte zunächst nach. »Beängstigend. Wenn zwei in Streit geraten und irgendwo liegt ein Prügel herum, und der eine haut den anderen nieder – das ist die eine Sache, und das haben wir auch schon ein paar Mal gehabt. Im einen Fall geht es eben noch gut, im anderen aber stirbt ein Mensch. Dieser Fall – da unten am Kleinen See, in der Nacht … wer immer das getan hat war gut organisiert, zielstrebig, erfolgsorientiert und absolut brutal.«

»Das liest man doch immer in Stellenanzeigen, wenn sie sogenannte Führungskräfte suchen«, meinte Schielin.

»Kriminell hatte ich noch vergessen, aber das steht ja außer Frage«, antwortete sie auf seine Bemerkung.

»Geldbeutel, Brieftasche, die komplette Umhängetasche … alles hat der Täter am Tatort gelassen«, stellte Schielin fest.

Lydia Naber nickte. »Es ging offensichtlich ausschließlich darum, Bamm zu töten. Die Unterlagen, das Geld, alles andere war nicht von Belang für den Täter. Wer so etwas durchzieht, verzichtet doch nicht auf die Tasche, wenn er darin etwas vermutet, was einen Mord wert ist. Der hätte alles ausgeräumt und außerdem einen anderen Ort und eine andere Zeit gewählt.«

»Das ist genau das, was ich auch denke – der Täter hat sein Ziel allein dadurch erreicht, dass Bamm tot war.«

»So ist es wohl. Jetzt kann er keine Bücher und Artikel mehr schreiben.«

Schielin nahm Lydia ein Stück im Dienstwagen mit und setzte sie am Kreisverkehr vor der Seebrücke ab, von wo sie zu Fuß gehen wollte. Die erste Welle des morgendlichen Verkehrs hinüber zur Insel war schon abgeebbt, und es war somit ruhiger geworden. Der Wind hatte nochmals aufgefrischt, und die langen Blätter der Trauerweide, drüben auf der Insel Hoy, wiesen zur Bregenzer Bucht hin. Die Berge dahinter zeigten nur schwach ihre Konturen.

Sie gehörte an diesem Morgen zu den wenigen, die dem Wind den Genuss abrangen und zu Fuß unterwegs waren. Es war nun schon viel ruhiger geworden in der Stadt. Gäste waren nicht mehr in großen Pulks unterwegs, sondern paarweise oder einzeln. Es wurde übersichtlich und der Genuss größer. Zudem verhinderte die Abkühlung, die die Brise mit sich brachte, dass ihr jene Männer entgegenkamen, vor deren Brüsten sich die Kameraobjektive in der gleichen obszönen Penetranz reckten, wie monströse Bäuche unter straff gespannten T-Shirts.

Ab und an ließ sie ihre Handfläche über die Holzauflage des Brückengeländers gleiten und fühlte den sanften Verwerfungen nach, die bereits nach den wenigen Jahren, die die neue Brücke nun existierte, an manchen Stellen auftraten. Dem Ort, an welchem sie Günther Bamm gefunden hatten, schenkte sie lediglich einen kurzen Blick und ging an der Heidenmauer vorbei zum Stiftsplatz. Im Haus zum Cavazzen beschaffte sie sich erste Unterlagen über die Veranstaltungen, die am Sonntagabend auf der Insel stattgefunden hatten. Vielleicht hätte die eine oder andere ja für Günther Bamm interessant sein können. Das Passfoto, das sie in einer Schatulle auf dem Schreibtisch in Bamms Wohnung gefunden hatte, war recht aktuell und sie hatte es am Kopierer vergrößert, um es Zeugen vorlegen zu können.

Sie ging zur Stelle hinter der Kirche St. Stephan, wo Bamms Auto abgestellt gewesen war; ordentlich abgesperrt und ohne eine besondere Auffälligkeit. Wo war er hingegangen, falls er es war, der hier geparkt hatte? Zum Stiftsplatz, den kurzen Durchgang zur Fischergasse oder zur Heidenmauer, wo er sofort auf seinen Mörder traf? Der fehlende Autoschlüssel ging ihr nicht aus dem Sinn. Es konnte auch sein, dass eine andere Person das Auto hier abgestellt hatte.

Am Bahnhof bekam sie einen Kaffee, und Josef Rupfer, ein Bahnler aus vollstem Herzen, machte sich daran, anhand der Kontrollstempel auf den Fahrkarten einen genauen Plan über Bamms Reisewege zu erstellen.

Fast den gesamten Freitag hatte Bamm am See zugebracht. Am frühen Morgen war er mit dem Schiff zur Mainau gefahren. Die Fahrkarte der Fähre belegte, dass er auf dem Rückweg von dort, nur als Person, das bedeutete ohne Fahrzeug, nach Meersburg übergesetzt hatte. Von dort war er mit dem Zug zurück nach Lindau gefahren war. Es war eine etwas eigenwillige Reiseplanung. Wie war er zur Mainau gekommen und wieder zurück zur Fährstelle? Wollte er einfach nur den See genießen, auf einer Holzbank im Freien sitzen, auf Berge und Wasser sehen, sich den Wind um die Ohren wehen lassen und nachdenken. Es gab nicht wenige Menschen, die auf genau diese Weise einige angenehme Stunden verbrachten.

Josef Rupfer hielt sich nicht lange auf, arbeitete sich langsam durch die kryptischen Zahlen und Buchstabenkombinationen der Kontrollstempel, die ihm eine ganze Welt erschlossen, den Nichteingeweihten hingegen nicht mehr als Hieroglyphen bedeuteten. Er notierte, immer wieder nachrechnend, die einzelnen Zugnummern, Stationen und Bahnhöfe. Der Samstag erschien sehr zerrissen. Früh am Morgen war Bamm mit dem Zug nach St. Margrethen gefahren, hatte dort drei Stunden Aufenthalt, um dann mit dem Eurocity weiter nach St. Gallen zu kommen. Nach gut vier Stunden in St. Gallen wies die nächste Fahrkarte mit dem Eurocity den Weg zurück, und abermals legte er einen Stopp in St. Margrethen ein, bevor er am Abend nach Lindau zurückkehrte.

Auch am Sonntag war er mit dem Zug unterwegs. Die bisher am Rande des alten Holztisches liegende Fahrkarte war im Zug gelöst worden, am Sonntagmorgen. Ziel der Fahrt war München. Das, was Josef Rupfer nüchtern auf sein Blatt Papier schrieb, beantwortete einige Fragen, die den Sonntagabend betrafen, denn Günther Bamm war den Zugnummern der Tickets zufolge erst kurz vor zweiundzwanzig Uhr wieder in Lindau angekommen. Den Termin mit Leo Korsch konnte er also gar nicht wahrnehmen, und eine Veranstaltung hatte er zu dieser Zeit auch nicht mehr besucht. Es musste etwas dazwischen gekommen sein.

Vom Bahnhof aus streifte Lydia durch die Maximilianstraße, schenkte einigen Schaufenstern einen kurzen Blick und landete endlich am Maria-Martha-Stift. Sie spürte das Lächeln auf ihrem Gesicht, als sie durch das alte Tor trat, um Fräulein Seidl einen Besuch abzustatten; um diesen hatte die alte Dame diesmal gebeten, was bisher noch nie vorgekommen war.

Seit ihrer ersten Begegnung, bei den Ermittlungen eines der letzten Fälle, hatten sie sich immer wieder einmal getroffen, und schließlich war es Lydia gewesen, die der alten resoluten Dame half, ihre Wohnung aufzulösen. Robert Funk hatte eine Antiquitätenhändlerin vermitteln können, die angesichts der Fülle der in Fräulein Seidls Wohnung angesammelten Dinge zunächst die Hände über dem Kopf zusammengeschlagen hatte. Doch nach den ersten groben Sichtungen war schnell klar geworden, dass sich unter den anscheinend wahllos zusammengetragenen Stücken wahre Kleinode befanden. So kam es, dass der anfangs ehrlichem Erschrecken über die schiere Menge an Dingen entsprungene Jammer bald dem professionellen Stöhnen einer sich rundum wohlfühlenden Kaufmannsseele wich.

Fräulein Seidl hatte – Altenheim hin, Altenheim her – wie immer große Garderobe angelegt, wozu neben eleganten Schuhen eine Perlenkette und eine korrekte Frisur gehörten. Sie verzichtete nach wie vor auf *verzweifelt gleichmachende Verhaltensweisen*, wie sie es nannte, die ihrer laut geäußerten Meinung zufolge in den letzten Jahrzehnten in einer sogenannten klassenlosen Gesellschaft üblich geworden waren.

Die Konversation der beiden folgte einem inzwischen schon traditionellen Muster. Lydia musste zuerst berichten, wie es ihr gehe, wie es der Familie gehe, wobei ihr Mann von Fräulein Seidls Frage nach dem Befinden nicht wesentlich betroffen war. Es folgte die Erörterung der aktuellen Wettersituation – samt ihrer Auswirkungen auf Körper, Gemüt und Geist. Es folgten die Ereignisse, die im Lokalteil der Lindauer Zeitung aufgeführt und von geopolitischer Bedeutung waren. Ein Punkt in der Agenda, welcher das eine oder andere Mal entfallen musste. Dann, erst dann, wurde das Gespräch privater. Lydia genoss diese Rituale und war jedes Mal wieder von der Haltung dieser zweiundneunzigjährigen Frau berührt und erstaunt. Das Mark der Zuneigung, welche sie füreinander hegten, bestand aus einer wohlwollenden, liebevollen Distanz.

Heute richtete sich Fräulein Seidls Nachfrage gleich auf den toten Mann, den man im Stadtgarten gefunden hatte. Lydia erzählte in groben Zügen von dem Fall, was genügte, denn reine, pure Neugierde war nicht der Antrieb für die Fragen. Lydia erzählte von der Mutter des Opfers, die ja auch im Maria-Martha-Stift war, und erntete ein wissendes Nicken.

»Sie kennen die Mutter?«, fragte sie nach.

»Ja, sicher. Eine verwirrte alte Frau«, lautete die Antwort, und jedes Wort klang, als erzähle ein Grönländer von Australien.

Lydia beugte sich nach vorne. »Kannten Sie auch den Sohn von Frau Bamm?«

»Sicher. Ich habe ihn einige Male hier gesehen. Wie alle Leute heutzutage trug er überwiegend sehr lockere Kleidung, machte aber durch die Art, wie er sich hier bewegte und sprach, den Eindruck eines kultivierten Menschen auf mich, wobei – ein Anzug und eine Krawatte haben noch selten einen schlechten Eindruck gemacht, aber lassen wir das.«

Lydia ging auf die Angelegenheit mit der Kleidung nicht ein. »Wie sprach er denn so … der Herr Bamm?«

Fräulein Seidl klang ein wenig schnippisch. »Ja, wie sprach er denn? Er konnte sich eben auf einem gewissen Niveau ausdrücken, auch wenn er aufgebracht war.«

Das Wort *aufgebracht* erregte Lydias Neugier. »Welcher Anlass war es denn, der ihn aufgebracht hatte?«

Fräulein Seidl machte eine wegwerfende Handbewegung. »Na, es war wegen der Betreuung.«

»Hier im Hause, wegen der Betreuung?«, fragte Lydia Naber skeptisch.

Fräulein Seidl verzog den Mund. »Nein, natürlich nicht wegen der Betreuung hier im Hause. Frau Bamm, seine Mutter, sie hat einen Betreuer, und da gab es wohl … Irritationen.«

»Irritationen«, wiederholte Lydia Naber. Und als Fräulein Seidl nichts entgegnete, fragte sie: »Woher wissen Sie das mit dem Betreuer?«

»Nicht dass Sie meinen, ich belauschte hier Gespräche. Es hat sich ganz zufällig ergeben, als ich mir am Gang noch eine Kanne Tee geholt habe und dieser arme Mensch sich mit der Schwester unterhalten hat. Er war mit dem Betreuer nicht einverstanden; zum einen, weil es überhaupt einen solchen gab, und zum anderen war er ganz konkret mit einigen Entscheidungen, die da getroffen werden sollten, nicht einverstanden. Aber Details sind mir nicht bekannt.«

»Wann war denn das, ist das schon länger her gewesen?«

»Vor drei Wochen etwa.«

»Und Sie wissen sicher auch noch, mit welcher Schwester er sich unterhalten hat?«

Fräulein Seidl nickte etwas indigniert ob der Frage. War sie vielleicht verwirrt?

Lydia Naber lächelte. Frau Bamm hatte also einen Betreuer, obwohl ihr Sohn sich doch um alles kümmerte. Das war interessant.

»Deswegen habe ich Sie ja auch gebeten zu kommen«, sagte Fräulein Seidl.

»Wegen des Betreuers von Frau Bamm?«

»Nein, nein. Ich weiß von dieser Sache wirklich nicht mehr und habe Ihnen alles gesagt. Es ist nur so … ich habe mir seit diesem Gespräch Gedanken darüber gemacht. Das sollte man tun, solange es da oben drin noch funktioniert«, sie zeigte dabei auf ihren Kopf.

Lydia Naber winkte nun ab. »Ich glaube, da müssen Sie sich nun wirklich keine Sorgen machen, Fräulein Seidl.«

»Mache ich aber. Ich möchte nicht, dass irgendwelche Menschen, die ich nicht kenne und die mich nicht kennen, die Dinge meines Lebens regeln. Ich möchte, dass Sie das machen, das bedeutet, es würde mich sehr freuen, wenn Sie meiner Bitte nachkommen würden und ich Sie eintragen lassen dürfte.«

»Wo eintragen?«

»Ich war beim hiesigen Amtsgericht und habe mich entsprechend informiert und die Unterlagen mitgenommen. Übrigens ein sehr netter Richter, sehr nett. Anständig gekleidet, sauberer Haarschnitt und verständliche Sprache – alles nicht mehr selbstverständlich heutzutage. Überlegen Sie sich das in Ruhe.«

Professor Armbruster

Jasmin Gangbacher saß in ihrem neuen Büro und ordnete ihre Gedanken. Niemand sollte ihr die Aufregung anmerken, diesen zarten Kitzel, der sie nicht mehr loslassen wollte, seit sie wusste, dass sie hier bei der Kripo arbeiten durfte. Schon lange hatte sie davon geträumt. Erich Gommert saß ihr gegenüber, sah immer wieder auf und fragte, ob alles in Ordnung sei, ob sie etwas brauche und ob er sie mit seinen ständigen Fragen vielleicht bei ihrer Ermittlungsarbeit störe. Sie lächelte ihn an, schüttelte den Kopf und las weiter.

Auch Erich Gommert wandte sich wieder den Schriftstücken auf seinem Schreibtisch zu, wobei es sich fast ausschließlich um präsidiale Schreiben handelte, deren Zweck darin zu bestehen schien, den polizeilich tätigen Ermittlungsdienststellen in Erinnerung zu halten, dass es ganz im Norden, hinter den sieben Bergen, ein Polizeipräsidium gab. Erich Gommert verstand bei vielem, was da inzwischen auf seinem Tisch landete, den Sinn nicht – einige Schreiben widersprachen sich sogar. Nicht, dass er an der Bedeutung und Sinnhaftigkeit der Schreiben generell zweifelte, doch einiges erschien selbst ihm denn doch zu absurd. Als Ritualist jedoch erledigte er ordentlich das jeweils Verlangte – meistens.

Zweimal war es ihm schon passiert, dass er eine als wichtig gekennzeichnete Terminsache vergessen hatte, völlig unabsichtlich, einfach vergessen eben. Er hätte Statistiken melden sollen, über dies und das, und hatte den Meldetermin verpasst; obwohl er sich solche wichtigen Dinge auf ein Blatt Papier notierte, das unter seiner Schreibtischauflage schlief. Dem Computer misstraute er und trug dort grundsätzlich keine Dinge ein, denen er Bedeutung zumaß – wenn es sich denn vermeiden ließ.

Nun hatte er zwei Termine verschlafen und es gut eine Woche später erst bemerkt. Im Präsidium aber hatte man es bis heute nicht gemerkt und seither nahm er die Schreiben aus dem fernen präsidialen Kempten, die von Kimmel auf seinen Schreibtisch gelegt wurden, mit dem gebotenen Ernst entgegen und widmete ihnen abhängig vom Inhalt die erforderliche Aufmerksamkeit. Ein kleiner aufsässiger Teufel saß ihm aber seit jener Erfahrung im Nacken. Manchmal nämlich juckte es ihn, eines der Schreiben, ganz gleich welches, einfach durch den Reißwolf zu jagen und zu warten, was passieren würde – eine Sonnenfinsternis, Erdbeben, Stromausfälle …

Aber so ein Verbrechen, das traute er sich doch noch nicht.

Jasmin Gangbacher las in den Büchern, die Schielin ihr gegeben hatte. Das Papier war alt, grob vom vielen Holz, und es gab einen muffigen Geruch von sich. Als Erstes nahm sie sich die *Landschaftsgeschichte von Bodensee und Hegau* vor. Dieser Professor Armbruster hatte einen etwas altmodischen, umständlichen Stil, wie sie fand, und er verhehlte auf keiner Seite und in keinem Buch, wie sehr sein Herz am Bodensee hing. Sie wunderte sich über die Themenwahl der Bücher – vor allem hinsichtlich der Erscheinungsjahre. Alle Publikationen dieses Professors Armbruster waren Ende der Vierzigerjahre und Anfang der Fünfzigerjahre des letzten Jahrhunderts erschienen. Also gerade ein paar Jahre nach Ende des zweiten Weltkrieges. Ihr Wissen und ihre Vorstellung über die Lebensumstände dieser Zeit, die sie aus den Erzählungen ihrer Großeltern und sonstiger weitläufiger Verwandtschaft hatte, ließen es ihr seltsam erscheinen, dass die Menschen sich damals für Bücher mit Titeln wie *Die Lindauer Heidenmauer – unsere verkannten Römertürme* interessiert hatten. Dieses Büchlein war im Biene Verlag erschienen, den es sicher nicht mehr gab. Dann waren da noch Titel wie *Lindauer Geologie und Landschaftsgeschichte*, von 1949, herausgegeben vom Lindauer Museumsverein im Kommissionsverlag der Rathhaus-Buchhandlung, Lindau, vormals Joh. Th. Stettner, und ein kleines Heft mit dem Titel *Kleinod Lindau*, in welchem Professor Armbruster Zeichnungen von Erkern, Säulen und Fassaden publiziert hatte. In keiner der Publikationen war etwas über die Person von Professor Armbruster zu lesen. Wer war dieser Mann gewesen? Sie brauchte einige Zeit, recherchierte im Internet, telefonierte viel und hatte schließlich einen halbwegs aussagekräftigen Lebenslauf dieses Professors Dr. Ludwig Armbruster beisammen.

Er war katholischer Priester gewesen und Professor für Bienenkunde an der Humboldt-Universität in Berlin, bis 1933. Ihre Augen hingen am Bildschirm, und sie überhörte sogar Erich Gommerts Frage, ob sie vielleicht einen Kaffee wolle, denn was diesem Professor Armbruster widerfahren war, konnte durchaus von Interesse für die Ermittlungen sein. Bewerten mussten das aber Lydia und Schielin. Sie war gespannt, was die beiden zu dem sagen würden, was sie herausgefunden hatte.

*

Zwei Lindauer Adressen hatte Schielin in Bamms Unterlagen gefunden. Sie standen in Zusammenhang mit dem Buch über den Weg der Gemälde durch die Geschichte. Der erste Termin führte ihn nach Schachen. Die Villa lag ein Stück vom See entfernt, umgeben von Platanen, Buchen und Linden. Schielin war sie noch nie sonderlich aufgefallen, obschon man sie vom See aus sehen konnte. Doch da wurde der Blick von anderen Prunkbauten angezogen.

Er hatte am Tor geklingelt, und es war nicht etwa so, dass ein unpersönliches Surren das Tor freigegeben hätte. Es war auch nirgends eine Videokontrolle zu erkennen. Nein – hier funktionierte das anders. Ein Angestellter kam, warf einen prüfenden Blick auf Schielin und führte ihn den Kiesweg entlang zum klassizistischen Gebäude, dem jeglicher Protz abging. Nichts glänzte und blitzte gülden oder silbern, es waren die schlichten Formen, die ihre Wirkung entfalteten. Gedecktes Weiß, unaufdringliches Ocker und eine bordeauxfarbene Bordüre unterhalb des Dachabschlusses – Understatement in seiner deutschesten Form.

Innen zeigte sich das gleiche Bild. Der dunkle Parkettboden war umgeben von abgetönten, hellen Wänden. Wo eine Fläche groß genug war, ein Bild aufzunehmen, war dies umgesetzt worden. Schielin lief an Landschaften, Portraits und Stillleben vorbei und stand schließlich in einem großzügigen Raum, dessen Fenster nach Osten, zum Park hin wiesen, und der wegen des Schimmern des Sees, das durch die Lücken zwischen den Baumstämmen drang, etwas Lebendiges und gleichzeitig Beruhigendes hatte. Ein Mann, etwa Anfang vierzig, leger, dennoch edel gekleidet, empfing ihn freundlich und bat Schielin, in einem der Sessel Platz zu nehmen. Kaffee, Tee, Wasser, Soda – Schielin lehnte freundlich dankend ab.

Der Mann stellte sich als Thomas Borgghes vor. Voller Gelassenheit lehnte er sich in die stützenden Polster zurück und schlug die Beine übereinander. Entspanntes Selbstbewusstsein, nicht unsympathisch. Ein interessiertes Lächeln lag auf seinem Gesicht. Keine Frage, dachte Schielin, dieser Mensch ist tatsächlich gespannt und amüsiert zugleich, einen leibhaftigen Polizisten zu empfangen, und verströmte auf eine angenehm natürliche Weise Souveränität. Schielin wartete auf die Frage, die sogleich mit jovialem Unterton daherkam: »Wie kann ich der Lindauer Kriminalpolizei behilflich sein?«

Schielin registrierte, dass dieser Borgghes sich, während er sprach, nach vorne beugte, was der Frage trotz der burschikosen Art auch Ernsthaftigkeit gab und Arroganz gar nicht erst aufkommen ließ. Ein Mann, der weiß, wie er wirkt, dachte Schielin und kam sofort zur Sache.

»Kennen Sie einen Günther Bamm, Journalist und Publizist.«

Thomas Borgghes lehnte sich wieder zurück. »Selbstverständlich kennen wir Herrn Bamm.«

»Woher kennen Sie ihn?«

Thomas Borgghes hatte die Hände locker gefaltet im Schoß liegen. Während er sprach, öffneten sich seine Handflächen. Das war die einzige Bewegung, die er vollzog.

»Herr Bamm ist in den letzten Wochen einige Male hier bei uns gewesen und hat für eines seiner neuen Bücher recherchiert. Er ist gerade mit der Arbeit an einem neuen Buch beschäftigt, das sich mit dem Lebensweg von Gemälden beschäftigt, wie Sie vielleicht wissen. Eines der Gemälde unserer Familie hat da eine sehr interessante Geschichte, und die wird in diesem Buch erzählt.«

»Und Herr Bamm war hier und hat Sie zur Geschichte dieses Bildes befragt.«

»Naja, mich eigentlich weniger. Ich kenne die Geschichte auch nur vom Erzählen. Sie kennen sicher Familienfeiern, die ganze, oder ein Teil der geliebten, geduldeten oder gelittenen Verwandtschaft trifft sich, und irgendwann, gleich einem Ritual, werden die Geschichten erzählt. Es sind die immer gleichen, man hört sie als Kind, als Jugendlicher, als Erwachsener, und obwohl man sie kennt, in und auswendig, man hört sie immer wieder gern, denn sie geben einem ein Stück Heimat, ein Stück Vertrauen. Mir geht es jedenfalls so – sie gehören zu einem wie ein Möbelstück, das einem lieb geworden ist, selbst wenn man mit den Verwandten so seine Schwierigkeiten hat. Sie vermitteln etwas Wohliges und geben einem das Gefühl für Geschichte, für die Dimension der eigenen Familiengeschichte.«

Schielin lächelte, Thomas Borgghes brach ab und lachte. »Entschuldigen Sie, ich halte Monologe. Zu Ihrer Frage: Herr Bamm hat meine Mutter hier mehrmals getroffen. Sie hat diese

Termine geliebt, denn endlich war jemand gefunden, der ihren Geschichten zugehört hat und für den diese Geschichten etwas Neues waren. Es ging ganz konkret um ein großes Ölgemälde, das eine Familie unserer Vorfahren mütterlicherseits zeigt. Es hängt oben, im großen Saal. Ich zeige es Ihnen gerne. Wir… also unsere Familie… verbringen hier jährlich einige Wochen im Spätsommer am Bodensee. Wenn wir wieder zurück zu unserem Familienstammsitz nach München gehen, wird hier ein großes Fest gegeben. Nächste Woche wird das sein. Herr Bamm ist auch eingeladen worden.« Er unterbrach kurz und setzte neu an. Nun klang er sehr sachlich, das Amouröse, was seinem bisherigen Erzählen angehaftet hatte, war verschwunden. »Es würde mich schon sehr interessieren, weshalb Sie mich nach Herrn Bamm fragen?«

»Herr Bamm wurde in der Nacht von Sonntag auf Montag im Lindauer Stadtgarten erschlagen. Das ist der Grund, weswegen ich hier bin. Wir versuchen, mehr über Herrn Bamm zu erfahren, und dabei ist seine letzte Arbeit von einigem Interesse für uns.«

Aus Thomas Borgghes Gesicht war jegliches Lässige gewichen. Seine Augen waren schmal geworden, sein Gesicht fahl und die Lippen lagen gepresst aufeinander. Schielin sagte nichts und wartete.

Nach einigen Augenblicken sagte Borgghes: »Das ist eine furchtbare Nachricht, und es wird für meine Mutter eine sehr schlimme Botschaft sein, denn ich muss Ihnen sagen, sie hat ihn sehr gemocht. Es waren ausgiebige Treffen hier, verstehen Sie… es war mehr eine Freundschaft zum Schluss…«

Schielin nickte. »Mit dem, was Bamm über Ihr Gemälde schreiben wollte, waren Sie also einverstanden.«

Thomas Borgghes lehnte sich wieder zurück. Er verschränkte die Arme. Distanz. »Ich gehe davon aus, Sie haben den Text gelesen.«

Schielin nickte.

»Sicher. Es ist nicht schön, dass mein Großonkel seine Schwester über den Tisch gezogen hat, noch dazu auf so schofelige Weise. Ein kleines, mieses Betrugsmanöver innerhalb der Familie und die daraus folgenden Streitigkeiten … Erbschaft, der ganze Kram. Das liest man vielleicht nicht gerne, aber es gibt der Geschichte doch so richtig Drall. Ich sage Ihnen – dieser Bamm hatte eine Begabung zu fragen, und meine Mutter hat ihm alles erzählt. Zudem ist es so, dass Publikationen grundsätzlich von unseren Anwälten gegengelesen werden, und Bamms Artikel war von unserer Seite bereits autorisiert worden. Wissen Sie, meine Mutter wartet schon sehnsüchtig auf dieses Buch. Sie ist fasziniert davon, einen Teil unserer Familiengeschichte in einem Buch wiederzufinden. Das hat große Bedeutung für sie.«

Er atmete etwas gequält aus, in dem Gedanken daran, dass er eine schlechte Nachricht zu überbringen hatte.

»Ist sie hier, Ihre Mutter?«, fragte Schielin.

»Nein. Sie kommt am Wochenende erst wieder zurück. Sie ist seit gestern in Winterthur. Wir sind am letzten Samstag gemeinsam nach München zurück – aus geschäftlichen Gründen. Erst gestern sind wir wieder hierhergekommen, und sie ist noch für ein paar Tage in die Schweiz.«

»Mhm.«

Schielin gab mit einer Bewegung seiner Hände zu erkennen, dass er keine weiteren Fragen hatte. Zudem stand der nächste Termin an.

Den hatte er in Hoyren und somit gar nicht weit von der Zweit- oder Drittvilla der Familie Borgghes entfernt. Telefonisch hatte Schielin bisher niemanden erreichen können, und so versuchte er sein Glück, indem er einfach einmal vorbeischaute. Der Name Heinrich Rubacher tauchte in Bamms Unterlagen in Zusammenhang mit einer Picasso-Lithografie auf. Über diese Lithografie hatte Bamm noch keine Zeile geschrieben, es existierte aber eine Fülle an Unterlagen und Notizen. Anhand einer Grafik, bestehend aus Vierecken, Kreisen und Dreiecken, jeweils versehen mit Namen, sowohl von Personen als auch Firmen, und durch Pfeile verbunden, hatte Bamm versucht, den Weg des Kunstwerks deutlich zu machen. Rechts am Blattrand hatte er sogar eine Zeitachse skizziert.

Langsam fuhr Schielin den Heidenweg entlang und hielt schließlich vor einer mannshohen, sehr gepflegten Ligusterhecke. Dahinter war der nach Westen weisende Giebel eines stattlichen Hauses zu erkennen. Der Eingang befand sich auf der von der Straße abgewandten Seite. Wohnlage und Gebäude waren zwar großzügig gestaltet, aber in einer Weise schlicht und nüchtern, dabei so ganz ohne eine Aura, wie sie Häuser hatten, in denen man Kunst vermuten würde, sodass Schielin sich über die Verbindung zu einer Picasso-Lithografie wunderte. Er war gespannt auf die Menschen, die er treffen würde.

Das Metalltor stand offen, und so ging er zur Tür und klingelte. Hundegebell antwortete sofort. Es klang tief, unfreundlich und nach einem recht großen Maul. Das Gebell kam näher, und auf einmal öffnete sich die Tür. Ein Mann stand Schielin gegenüber, Mitte fünfzig, schlanke Gestalt, graue Flanellhosen, braun kariertes Hemd, Krawatte und dunkelbraunes Jackett. Die dunklen Haare sehr korrekt kurz gehalten, und das einzig aufmunternde, das dem Gesicht des Gegenübers entsprang, waren die kleinen Lichtreflexe, die der dünne Goldrand der Brille reflektierte. Schielin zwang sich nicht allzu lange auf die markante Narbe zu starren, die sich über die rechte Wange, vom Jochbein bis zum Kinn hin in unregelmäßigem Zickzacklinien erstreckte.

Schielin kam gar nicht dazu, sich vorzustellen. Der Mann legte den Kopf ein wenig zur Seite und fragte mit unangenehm aufgeworfenen Lippen. »Was ist?« Der Hund, ein schwarzes, großes Vieh, hatte aufgehört zu bellen, knurrte aber bedrohlich und suchte, zwischen den Beinen seines Herrchens hindurch, einen Blick auf den Störenfried zu bekommen.

Schielin antwortete nicht sofort. Das unfreundliche *Was ist* war so voll unverhohlener Aggressivität wie das Knurren der schwarzen Bestie. Schielin fixierte sein Gegenüber für einige Sekunden und sagte nüchtern. »Polizei. Ich habe Fragen an Sie, falls Sie Herr Heinrich Rubacher sind.«

»Das bin ich«, kam es prompt und ohne Verwunderung. Rubacher machte keine Anstalten, sich zu bewegen. Die linke Hand hielt die Tür, die zu zwei Dritteln geöffnet war, und er wartete, ohne Interesse zu zeigen, was Schielin ihm sagen würde. Mit keinem Wort oder Zeichen forderte er seinen Hund auf, das Knurren zu lassen. Schielin hatte keine Lust auf derlei Spielchen.

»Dann seien Sie doch bitte so freundlich und kommen Sie morgen früh zur Dienststelle, Herr Rubacher, ich würde vorschlagen, so gegen zehn. Das ist eine persönliche Zeugenvorladung, Herr Rubacher. Mein Name ist Schielin.«

Rubacher legte wieder der Kopf zur Seite. »Worum geht es denn, wenn ich fragen darf?«

»Mord«, sagte Schielin und drehte sich um, »es geht um Mord und um Kunst.«

»Wie, Mord?«, hörte er in seinem Rücken fragen.

»Morgen um zehn Uhr dann, Herr Rubacher. In aller Ruhe.«

*

Lydia Naber war zur Dienststelle zurückgelaufen und war gerade dabei, den Namen des Betreuers von Frau Bamm zu ermitteln, als Adolf Wenzel mit einer blauen Plastikkiste das Büro betrat. In unzähligen Plastiktüten lag alles, was er im Umfeld des Tatortes gefunden hatte und als relevant für die Ermittlungen betrachtet werden konnte. Lydia stöberte grob durch die Asservate. Zigarettenkippen, weggeworfene Parkzettel, der Absatz eines Herrenschuhs, zwei Kugelschreiber. Alles Mögliche und Unmögliche war versammelt, was Wenzels Not ersichtlich werden ließ, überhaupt irgendetwas an brauchbaren Spuren aufzutreiben.

In einem Tütchen fand sie ein Bonbonpapier. Auf dem Etikett war der Fundort vermerkt und sogar grafisch dokumentiert worden. Sie hielt es hoch, als wolle sie es wie ein Dokument im Durchlicht der Bürolampen prüfen. »Was soll denn das, Wenzel, wieso hast du nicht gleich alles mit einem Staubsauger abgesaugt?«

»Wieso?«

»Wieso?«, äffte sie ihn nach, »was soll denn das Papierchen hier beweisen?«

Adolf Wenzel setzte sich auf die Kante des Schreibtisches und ließ ein wenig Zeit verstreichen, bevor er antwortete. »Weißt du, wo ich es gefunden habe?«

»Du könntest mich auch nach den nächsten Lottozahlen fragen, aber ich will mal davon ausgehen, dass es in der Nähe des Tatortes war, denn falls nicht, stehen draußen im Gang noch drei Kisten mit Tempotaschentüchern und anderen Papierchen aller Art.«

Adolf Wenzel strich gemächlich über seine Oberlippe und ächzte gespielt. »Mhmm. Ich habe es nicht am Tatort gefunden, sondern ein ganzes Stück entfernt. Wir haben übrigens das gesamte Gebiet abgegrast, auch jenseits der Straße bis hin *Auf dem Wall*, du weißt schon, da ist rechts der Seniorentreff und links der kleine Parkplatz von der Spielbank.

Lydia Naber rollte mit den Augen.

»Keine Angst. Das Papierchen da, das lag unterhalb der Luitpoldschanze vor einer der Sitzbänke, die an dem Weg stehen, der am Kleinen See entlang zu den Liegeplätzen und Richtung Inselhalle führt«, er deutete auf die blaue Plastikkiste. »In der Kiste ist ein weiteres Papierchen, und ein dazugehöriges, angelutschtes Bonbon auch noch. Das lag auf der anderen Seite der Bank.«

Lydia Naber zog eine Grimasse, hob den Plastikbeutel hoch und sah auf das grün schimmernde Papier, während sie Wenzels Ausführungen lauschte.

»EmEukal Klassik, von Dr. C. Sodan. Ganz altes Rezept. Eukalyptusbonbons, die ich schon als Kind immer geschenkt bekommen habe, von unserem Kaminkehrer. Immer wenn der kam, hat er mit seinen rußig schwarzen Pranken in die Hosentasche gelangt und so ein grünes Bonbon herausgezogen – und es mir geschenkt.«

»Aha. Ein frühkindliches Trauma also, und jetzt sammelst du das Zeug, oder was?«, feixte sie.

»Wenn es erforderlich sein sollte, schon. Weißt du, in der Manteltasche unseres Toten haben wir fünf Bonbons gefunden. EmEukal Klassik, Dr. C. Sodan. Er scheint auf das Zeug gestanden zu haben, hatte wohl immer welche dabei. Bei der Absuche im Bereich des weiteren Tatorts – da ist mir das Papierchen aufgefallen«, er hob den rechten Zeigefinger und die Stimme, »ist doch nicht auszuschließen, dass Bamm da unten auf der Bank am Kleinen See gesessen hat.«

»Mitten in der Nacht?«, fragte Lydia Naber, »da an der Heidenmauer?«

Adolf Wenzel verzog das Gesicht. »Nein, das ist doch nicht mehr die Heidenmauer, das ist der Stadtgarten. Die Mauer ist jenseits der Straße am Kreisverkehr und gegenüber, zum See hin heißt es *Auf dem Wall.* Von der Heidenmauer Richtung Inselhalle heißt es dann *Auf der Mauer.*«

»Ja ja, ist schon recht, ich weiß das schon. Du meinst also, der Bamm war da unten auf der Bank gesessen und hat EmEukal gelutscht?«

»Das könnte sein. Höchst interessant finde ich, dass da zwei von diesen Papierchen lagen und ein angelutschtes Bonbon. Du musst verstehen, die Dinger sind gut, und ich liebe sie. Wenn einer so ein Bonbon auf den Weg spuckt, so ist mir das per se verdächtig. Also wenn er wirklich da unten war, dann ganz sicher nicht alleine. Weißt du, es war ja windstill und so, wie die Papierchen dalagen, sah es so aus, als ob zwei Personen auf der Bank nebeneinander gesessen hätten, ihre Bonbons ausgepackt und die Papierchen auf den Weg geschmissen haben. Einer von beiden hat das EmEukal wieder ausgespukt. Das interessante ist doch aber – es waren definitiv zwei Personen …«

»Klingt nicht unlogisch«, meinte Lydia. »Jetzt müssen wir nur noch rausbekommen, wer so ein Eukalyptusteil geschenkt bekommen hat, Sonntag, in der Nacht, da unten auf der Bank.«

Wenzel grinste. »Es ist ja so. Diese EmEukal werden etwas klebrig, wenn man sie auf Körpertemperatur bringt, zum Beispiel, wenn man sie bei sich in einer Kleidungstasche trägt. Beim Auspacken dieser klebrigen Teile packt man zwangläufig das Papier an – da finden sich mindestens Fingerspuren. Mit ein wenig Glück sogar DNS, vom angelutschten Teil ganz zu schweigen – da wissen wir bald alles von der Person, die es im Mund gehabt hat.«

Sie strahlte ihn an. »Bist ja ein richtiger Experte für Süßes, Wenzel.«

*

Conrad Schielin war auf dem Weg zur Insel, als sein Handy klingelte. Lydia war dran. Sie erzählte ihm von ihrem Besuch bei Fräulein Seidl, von der Geschichte mit dem Betreuer und von Wenzels Bonbonpapierchenszenario.

Etwas mürrisch hörte er zu und fragte schließlich: »Und deswegen rufst du mich an?«

Sie lachte meckernd. »Natürlich nicht. Ich bekam gerade einen Anruf von der Alb droben.«

»Ah. Die Familienfeier der netten, politisch engagierten Lehrerfamilie mit dunklen Abgründen.«

»Genau.«

»Und lass mich raten, der Herr politisch engagierte Lehrer hat sich irgendwann aus dem Staub gemacht, und es gibt Zeugen dafür.«

»Nein!«, kam es knapp und lauernd aus dem Mikrofon.

»Was dann?«

»Sie – sie war nicht bei der Feier.«

Schielin brauchte eine Zeit, um diese überraschende Information zu verarbeiten. »Sie war nicht mit dabei, seine Frau, unsere Hedwig Kohler?«

»Ganz genau. Das heißt, anfangs schon. Die Kollegin, die das für uns ermittelt hat, war bei einer Nachbarin und hat da ein kleines informatives Schwätzchen gehalten. Diese Nachbarin hat, das gibt es da droben auf der Alb noch, bei den Vorbereitungen für das Familienfest geholfen. Muss ein rechter Patron sein, der Vater von unserem Lehrer. Jedenfalls ist sie, also die Frau unseres Lehrerpolitikers, noch vor der Feier mit dem Auto verschwunden und ward in der Folge auch nicht mehr gesehen. Sie hat ihren Mann aber am Montag abgeholt. So fair war sie also doch. Das war natürlich so ein richtig kleiner Eklat und in so einem Dorf ein herrlicher Gesprächsstoff. Ach, ich kann mir das richtig vorstellen – schöööön. Und gerade wenn es Leute betrifft, die sonst so großen Wert auf gesellschaftlich perfektes Auftreten legen, ahh.«

»Ist das denn so?«

»Bei der Familie offensichtlich schon, wie ich von unserer Kollegin erfahren habe. Die ist selber aus der Gegend und kennt ein wenig die Hintergründe. Der Vater von Herrn Lehrer war irgendein höherer Schulbeamter, Schulrat oder so, arrogant und spießig. Seine drei Bubis apportieren heute noch artig alles, was Papi wirft, und anscheinend hat der alte Herr bei der Wahl der Schwiegertöchter ein kräftiges Wort mitgesprochen.«

»Und jetzt macht eine nicht mehr mit bei dem Spielchen – mein perfektes Haus, meine perfekten Kinder, meine fantastischen Enkel – zukünftige Ministerialbeamte …«

»Es sieht so aus.«
»Hast du sie schon erreicht?«
»Nein, wollte vorher noch mit dir reden.«
»Morgen früh soll sie kommen. Wenn sie eine Nacht darüber schlafen kann, ist das besser so. Was meinst du?«
»Gut, dann werde ich sie vorladen.«

*

Robert Funk atmete durch die Nase und blieb hinter der klapprigen Holztür stehen. Die letzte Stunde hatte er damit verbracht, im Computersystem zu recherchieren. Was hatte er nicht alles an Suchbegriffen ausprobiert und war doch zu keinem Ergebnis gelangt. Er musste anders an die Sache herangehen und war deshalb auf den Dachboden gegangen.

Die Luft hier oben, direkt unter dem isolierten Dach, war so trocken und staubig, dass sofort ein stechender Reiz in der Kehle entstand, sobald man durch den Mund einatmete. Von der Lampe fiel ein trübes Licht in den Gang. In den hinteren Winkeln der Regale, ausgesonderten Rollschränken und anderer Büromöbel blieb es duster. Robert Funk wartete die Zeit, bis sich seine Augen an das Dunkel gewöhnt hatten. Es war lange her, dass er hier oben im Speicher gewesen war. Es roch nach alterndem Papier und ungesunder Trockenheit. Der Schein der kleinen, schwarzen Mag-Lite kroch über alte, bis zum Rand vollgestopfte Aktenordner, die über die Jahre hinweg jeglichen Halt verloren hatten. Wie morsche Bäume grätschten die Kartonhüllen zur Seite, nur gehalten von anderen, ebenso hinfälligen Karteileichen und starren Regalwänden. Zwischen den Deckeln verrottete mit den Dokumenten auch die Erinnerung an längst vergessene Kriminalfälle und Schicksale. Robert Funk ging langsam über die hart verspannten Holzdielen, die kein Geräusch von sich gaben. Er las die Nummern und Jahreszahlen auf den Aktenrücken, und wanderte die Jahre zurück.

Gesichter tauchten vor ihm auf, darunter längst verstorbene Kollegen, die Fratzen weniger großer und vieler kleiner Krimineller, Geschichten, Stimmungen, Gerüche und ein Korb, gefüllt mit den unterschiedlichsten Gefühlen. Er blieb ab und an stehen und genoss die Erinnerung, wunderte sich, wie der bloße Anblick einer Jahreszahl, eines Aktenzeichens oder eines Namenskürzels all das scheinbar Vergessene wieder zum Leben erwecken konnte. Genau das war es, was er beabsichtigte; er versuchte, sein Erinnern in eine bestimmte Richtung zu lenken, und nutzte den Aktenmüll des Speichers als Medium. Dieses Bild wollte ihm nicht mehr aus dem Sinn gehen. Am Vormittag war er auf der Insel gewesen und hatte im Antiquitätenladen in der Ludwigstraße den kleinformatigen Stich betrachtet, der im Schaufenster stand und eine Ansicht Konstanz aus dem 19. Jahrhundert zeigte. Fast eine Kopie des Gemäldes, das Leo Korsch beschrieben hatte. In der letzten Nacht hatte er schon schlecht geschlafen, denn dieses Gemälde ließ ihn nicht los. Er wusste, er hatte es schon einmal gesehen, und es stand in Beziehung zu einem Stoß Papier, der hier irgendwo zwischen den Aktendeckeln vor sich hin dämmerte.

*

Schielin saß in Wenzels Büro, Lydia stand im Türrahmen und hörte die Geschichte mit den Bonbonpapierchen zum zweiten Mal. Angesichts der wenigen Spuren, die sie hatten, war das immerhin ein kleiner Lichtblick, sollte Wenzel mit seiner Vermutung recht haben. Zunächst sollte untersucht werden, ob sich DNS und Fingerspuren würden sichern lassen. Die konnte man dann mit denen Bamms vergleichen, und dann war man einen Schritt weiter, wäre gesichert, dass Bamm auf dieser Bank gesessen hatte. Sollten unterschiedliche DNS-Profile gesichert werden, dann hätte man einen zwar dünnen, aber doch unumstößlichen Beweis. Lydia Naber nahm die beiden

Plastiktüten aus der Kiste und machte sie für den Transport zum rechtsmedizinischen Institut in Memmingen fertig. Das LKA brauchte viel zu lange, bis brauchbare Ergebnisse vorlagen.

Es begann schon zu dämmern, doch alle Büros waren noch besetzt. Jasmin Gangbacher schrieb für Robert Funk den Tatortbefundbericht zum Stadeleinbruch ins Reine, Adolf Wenzel blätterte die LKA-Blätter durch und suchte nach Fällen, die für sie in Lindau interessant sein konnten; Schielin und Lydia klapperten ebenfalls auf ihren Tastaturen, und aus dem Besprechungszimmer kam plötzlich ein Duft, der wie eine gute Fee über den Gang hinweg in jedes Büro schlich und letztlich alle in den Besprechungsraum lockte: Kaffee! Gommert stand versonnen vor einer alten Kaffeekanne, die er in irgendeinem Schrank gefunden hatte. Auf der Kanne prangte ein großer Melitta-Porzellanfilter, und Erich Gommert ließ behutsam und stetig dampfendes Wasser aus einem Wasserkocher in den Filter laufen. Was für ein Duft, was für ein Aroma! Obwohl es schon spät war und jeder den Schlaf der Nacht gebraucht hätte, konnte und wollte niemand widerstehen. Alle nahmen eine Probe von Erich Gommerts Provisorium. All die blinkenden, teuren modernen Kaffeeautomaten – und keiner war imstande, ein solches Aroma zu zaubern. Im Grunde genommen war es kein Aufwand, auf diese altmodische Weise Kaffee zuzubereiten, und alle fragten sich, was eigentlich der Grund war, auf diese teuren, modernen Monster zu schwenken. Das Koffein beflügelte die Körper, und Robert Funk berichtete von seinem Ausflug in den Speicher, der ihn hinsichtlich seiner Erinnerung an das Gemälde zwar nicht weitergebracht, aber doch die Tür zu vielen Geschichten aus der Vergangenheit geöffnet hatte; und so erzählte er von früher, und es wurde später und immer später. Am Ende eines langen Tages meinte Schielin, dass er doch noch mal auf die Insel wolle, um bei Dunkelheit die Örtlichkeit zu inspizieren. Man war sich schnell einig, ihn nicht alleine gehen zu lassen, und besprach sich eine halbe Stunde später im Sünfzen, wie es sich für Patrizier gehörte.

Es war drei Stunden später, auf dem Rückweg, Schielin war mit Adolf Wenzel ein Stück voraus, als sie vorbei am Haus zum Cavazzen und der Stephanskirche zur Heidenmauer unterwegs waren. Vorne, am Zugang zum Kreisverkehr, bestaunte Adolf Wenzel Teppiche und Steine, die von Halogenstrahlern in Szene gesetzt in den Schaufenstern lagen – gegenüber wie ein unseliger, alter Fels – die Heidenmauer.

Schielin wartete auf die Nachzügler. Robert Funk und Erich Gommert amüsierten sich prächtig mit den beiden Kolleginnen. Als Schielin über die Straße hinweg zu der Stelle sah, wo man Gunther Bamm gefunden hatte, bemerkte eine Gestalt, die sich aus dem Schatten einer der mächtigen Platanen löste. Er sah den Schatten nur kurz, aber doch lang genug, um die befremdliche Weise zu bemerken, wie er sich bewegt hatte – geduckt. Er blieb stehen, um genauer sehen zu können. Gerade tauchte die Gestalt wieder aus dem Schatten der Baumstämme in das matte Licht der Lampen. Schielin ging einige Schritte weiter und reckte sich. Der dunkle Fleck schlich gebückt am Ufer des Kleinen Sees entlang. Von der Stelle aus, an der sich Schielin befand, hatte er kein freies Sichtfeld. Immer wieder traten die dunklen Stränge der Baumstämme zwischen die lichten Flecken. Zu erkennen waren ein langer Mantel oder Kittel und eine Kappe. Haare waren nicht zu sehen. So kalt ist es doch nun auch nicht, dachte Schielin und drehte sich kurz zu Adolf Wenzel um, der immer noch am Schaufenster stand. Wieder dem Kleinen See zugewandt, stellte er fest – der Schatten war verschwunden. Er machte einige Schritte hinüber und trat zwischen die Bäume, da sah er ihn wieder. Bewegungslos stand der Kerl unten am Geländer. Schielin drehte sich wieder zu Wenzel herum und pfiff leise. Aus der Schmiedgasse war Lydia Nabers frohes Lachen zu hören, langsam kam ein Auto über die Seebrücke – Schielin hatte sich mehr von den Scheinwerfern erhofft. Es bog in den Kreisverkehr ein und fuhr weiter in Richtung Inselhalle. Als Wenzel sich endlich umdrehte, winkte Schielin ihn zu sich.

»Wo genau lagen diese Papierchen und das Bonbon, Wenzel!? Da unten schleicht so eine seltsame Type rum.«

Sie gingen beide mit raschen Schritten durch die Bäume vorbei am Kriegerdenkmal.

Schielin rief ein lautes »Hallo!« in Richtung des Schattens. Wenzel stutzte kurz und legte noch einen Schritt zu. Die Gestalt richtete sich langsam auf, sah ruhig in Richtung der beiden Männer, scheinbar überrascht oder voller Gelassenheit – dann ging es los. Ein Knirschen war zu hören, als der Schatten antrat. Erst rannte er ein paar Schritte auf Wenzel zu, kehrte dann abrupt nach rechts, auf die Inselhalle zu, änderte aber sofort wieder seine Richtung und rannte den Weg zur Spielbank davon. Schielin schrie »Halt!«, verzichtete auf das weitere Wort »Polizei« und spurtete zusammen mit Wenzel los.

Der bellte einige Male ein neutrales, aber bedrohlich klingendes »Hey! Hey!« heraus. Die Gestalt war flink und schnell, flog über die Straße zur Seite der Spielbank hin. Wenzel versuchte, ihr den Weg abzuschneiden, doch er hatte keine Chance, auch nur in die Nähe zu kommen.

Mit wehendem Mantel rannte der Flüchtige in Richtung Schmiedgasse, zog aber dann nach links, den Wall hoch.

Wenzel und Schielin folgten ihm mit etwa zwanzig Metern Abstand. Oben im Seniorentreff Wallstüble brannte noch Licht. Muntere Senioren, dachte Schielin beim Vorüberrennen, und rief laut »Halt! Polizei!«

Der Kerl zauderte am Metallzaun nicht lange, schwang sich elegant über das Geländer und verschwand im Dunkeln. Von hinten kamen Lydia und Jasmin Gangbacher aus der Schmiedgasse gerannt. Das Schreien der beiden hatte sie alarmiert.

Schielin und Wenzel kamen fast gleichzeitig an der Stelle an, an welcher der Kerl verschwunden war. Zu hören war nichts. Der Wind blies nur leicht und ab und an in zartem Aufflackern, doch trotzdem schlugen die Wellen ein beständiges Rauschen in die Nacht. Im matten Lampenschein unten in der Oskar-Groll-Anlage sahen sie die Gestalt rennen und irgendwo auf Höhe der Südseite der Maxkaserne verschwinden. Schielin spurtete zurück zur Schmiedgasse, gefolgt von Lydia und Wenzel. Der schickte Funk, Gommert und Jasmin Gangbacher um die Ecke in die Zwanzigerstraße. Sie sollten sich verteilen und die strategisch wichtigen Punkte besetzen. Beschreibung: Mann mit Mantel, Mütze, schlank und sauschnell. Dann folgte er Schielin und Lydia in die Fischergasse.

Schielin sah gerade noch, wie ein dunkler Fleck im Bäckergässele verschwand. Ein Auto kam langsam die Fischergasse entlanggefahren und bremste. Die rennenden Gestalten hatten den Fahrer verunsichert. Schielin verlangsamte und ging mit einigem Abstand um die Ecke. In eine Falle wollte er nicht direkt rennen, denn niemand wusste, mit wem sie es zu tun hatten. Sobald er sicher war, rannte er los. Von der Südseite der Stephanskirche hörte er Wagentüren schlagen, ein Motor wurde angelassen. Als er oben ankam, sah er einen alten Passat langsam aus der Parklücke rangieren. Eine Frau fuhr. Lydia und Wenzel hatten nun aufgeschlossen und kontrollierten die dunklen Lücken zwischen den geparkten Autos. Vom Stiftsplatz vorne schallte das fröhliche Lachen einer Gruppe gut gelaunter Pärchen, das in den dunklen Gassen verschwand, der Passat zog langsam vorbei, und die Reifen gaben ein schmatzendes Geräusch von sich. Die Turmuhr von St. Stephan schlug – alles drang wie von weit entfernt an Schielins Ohr, in dem der Puls laut schlug und die Geräusche seines eigenen, heftigen, aufgeregten Atems dominierten. Für einen kurzen Augenblick war es still. Schielin drängte sein pochendes Herz zurück – lauschte und roch. Ein kühler Dunst hing über der

Insel, das Kopfsteinpflaster glänzte von Feuchte und der See – man konnte ihn nun hören und riechen.

Es war eine Nacht in einer Stadt am Wasser, wie man sie niemals an anderen Orten erleben konnte. Ein Fluss, gleich wie mächtig, war nicht dasselbe. Der See reichte weiter, als bis zu den Ufermauern, er war zwischen den dunklen Hauswänden und über den Dächern. Schielin hörte in seinem Rücken Wenzel mit Lydia flüstern und eilte weiter zum Marktplatz und tatsächlich, drüben, jenseits des Neptunbrunnens war noch zu sehen, wie ein wehender Mantel im Tor eines Hauses verschwand – das *Haus zum Baumgarten* war es, dessen neunachsige Fensterfront dem Hotel zum Stift zuwies. Schielin spurtete los. Eigentlich müssten Funk, Gommert und Jasmin Gangbacher auf dieser Seite Posten bezogen haben, zumindest aber jenseits der Häuserfront *Auf der Mauer*. Am Tor angekommen, reduzierte er die Geschwindigkeit, um besser hören zu können, denn von drinnen vernahm er schnelle Tritte. Schielin musste das Tor nicht aufziehen, um zu wissen, wie es drinnen aussah. Links führte ein Treppenaufgang nach oben, und rechts ging es unter einem Gewölbe geradewegs weiter, durch ein Rundtor in den Innenhof. Schnell zog er die Tür auf und sprang hinein. Es war halbdunkel, und der schwarze Mantel der Gestalt wehte wild und schien dunkler als die Nacht, was dem Kerl etwas noch Bedrohlicheres gab. Wieso hielt er sich hier auf? Schielin gab alles, machte zwei, drei Sätze und versuchte, den Mantel zu greifen, denn der Flüchtige musste stoppen, um das Tor zum Innenbereich aufzuziehen, das sich nach innen hin öffnete. Geschmeidig glitt die Gestalt durch den schmalen Spalt. Schielin wollte im Halbdunkel folgen, sah aber nicht, wie sich das alte Holztor mit nahezu hydraulischer Präzision ins Schloss zog. Er stob weiter, ganz im Jagdfieber, prallte an den Holzrahmen, rutschte weg und knallte auf den Steinboden. Noch bevor die anderen beiden bei ihm angekommen waren, hatte er sich wieder aufgerappelt und jagte nun doppelt so wild weiter in den Hinterhof. Er hoffte, dass entweder Lydia oder Wenzel den Weg durch die Neugasse nehmen würden, um diesen Weg abzuschneiden. Durch ein wild überwuchertes, gemauertes Tor hin hetzte er in Richtung der schmalen, eckigen Tür, die den Ausgang zum alten Befestigungsstück bot, das *Auf der Mauer* genannt wurde. Er schrie erneut auf, als er bremsen wollte. Schlagartig war die Tür nach innen aufgeschlagen worden, und eine Gestalt war im Durchgang zu sehen. Schon befürchtete er, attackiert zu werden, als er an der Schockstarre, in welcher der Körper regungslos verharrte, zu erkennen glaubte, wen er da vor sich hatte. Sich aufrappelnd fragte er: »Gommi!?«

Er hörte ein zaghaftes »Scho.«

Schielin war atemlos. »Dir muss doch jemand entgegengekommen sein?«

»Mir?«

»Ja dir, wem denn sonst!?«

»Ja, du halt.«

Schielin zürnte in den schwarzen, sternenlosen Nachthimmel. »Gommi! Irgendwann ...«, presste er hervor und drohte mit der Faust. Den Satz sprach er nicht zu Ende, sondern lief hinaus auf die Mauer. Von links kamen Wenzel und Lydia. Sie hatten sich also beide für die Neugasse entschieden. Auch sie hatten nichts gesehen, und hier gab es nichts zu sehen.

»Er muss hinüber zur Inselhalle sein«, meinte Wenzel.

»Der Robert steht vorne an der Landtorbrücke, und die Jasmin ist hinter zum Bahndamm; do wär die Insel abgeriegelt«, tönte es mit einem zufriedenen Unterton von der Mauer her.

»Ja super, Gommi«, meinte Schielin, »und die Jasmin kann sich dann vielleicht mit dem Mörder vom Bamm da hinten im Dunkel rumschlagen.«

Die Antwort bestand in zweimaligem, geatmetem Entsetzen, dann spurtete Erich Gommert Richtung Thierschbrücke davon. Adolf Wenzel setzte ihm nach.

Schielin blieb die Luft weg, und ihm war gerade gar nicht gut. Lydia Naber stöhnte auf, als sie im Widerschein einer Straßenlampe sein Gesicht sah. »Jesusmaria, du blutest ja wie ein Schwein.«

Er fuhr mit der Hand über die Stirn. Es fühlte sich warm und klebrig an.

»Scheißtor. Ich hätte es eigentlich wissen müssen. Das schließt mit so einem alten Eisengewicht, das über einen Seilzug am Tor angebracht ist.«

Lydia Naber kramte ein paar Taschentücher aus der Handtasche und tupfte Schielins Stirn ab. Durch die Lücken der Bäume war kurz darauf das Blitzen moderner LED-Blaulichter zu sehen.

Adolf Wenzel lehnte an der Wand des Wallstübles und rauchte eine Lucky Strike. Der würzige Qualm roch angenehm, jetzt in der Nacht.

Schielin ging zu ihm und fragte: »Was meinst du zu der ganzen Sache, Wenzel.«

Der nahm einen tiefen Zug und ließ den hellgrauen Dunst langsam bei geschlossenen Augen entweichen.

»Hast gesehen, wie er sich bewegt hat?«

»Ich habe es gesehen.«

»Wie eine Katz, wie eine Katz.«

»Sehr geschmeidig, ja, durchtrainierter Typ.«

»Und keine Nerven. Hat Vertrauen auf das, was er kann.«

»Das hat er wohl, wenngleich er Glück gehabt hat, fast hätte ich ihn erwischt.«

Wenzel hielt die Augen geschlossen. »Du weißt es auch, oder?«

Schielin meinte. »Wir denken das Gleiche?«

»Er war's.«

»Denke ich auch, ja. Das war er. Sei froh, dass du ihn nicht erwischt hast. Wer weiß, was daraus geworden wäre.«

»Was wollte er hier heroben? Hier ist nichts, und Günther Bamm ist da drüben erschlagen worden.«

»Das ist ein cooler Hund. Hat nur einen Fehler gemacht – das Papierchen. Ich sag's dir, wie es ist, Conrad, der wollte dieses blöde Papierchen holen. Wir haben das Ding, und damit ist er geliefert. Er weiß das, sonst hätte er niemals eine solche Aktion gestartet. Sagt mir mein Gefühl.«

Schielin entgegnete nichts. Er hatte das gleiche Gefühl. Das Problem war nur, dass der Unbekannte im schwarzen Mantel auf sehr hohem Niveau dachte und versuchte, Fehler zu korrigieren; wenn ihm sogar die Sache mit dem Papierchen eingefallen war.

Eine gute Stunde später war klar, dass der Kerl ihnen entwischt war. Sie waren sich einig, dass er sich irgendwo auf der Insel versteckt hielt, es aber völlig aussichtslos war, eine Suche zu beginnen. Der Platz unten am Kleinen See und am Wallstüble, wo er über den Zaun nach unten gesprungen war, wurde noch in der Nacht intensiv abgesucht, jedoch ohne dass man etwas hätte finden können.

Geliebte

Keiner von ihnen schlief leicht ein in dieser Nacht. Es dauerte seine Zeit, bis das Adrenalin abgebaut war. Dann aber war der Schlaf tief, voller Schwärze und erholsam. Die Morgenbesprechung begann erst um neun. Jasmin Gangbacher brühte Kaffee auf, und Kimmel ließ sich von Robert Funk einen ersten Überblick zu den Geschehnissen der vorangegangenen Nacht geben. Das Verhalten der Gestalt, die mit katzenhafter Geschmeidigkeit durch die Nacht geglitten war, gab zwar Rätsel auf, doch Adolf Wenzel und Schielin erläuterten ihre Vermutung, und niemand wollte ihnen widersprechen.

Trotz der Aufregung, die der Auftritt des Vorabends mit sich gebracht hatte, rollte der Ermittlungszug ohne Aufenthalt weiter – kurz vor zehn sollte Hedwig Kohler erscheinen und danach dieser Heinrich Rubacher. Schielin erkundigte sich bei Jasmin Gangbacher, ob sie etwas über diesen Professor Armbruster in Erfahrung hatte bringen können. Sie nickte und holte den Klappordner hervor. Kimmel wollte derweil wissen, ob die Staatsanwaltschaft die Leichenfreigabe schon veranlasst habe. Gommert nickte, denn über seinen Tisch war das Formular gelaufen. Lydia Naber berichtete von einem Telefonat mit der Schwester Bamms, die die Beerdigung veranlassen würde, und dass die Beisetzung in Berlin stattfinden sollte.

Alleine die Erörterung des Geschehens vom Vorabend und die Erinnerung an einen Toten, der nicht am Lindauer Friedhof liegen würde, sondern in einer fremden Stadt, hatte noch einmal das Adrenalin in die Körper befördert. Schielin legte dar, dass es sich bei dem Schatten, der ihnen entwischt war, um einen Einheimischen handeln musste. Die Art, wie und wohin er geflüchtet war, deutete darauf hin, dass er sich auskannte, sogar sehr gut auskannte. Die anderen stimmten ihm zu. Gommert warf ein, dass es ja nicht unbedingt ein Einheimischer sein müsste. Offensichtlich behagte es ihm nicht, einen Mörder unter seinen nächsten Mitbürgern vermuten zu müssen. Schließlich, so stellte er fest, gab es viele Auswärtige, die sich manchmal besser in der Stadt auskannten als die Einheimischen, die immer nur ihre vertrauten Wege gingen. Funk und Wenzel stimmten seiner Ausführung zu.

Jetzt, da alles erzählt und berichtet war, folgte eine matte Entspannung. Es war warm in dem Besprechungsraum, das lange vermisste Kaffeearoma verfing sich in den Ecken, die Stimmung war trotz allem nicht schlecht und Schielins Verletzung nicht gefährlich. Jasmin Gangbacher kramte ein Blatt hervor und begann zu lesen, halblaut, mit ruhiger Stimme. Alle lauschten, denn schon die ersten Worte klangen fremd, hier in diesem Raum.

»Haben wir es nötig, sie zu preisen, die Landschaft um die Perle Lindau? Wir wollen sie nicht malen, sondern ergründen, sie nicht auf Gefühl und Gemüt wirken lassen. Aber auch wir leiten an, ihre offenen Gestade und dunklen Wälder zu betreten, ihre Höhen und Täler zu besuchen, das Nahe mit dem leuchtenden Firn in der Ferne zu vergleichen. Dabei können wir Genüsse unmittelbar und zu Hauff scheffeln, so viel, so eindringlich, dass wir bei Tag und Nacht von selbst davon träumen. Wir sind damit noch nicht zufrieden, wir wollen die Schätze noch mehr uns zu eigen machen, wir wollen die Landschaft verstehen, sie geistig erobern, um sie richtig zu besitzen. Gewiss geht der Weg dazu über viele Einzelheiten, über geistiges Zergliedern, über teilweises Memorieren, über nüchterne Verstandesarbeit. Aber diese Art ist gründlich, wird mit der Zeit immer leichter und schon darum lieber.«

Lydia Naber fragte als Erstes in die Stille: »Und das hat dieser Professor Armbruster geschrieben?«

»Ja. Es ist die Einleitung zu einem Buch mit eher geologischem Inhalt, herausgegeben vom Museumsverein Lindau. 1949!«

»Was war das für einer, dieser Armbruster, den Namen habe ich noch nie gehört?«

Jasmin Gangbacher wechselte zu einem anderen Blatt. »Ein ziemlich interessanter Typ, wie ich finde. Günther Bamm hatte ja diese Publikationen von ihm dabei. Ich vermute, dass es ihm weniger um diese Bücher ging, als vielmehr um die Person Armbruster selbst, um seine Lebensgeschichte. Bei den Gemälden, über die Bamm schrieb, ging es ja auch nicht um rein künstlerische Dinge, sondern um Wirrnisse und Aufregungen, die mit ihrer Existenz verbunden sind.«

»Klingt nicht schlecht, was du vorgelesen hast, aber was ist an diesem Armbruster so Besonderes?«, fragte Kimmel.

»Er wurde 1868 in Markdorf geboren. Der Vater war Posthalter und die Mutter Lehrerin. Er hat in Freiburg katholische Theologie studiert, und weil ihm das anscheinend nicht reichte, noch ein naturwissenschaftliches Studium drangehängt. 1913 hat er dann promoviert. Es folgte kurz darauf das Staatsexamen fürs Lehramt an den höheren Schulen Baden. Die Badische Regierung wollte ihn aber nicht in den Staatsdienst übernehmen, weil er ja katholischer Priester war, und da er auf diesen Status nicht verzichten wollte, wurde er eben nicht Lehrer. Er ging dann nach Berlin und beschäftigte sich mit der Vererbungsforschung. Sein Fachgebiet waren – Bienen.«

»Bienen!?«, fragte Schielin, »ich denke er war Pfarrer?«

»Ich sage doch, das war ein ganz irrer Typ. 1919 wurde er an die neu gegründete Bienenforschungsstelle des Bereichs Biologie am Kaiser-Wilhelm-Institut Berlin berufen, und als diese Forschungsstelle geschlossen wurde, übernahm die Landwirtschaftliche Hochschule Berlin-Dahlem *det Janze* und gründete ein Institut für Bienenkunde. Unser Armbruster wurde am – kein Aprilscherz – ersten April 1923 zum außerordentlichen Professor für Bienenkunde berufen und 1929 folgte schließlich die Berufung zum Ordinarius.«

Gommert war beeindruckt »Oooh, Ordinarius! Des klingt nach was Hohem.«

»Den Begriff gibt es heute nicht mehr. Es bedeutet so viel wie Lehrstuhlinhaber«, erklärte Jasmin Gangbacher.

»Und was hat das mit Günther Bamm zu tun?«, fragte Schielin.

Jasmin Gangbacher ließ sich nicht aus der Ruhe bringen. »Armbruster war ein ziemlicher Dickkopf, so würde man es heute wohl nennen, und da er sich von nichts und niemandem beirren ließ, krachte er 1934 mit den Nazis zusammen. Sie haben ihn gleich nach der Machtergreifung aus dem Amt gejagt – Amtsenthebung.«

»Jesusmaria, Amtsenthebung!«, entfuhr es Gommert. Für ihn war ein Amt etwas Unantastbares, fast Heiliges. Inhabern von Ämtern trat er mit ehrwürdigem Respekt gegenüber, ohne dabei allzu devot zu wirken. Ein Amt, das war für ihn etwas von solcher Beständigkeit, vergleichbar dem stetigen Fließen des Rheins, der den Bodensee befüllte.

Jasmin Gangbacher warf ihm ein kurzes Lächeln zu. »Er hatte die Unterschrift unter die Zustimmungserklärung der Professoren zur Machtübernahme durch die nationalsozialistische Regierung verweigert. Darüber hinaus verfügte er über intensive Kontakte zu jüdischen Bienenkundlern in Palästina, dann noch seine Kooperation mit jüdischen Bienenforschern – das alles kostete ihn letztlich seinen Lehrstuhl. Es gab da einen NS-Rektor Schucht, der ihm offen vorwarf, ein Judenfreund zu sein, da er viele jüdische Hörer und Praktikanten in der Bienenfarm hatte. Außerdem war er ab Oktober 1931 Mitglied im ›Deutschen Komitee pro Palästina zur Förderung der jüdischen Palästinasiedlung‹. Dann noch sein angstfreies Verhalten den Nazis gegenüber – da war er natürlich sofort an der Reihe. Es gab damals dieses Gesetz zur Wiederherstellung des Berufsbeamtentums – ein Werkzeug, um unliebsame Beamte aus dem Amt zu jagen.«

Sie sah in die Runde. »Bis zum Beginn des Krieges hat er noch in Berlin gelebt, ist aber Anfang der Vierzigerjahre, als die Bombenangriffe immer heftiger wurden, hierher nach Lindau gezogen, denn er hatte hier ein Haus aus einem Erbe. 1943 wurden die Ruhestandsbeamten aus Berlin evakuiert, stellt euch das mal vor, es gab einen eigenen Evakuierungsplan für Ruhestandsbeamte, ich finde das unglaublich. Nach dem Krieg war er dann als freier Publizist tätig und hat für die französische Sektorenobrigkeit als Berater in landwirtschaftlichen Fragen gearbeitet. Am vierten Juni 1973 ist er hier in Lindau gestorben.«

»Dann hat er wohl hier in Lindau seinen Frieden gefunden«, meinte Robert Funk.

Wenzel schürzte die Lippen. »So wie des klingt, war er mit sich selbst von Anfang an im Frieden. Ein gradliniger Kerl halt. Respekt.«

Jasmin Gangbacher wog den Kopf. »Das sicher. Ich habe ja mit einigen Leuten telefoniert. Eine Wissenschaftlerin aus Berlin, die mehrere Artikel über diesen Armbruster veröffentlicht hat, sagte, er sei ein Mensch gewesen, der mit dem Kopf durch die Wand ging, auch wenn drei Meter daneben eine Tür war. Er war also sicher schwierig im Umgang. Den leichtesten Weg hat er nie gewählt.«

Gommert hob den Zeigefinger. »Also so schön, wie der des geschrieben hat, was die Jasmin da vorgelesen hat, ist des schon so, dass der hier bei uns ...«

Lydia Naber unterbrach. »Ja, ist gut Gommi. Das haben wir ja alle gehört, und es hat uns gefallen, was er über den Bodensee schreibt – nur, wo ist denn nun die Verbindung zu Bamm?«

Jasmin Gangbacher lehnte sich zurück. »Also ich denke,

Günther Bamm hat Nachforschungen angestellt. Ist doch ein interessantes Thema für einen Journalisten wie ihn, und gibt einiges her. Man muss sich vorstellen – das ist ein grundanständiger Mensch gewesen, eine international anerkannte Kapazität auf dem Gebiet der Bienenforschung – und er ist erst vor ein paar Jahren rehabilitiert worden, erst mehr als drei Jahrzehnte nach seinem Tod. Er hat sich gleich nach dem Krieg darum bemüht, in seine Stellung nach Berlin zurückzukehren, mindestens aber rehabilitiert zu werden.

Man darf auch nicht vergessen, dass es einige Personen gab, die davon profitierten, dass man ihn davongejagt hat – die hatten nun schöne Professorenjobs und so weiter und so fort. Auch die Humboldt-Universität kommt da nicht sonderlich gut weg, oder? Ich finde auch die Lebenslinien der beiden interessant: Günther Bamm war gebürtiger Berliner und lebte hier in Lindau. Armbruster war, quasi, Lindauer und hatte sein Leben nach Berlin verlegt – und zwangsweise retour. Also ich denke, Bamm wollte über Armbruster etwas veröffentlichen, und es könnte doch sein, dass er dabei Unruhe bei einigen verursacht hat, zum Beispiel bei den Naziprofessoren, die auch nach dem Krieg ihren Job behalten durften.«

»Okay«, sagte Schielin, »aber die liegen ja nun auch schon lange unter der Erde, und ich kann mir nicht vorstellen, dass Nachfahren einen Mord begehen, nur weil die Familienehre auf dem Spiel steht. Das ist heute doch kein Thema mehr. Aber bleib an der Sache dran, soweit wir dich nicht für anderes brauchen. Im Moment ist das noch etwas wenig Fleisch.«

»Okay. Ich habe schon mit dem Vorsitzenden des Museumsvereins telefoniert und werde da mal persönlich vorbeischauen. Der Robert wird mir einen Termin beschaffen, er ist ja da Mitglied. Vielleicht bekommen wir so ein paar mehr Hintergründe. Schließlich hat der Verein mal als Herausgeber einer der Schriften von Armbruster fungiert. Ich persönlich finde die Person Armbruster total spannend. Was mich allerdings wundert, ist – es gibt hier noch nicht mal eine Gasse in einem Industriegebiet, die nach ihm benannt wäre.«

Kimmel zuckte mit den Schultern. »Vielleicht kommt's ja noch.«

Robert Funk meldete sich noch einmal zu Wort. Er druckste eine Weile herum, dann sagte er, dass er vielleicht etwas in Günther Bamms Notizbuch gefunden habe.

»Ja und was?«, quängelte Erich Gommert neugierig.

»Mhm. Also ich muss das nochmals genau verifizieren, aber ich glaube, in dem Notizbuch gibt es eine Skizze von dem Stadel, also von dem aufgebrochenen, draußen in Unterreitnau.«

Schielin sah ihn skeptisch an. »Robert, das ist ein einfaches Rechteck, dieser Stadel; und das Notizbuch ist voll mit Kreisen, Quadraten, Rechtecken und allem Möglichen. Das ist ja für sich genommen schon fast ein kleines Kunstwerk.«

»Da stimme ich dir zu, Conrad. Ich meine aber, eine Karte entdeckt zu haben, und zwar einen Gebäudegrundriss und die dazugehörigen Fahr- und Fußwege, das Tor ist in korrekter Lage zum Weg gezeichnet, und der Weiher ist auch eingezeichnet, es stimmt schon sehr genau überein. Ich bin drauf gekommen, weil ich den Tatort, also den Stadel, in Google Maps angesteuert habe und kurz darauf, beim Durchblättern, fiel mir diese gezeichnete Karte sofort auf.«

»Aber wo soll da der Zusammenhang sein, ein leerer Stadel, dessen Tor aufgebrochen wird – und Günther Bamm?«, fragte Lydia Naber in die Runde. Keiner wusste eine Antwort darauf.

Robert Funk ging das Gemälde, von dem Leo Korsch erzählt hatte, nicht aus dem Sinn. Während Kimmel einige Notizen fertigte, sich Lydia über den Tisch hinweg mit Wenzel unterhielt und Jasmin Gangbacher versonnen die Mikrowelle ansah, unterhielt er sich halblaut mit Schielin, erzählte, wie er in den Datenbanken recherchiert hatte, ohne ein Ergebnis zu erzielen, und dass er sich von seinem Besuch auf dem Dachboden mehr erwartet hätte – irgendeinen Hinweis. Alles was er wusste, war, dass das Gemälde in Zusammenhang mit einem eigenwilligen Namen stand, der ihm nicht mehr einfiel. Gommert lauschte dem Gespräch und er fragte neugierig nach. »Was für ein Name?«

»Was für ein Name?«, wiederholte Funk, »Erich, darum geht es ja – dieser Name fällt mir nicht ein.«

»Jaja«, kam es etwas pikiert.

Robert Funk erklärte Gommert zur Besänftigung nochmals, worum es ging. Dass er vor Jahren in irgendeiner Angelegenheit in einer Wohnung war und ihm dort ein Bild aufgefallen war, das genau dem entsprach, das der Londoner Geschäftsmann im Hotel Bad Schachen beschrieben hatte. Alles, woran er meinte, sich in diesem Zusammenhang zu erinnern, war ein seltsam klingender Name.

Gommert hörte Funk aufmerksam zu und sagte dann. »Hickmeiser.«

Robert Funk sah ihn mit großen Augen an, wendete sich Schielin zu und schüttelte den Kopf. »Das gib mal in eine Datenbank ein ... *suche einen seltsamen Namen in Zusammenhang mit einem Fall, der jahrelang zurückliegt* ... völlig unmöglich, aber unser Gommi ... wir Menschen, und sogar Gommi, sind einfach immer noch unersetzbar.«

»Hickmeiser, das ist also der richtige Name?«, fragte Schielin.

»Ja. Und es ist seltsam, kaum das ich den Namen gehört habe, sehe ich ihn auch schon wieder vor mir stehen. Erinnerung ist schon etwas Verrücktes, ich meine, wie sie funktioniert, oder eben nicht funktioniert.«

*

Hedwig Kohler war aufgestanden, als noch Sterne am Himmel zu sehen waren, und hatte Kaffee gekocht. Ihre Bewegungen waren nicht die eines müden Menschen, eher die eines Menschen, der Dinge mit einer mechanischen Sicherheit verrichtet, ohne bei dem zu sein, was er tat. Dann hatte sie mit dem, was an lichtem Dunkel durch das Fenster drang, in der Küche gesessen. Die Dahlien draußen vor dem Fenster hingen im leblosen Grau einer beginnenden Dämmerung. Um das Alleinsein nicht zu einem übermächtigen Gefühl werden zu lassen, hatte sie das Radio eingeschalten. Die Moderatoren verzichteten zu dieser Zeit noch auf billige Witze, unehrliches Lachen und auf Anrufe bei glücklich kreischenden Menschen. Dann saß sie still da, nippte von Zeit zu Zeit an der Tasse, wobei es mehr der Geruch war, weshalb sie Kaffee gemacht hatte. Die Kinder schliefen noch.

Später, als sie schon auf dem Weg zur Schule waren, fuhr sie los. In der Giebelbachstraße parkte sie und ging zum Ufer. Sie ließ ihren Blick über das sanft schwankende Wasser gleiten und musste kurz innehalten. Sie taumelte, und für einen Augenblick schien es ihr, als knicke das rechte Bein weg. Für einen fremden Beobachter hätte es ausgesehen, als wäre sie betrunken.

Sie fing sich und ging mit festen Schritten weiter, atmete ruhig und gleichmäßig. Sorgen waren ihrem bisherigen Leben nicht fremd gewesen. Doch das, was sich in den letzten Tagen ereignet hatte, vergrößerte die Dimension ihrer Gefühlswelten. Diese großen Gefühle, von denen in billigen Romanen und Sonntagabendfilmen erzählt wird, diese großen Gefühle hatte sie selbst erleben dürfen, und sie bereute nichts, keine Sekunde, denn sie war nun um viele Erfahrungen reicher und weiter als andere. Sie hatte eine neue Stufe des Lebens erklommen. Ihre Entscheidung hatte sie getroffen.

Sie kam eine Viertelstunde vor dem vereinbarten Termin auf der Dienststelle an. Robert Funk hatte sie ins Vernehmungszimmer gebracht, wo sie gelassen auf ihrem Stuhl saß und wartete, bis Lydia Naber und Schielin den Raum betraten. Schielin hatte etwas anderes erwartet; dass sie sich zum Beispiel zu ihnen umdrehen würde, denn sie saß mit dem Rücken zur Tür, oder dass ihr Nervosität anzumerken und anzusehen wäre. Stattdessen saß sie aufrecht da, hielt die Hände locker verschränkt im Schoß und sah ohne eine Regung die bleiche, schmucklose Wand an. Sie blieb sitzen, als sie sich begrüßten, und ließ auch kriecherische Gesten sein, die viele machten, in der Hoffnung, man würde rücksichtsvoller mit ihnen umgehen. Es war die Hoffnung derjenigen, die die Freundlichkeit der Fernsehkommissare auch in der Realität erwarteten.

Schielin und Lydia Naber nahmen umständlich Platz – immer noch keinerlei Aufregung bei ihrem Gegenüber.

Lydia Naber holte gleich zu Beginn das Kuvert mit den Fotografien aus ihrer Arbeitstasche und schob es ohne Kommentar über den Tisch. Hedwig Kohler sah mit einem Schein von Belustigung und Verwunderung auf das Kuvert, nahm es und zog langsam die Fotos heraus. Als sie erkannte, worum es sich handelte, breitete sich ein Lächeln auf ihrem Gesicht aus. Schielin war irritiert. Er hatte eine andere Reaktion erwartet.

Hedwig Kohler hielt die Fotografien hoch und meinte lächelnd: »Ach, deswegen bin ich hierher geladen worden?«

Lydia Naber lächelte lauernd und sagte keinen Ton. Auch Schielin wartete ab.

»Und, haben die Bilder Sie schockiert, entsetzt, empört?«, fragte Hedwig Kohler, während sie die Fotos in großer Ruhe und mit Vorsicht wieder im Kuvert verstaute. Sie warf den beiden einen offenen Blick zu.

»Sollen die Fotos denn schockieren oder entsetzen?«, fragte Schielin.

»Natürlich nicht. Ich meine nur, weil Sie das hier so streng handhaben.«

Lydia Naber sagte: »Streng wäre anders, Frau Kohler, und diese Fotos da schockieren uns weder, noch sind wir entsetzt.

Es geht eher darum, was diese Aufnahmen deutlich machen: Sie hatten ein Verhältnis mit Herrn Bamm. Sie werden verstehen, dass diese Information für uns unter den gegebenen Umständen schon eine große Bedeutung hat. Und noch eines – wegen dieser Fotos da, haben wir Sie nicht hierher kommen lassen.«

Hedwig Kohler lehnte sich zurück und legte den Kopf etwas schräg. Sie fixierte Lydia Naber. »Ja, ich hatte so etwas wie ein Verhältnis mit Günther Bamm. Wir waren uns allerdings auch einig, dass es bei dieser Art Beziehung bleiben und nichts anderes daraus werden sollte – eine sehr sachliche Vereinbarung zwischen zwei erwachsenen Menschen.«

Schielin hörte ihren Worten zu und beobachtete diese Frau. Sie erschien ihm so ganz anders, als vor wenigen Tagen in der Wohnung. Heute machte sie einen sehr entschlossenen, selbstsicheren Eindruck, war weder verunsichert noch beeindruckt von der Situation – immerhin einer polizeilichen Vernehmung. Verhielt sich so jemand, der ein reines Gewissen hatte? Er dachte an die Fotos mit dem Regenschirm und fragte sich, worin genau die sachliche Vereinbarung bestanden haben mochte.

Lydia Naber sagte, ohne dass es sarkastisch klang: »Es ist eine schöne Sache, wenn Sie beide sich einig waren und so nüchterne und sachliche Vereinbarungen treffen konnten. Die Frage für uns lautet jedoch – wusste Ihr Mann davon und sah er es auch so … sachlich?«

Sie antwortete: »Ja.«

»Wie darf ich das verstehen?«

»So wie ich es gesagt habe. Mein Mann wusste davon.«

»Wovon?«

»Von meiner sexuellen Beziehung zu Günther Bamm.«

»Er war damit einverstanden?«

»Er wusste davon«, wiederholte sie, »Sie können ihn gerne fragen.«

»Es steht außer Frage, dass wir das tun werden«, sagte Lydia Naber.

Schielin stieg ein. »Das ist aber auch nicht der Grund, weswegen wir Sie vorgeladen haben, Frau Kohler. Wir haben erfahren müssen, dass Sie uns nicht die Wahrheit gesagt haben, und zwar das letzte Wochenende betreffend. Sie waren gar nicht bei der Familienfeier auf der Alb. Nein, Sie sind bereits am Sonntag wieder gefahren. Ihren Mann und die Kinder haben Sie erst am Montag wieder abgeholt. Wo waren Sie in der Zeit dazwischen?«

»Zu Hause.«

»Zu Hause?«, wiederholte Schielin.

Sie beugte sich vertrauensselig über den Tisch. »Ja, zu Hause. Mich hat diese ganze Mischpoke so angekotzt, ich kann es Ihnen gar nicht sagen. Ich hab das lange genug mitgemacht, viel zu lange, und am letzten Wochenende, da hatte ich einfach keine Lust mehr darauf. Diese Scheinheiligkeit und Heuchelei hat mich regelrecht angeekelt.« Sie deutete auf das Kuvert, das vor ihr auf der Tischplatte lag. »Mag sein, Sie halten das für moralisch verwerflich. Mir ist es aber seit geraumer Zeit egal, was andere denken. Diese Familienfeier, diese Huldigungsveranstaltung meines Schwiegervaters – das alles ist moralisch noch viel verwerflicher... «

Sie unterließ es, den Satz mit einem *als* weiterzuführen.

Schielin ging mit dem Oberkörper ein Stück nach vorne und sagte: »Die Zeiten, in denen die Polizei Moralbegriffe überwachte, sind Gott sei Dank vorbei. Uns geht es nicht um Moral, sondern um die Aufklärung eines Mordes. Und da geht es immer auch um Gefühle. Alles andere ist für uns nicht von Interesse.«

Hedwig Kohler redete weiter, ohne auf das Gesagte einzugehen. »Ich bin einfach wieder nach Hause gefahren und wollte mich mit Günther treffen. Er war ein in allen Dingen freier Mensch. Wissen Sie, es hat mich einfach angekotzt, dabei zuzusehen, wie heile Familie gespielt wird, wie erwachsene Menschen, die selbst schon Familien haben, um einen Patron herumkriechen, hündisch, devot und gierig danach, gelobt, beachtet zu werden. Ich konnte es einfach nicht mehr, mich an den Tisch zu setzen und mir dieses Gerede anzuhören, vor allem, wenn man weiß, wie die Lebensrealitäten aussehen. Wenn meine Schwägerin, also die Schwester meines Mannes, gekommen wäre, wäre ich wohl geblieben. Sie ist das schwarze Schaf der Familie. Aber so war und fühlte ich mich alleine und wollte die Veranstaltung nicht stören, keinen Eklat provozieren. Die geringste Beeinträchtigung der Feierlichkeit war es also, einfach wieder zu fahren. Die sollen froh sein.«

»Wann waren Sie wieder zurück in Lindau?«, fragte Lydia Naber.

»Sie kennen meinen Schwiegervater nicht, ein selbstgefälliger, selbstgerechter Pascha, eine Zierde der Gesellschaft, Schulrat war er, im Kirchenvorstand, Stadtrat, Rotarier, Rotes Kreuz – das ganze Zeug eben. Immer in der Öffentlichkeit, einmal im Monat musste er in der Zeitung erwähnt werden, und wenn's nur darum ging, irgendeinem Jubilar gratuliert zu haben. Er ist einer, der keinen Widerspruch duldet, in dessen Denken es gar nicht vorkommt, dass es Menschen gibt, die andere Lebensentwürfe haben. Ein scheinheiliger Patron, und es tut weh, zu sehen, wie exakt ihm die Kopien gelungen sind. Diese drei *Buben*, er und seine Frau, sie reden immer noch von den *Buben*, und es hat nichts Sentimentales, wenn sie es sagen, verstehen sie. Er nennt seine Frau *Muttchen*. Grässlich. Ich verachte sie alle.«

Lydia war die Stimmung, in der sich Hedwig Kohler befand, nicht allzu fremd, und sie nutzte die entstehende kurze Pause, um ihre Frage zu wiederholen. »Wann waren Sie wieder zurück in Lindau, Frau Kohler?«

Die Antwort kam prompt. »Am Sonntagabend. Ich habe eine kleine Rundfahrt über den Hegau gemacht, in Überlingen zu Mittag gegessen und einige Male versucht, Günther zu erreichen.«

»Haben Sie sich am Sonntag noch getroffen?«

»Nein. Nicht einmal telefoniert haben wir miteinander.«

»Was haben Sie am Sonntagabend gemacht, ich meine hier in Lindau?«

»Am Abend war ich bei einer Freundin in Reutin, sie wohnt droben im Oberreutiner Weg, direkt hinter dem Friedhof. Ich war da ein paar Stunden, so bis gegen zehn etwa. Sie können sie gerne fragen.«

»Das werden wir machen. Was war, als sie von dort weggefahren sind?«

»Ich bin auf die Insel gefahren und habe im Bayerischen Hof vorbeigeschaut. Günther hatte mir einige Tage zuvor erzählt, dass er sich dort mit jemandem treffen wollte, ich weiß nicht genau, worum es ging, aber ich hoffte jedenfalls, ihn dort zu treffen. Leider wurde diese Hoffnung enttäuscht.«

»Wie lange waren Sie in der Bar?«

»Nur für eine Drink, ein schneller Drink. Ich bin dann direkt nach Hause gefahren. Das war so kurz vor elf.«

Schielin schüttelte den Kopf. »Wieso haben Sie uns das alles nicht schon vorgestern erzählt?«

»Dummheit und Schock. Man sieht es immer in den Krimis, wie blöde sich manche Leute verhalten, und dann passiert es einem selbst. Schon verrückt, oder? Anscheinend lernt man nichts, wenn man das Zeug Woche für Woche sieht. Es hat nichts, gar nichts mit der Realität zu tun.« Sie lachte bitter.

Schielin sah zu Lydia Naber hinüber, die, den Kopf auf ihre Unterlagen gerichtet, fragte: »Hatte Günther Bamm vielleicht noch ein Verhältnis, ich meine, zu einer anderen Frau, vielleicht eine ebenso sachliche Abmachung?« So wie sie die Frage stellte, klang es, als wisse sie mehr.

Es war das erste Mal, dass Hedwig Kohler sich irritiert zeigte. »Nein ... nein, jedenfalls nicht, dass ich etwas davon wüsste.«

Lydia Naber nickte, dachte dabei: Aber sicher bist du dir auch nicht, meine Liebe.

Es war deutlich zu spüren gewesen, dass diese Frage Hedwig Kohlers Gefasstheit, wenn auch nur leicht, ins Wanken gebracht hatte. Lydia Naber hakte nach – böse. »Verstehen Sie, Frau Kohler, wenn es zwischen Ihnen und Herrn Bamm eine rein ... sachliche ... Beziehung war, ist das ja in Ordnung. Aber es könnte doch sein, dass es für Günther Bamm daneben noch eine, sagen wir ... Herzenssache ... gab.«

Nicht schlecht, dachte Schielin und beobachtete, wie Hedwig Kohler blass wurde. Die schüttelte nur den Kopf. Das böse Wort von der Herzenssache hatte ihr die Sprache verschlagen.

Lydia Naber stellte keine weiteren Fragen und übergab an Schielin, behielt Hedwig Kohler aber in nachdenklichem Blick.

Schielin wollte wissen, was sie zu Hause gemacht habe, ob sie jemand gesehen oder ob sie vielleicht telefoniert habe. Nein, sie wusste nicht, wer sie gesehen haben könnte, und telefoniert hatte sie auch nicht, lautete die lakonische Antwort. Sie habe Fernsehen geschaut und sei auf dem Sofa eingeschlafen. Das war alles, was sie zu der Sache noch sagen konnte.

Die Tür ging auf, und Erich Gommert steckte den Kopf durch den Spalt. »Ein Doktor Heinrich Rubacher wäre da, hat eine grausige Narbe im Gesicht hängen. Er ist irgendwie ... ungehalten.«

»Der soll ruhig ein paar Minuten schmoren«, meinte Schielin und wartete ab, ob Hedwig Kohler vielleicht doch noch etwas einfiel. Er stand auf und ließ sie mit Lydia Naber allein. Vielleicht war sie dann etwas gesprächiger.

Doktor Heinrich Rubacher war nicht der Situation wegen ungehalten. Das Abweisende und Unhöfliche war vielmehr der Humus, aus dem sein gesamtes ruppiges Verhalten erwuchs. Er war ein ganz und gar unangenehmer Mensch.

Schielin bat ihn in Wenzels Büro, das immer sehr aufgeräumt war und im Moment Platz und Raum für die Anhörung bot.

Jasmin Gangbacher kam dazu und setzte sich auf einen Stuhl in die hinterste Ecke. Rubacher sah sie ein-, zweimal missmutig an, verzichtete aber wegen der zu erwartenden Niederlage darauf, zu verlangen, dass sie woanders Platz nahm. Es störte ihn sichtlich, sie nicht im Blickfeld zu haben, das Geschehen nicht kontrollieren zu können. Hier war er es, der sich zu fügen hatte.

Conrad Schielin begann schmucklos und zügig. Er erläuterte in einem Satz den Anlass für das Gespräch, ging kurz auf das von Günther Bamm geplante Buch ein und fragte schließlich, wo und gegebenenfalls bei wem Heinrich Rubacher am Sonntagabend gewesen war. Immer wieder war es diese eine Frage nach einem Alibi, die dem Gegenüber deutlich machte, worum es ging und auf welcher Ebene man sich hier begegnete. So geschah es auch Doktor Heinrich Rubacher.

Bisher hatte er mit missmutiger Miene dagesessen und versucht, etwas Zynismus in seinen Blick zu legen. Diese Frage aber machte ihm schlagartig deutlich, auf welchem Stuhl er saß, in welchem Gebäude er sich befand und welche Rolle ihm hier zugewiesen war.

Alleine der Zeitpunkt der Frage – seine Personalien waren noch nicht einmal umfassend festgestellt worden – da kam dieser Polizist mit einer Alibifrage daher. Es machte ihn wütend, und er sagte mit schmalen Lippen und sichtlich zerknirscht: »Zu Hause.«

»Wer kann das bestätigen?«, fragte Jasmin Gangbacher sofort.

Rubacher sah nach rechts. Das Energische in dieser Bewegung machte klar, dass er es gewohnt war, sein jeweiliges Gegenüber allein durch seinen Blick zur Raison zu bringen. Das machte ihn nicht unbedingt sympathischer, und Schielin wollte ihm keine Zeit für derartige Verhaltensweisen lassen und setzte unverzüglich nach. »Gibt es vielleicht niemanden?«

Rubacher wandte sich schnell wieder ihm zu, und sein Inneres schwankte zwischen Wut und Aufregung. Er war es nicht gewohnt, so behandelt zu werden. Im Grunde genommen war es nicht mehr als ein einfacher Wortwechsel gewesen, der gerade stattgefunden hatte, doch jeder Teil einer Sekunde war gefüllt mit Kommunikation. Es war die Tonlage, die Art zu sitzen, zu schauen, den Blick zu geben oder zu verweigern, einen Finger zu bewegen oder das Bein übereinanderzuschlagen – und Rubacher verstand, woran er war. Er wusste, dass Schwätzer nie belohnt wurden, so beschloss er, nicht zu reden, sondern nur Antworten zu geben, denn zwischen Reden und Antworten bestand ein großer Unterschied. Und wenn er antwortete, sollte es knapp sein, um keine Möglichkeit zu geben, zwischen den Sätzen zu forschen. Das machten die nämlich so. So viel wusste er.

»Mein Sohn kann es bestätigen«, sagte er betont langsam. Wer langsam sprach, hatte Zeit nachzudenken. Es war wichtig, das Tempo eines Gespräches zu kontrollieren, und man tat es durch die Geschwindigkeit, in der man antwortete und sprach.

Jasmin Gangbacher fragte nach und notierte Namen und Telefonnummer des Sohnes.

»Günther Bamm hat an einem Buch über Gemälde gearbeitet, und in den Unterlagen, die wir gefunden haben, taucht Ihr Name auf. Es geht um eine Picasso-Lithografie, ist das so richtig.«

»Ja.«

»Welcher Art war Ihr Kontakt zu Herrn Bamm?«

»Wir hatten keinen.«

»Sie müssen doch miteinander gesprochen haben. Zumindest legen dies einige Notizen nahe.«

»Wir haben ein paar Mal telefoniert. Nur sehr kurz. Einmal hat er an der Tür geklingelt und wollte mit mir persönlich reden, aber das wollte ich nicht. Ich fand das äußerst aufdringlich, so unangemeldet plötzlich vor der Tür zu stehen. Wie gesagt, ich wollte nichts mit ihm zu tun haben, das ist ja schließlich nicht verboten.«

Und die schwarze knurrende Bestie will sicher auch nichts mit Fremden zu tun haben, dachte Schielin. Er gab seiner Stimme etwas Freundliches, Beschwingtes. »Aber aus welchem Grund wollten Sie das nicht? Es ist doch eine Besonderheit, wenn ein Kunstwerk, das einem gehört, in einem Buch erwähnt wird, wenn ein bekannter Autor darüber schreibt.«

»Für mich war es eben keine Besonderheit.«

»Woher stammt diese Picasso-Lithografie eigentlich ... alter Familienbesitz ... eine Auktion ...?«

»Familienbesitz«, unterbrach Rubacher Schielins Spekulationen.

»Seit wann?«, konterte der.

Rubacher hatte die Antworten bisher immer etwas hinausgezögert, doch nun trat eine kurze Pause ein, über die er sich selbst ärgerte, denn es offenbarte eine Schwäche. Er überlegte und sagte dann: »Mein Onkel hat sie erworben.«

»Mhm. Wann und von wem?«

»Ich denke nicht, dass es etwas mit dem Mord an Günther Bamm zu tun hat, wo und wann mein Onkel Kunstwerke erworben hat. Er war ein leidenschaftlicher Sammler und Kunstfreund.«

»Es geht hier um einen Mord, und wir sind gehalten, jeder Spur nachzugehen, so fern sie einer Verbindung zum Geschehen vielleicht auch erscheinen mag«, erklärte Schielin lapidar.

Rubacher lenkte ein. »Mein Onkel, Professor Schelbert, hatte den Lehrstuhl für Zivilrecht in Augsburg inne. Er hat die Lithografie 1942 von einem Kollegen erworben.«

Schielin sah ihn ausdruckslos an und ließ das von Rubacher Vorgebrachte in einem düsteren Schweigen vergehen. Dann verzog er den Mund und sprach betont leise und sachlich.

»Ihr Onkel, Professor Schelbert, hat die Lithografie von der Witwe Professor Hirschmanns erworben. Für fünfzig Reichsmark, wenn ich die Unterlagen von Günther Bamm richtig deute, nicht wahr?«

Rubacher zuckte mit den Schultern. »Es war ein ordentlich, kaufmännischen Gepflogenheiten gemäß vollzogenes Geschäft. Es gibt sogar eine Quittung dazu – und mein Onkel hat es getan, um dieser Frau zu helfen. Es ist doch ganz normal, wenn Leute, die sich in finanziellen Schwierigkeiten befinden, gewisse Dinge, die für das tägliche Leben nicht erforderlich sind … verkaufen«, er zuckte wieder mit den Schultern, um dem Gesagten eine Hülle von Selbstverständlichkeit zu verleihen, »und weshalb fragen Sie überhaupt, wenn Sie schon alles wissen.«

»Wer alles weiß, hat keine Fragen mehr. Es war in der Tat sehr ordentlich, das Geschäft. Wussten Sie von den Erben Hirschmanns, die sich nach dem Krieg auf die Suche nach den Überresten des Familienerbes gemacht haben, unter anderem auch nach dem Picasso. In Bamms Unterlagen stand, dass Ihr Onkel, Professor Schelbert, das Kunstwerk gleich nach dem Krieg an einen Kunsthändler in Ulm weiterveräußert hatte; auch das sehr ordentlich, mit Vertrag und Quittung und allem, was so dazugehört. Dieser Kunsthändler war Ende der Fünfzigerjahre vor einen Restituierungsausschuss geladen und hat da angegeben, die Lithografie an einen gewissen Jacques Bensen, einen Luxemburger, verkauft zu haben. Es gab Unterlagen über diesen Verkauf. Dieser ominöse Bensen war zur Zeit der Befragung bereits verstorben. Er war alleinstehend, und die Spur verlor sich irgendwo in Luxemburg. Umso überraschter muss Günther Bamm gewesen sein, als er die Lithografie bei Ihnen ausfindig machte, dem Neffen von Professor Schelbert. Auch ich finde das, nennen wir es der Einfachheit halber, merkwürdig. Es drängt sich der Eindruck auf, dass Ihr Onkel zusammen mit diesem Ulmer Kunsthändler ein böses Versteckspiel getrieben hat – wie auch immer. Jedenfalls sind Sie heute im Besitz dieses sehr wertvollen Kunstwerks, und Ihren

Reaktionen ist eines deutlich anzumerken – Sie sind offensichtlich nicht sonderlich begeistert davon, dass Bamm die Details darüber in einem Buch veröffentlichen wollte? Was ich allerdings nicht verstehe – niemand wäre jemals wieder auf diesen Picasso gekommen, hätten Sie nicht versucht, ihn zu verkaufen. Brauchen Sie Geld, Herr Rubacher? Müssen Sie sich von Dingen trennen, die für das tägliche Leben nicht erforderlich sind?«

Heinrich Rubacher hob den Kopf, fasste das Brillengestell vorsichtig, fast zärtlich, mit Zeigefinger und Daumen der rechten Hand und rückte es zurecht. Die Geste hatte etwas Bedrohliches.

Er sagte: »Ich werde mich zukünftig nur noch im Beisein eines Anwaltes mit Ihnen unterhalten. Außerdem möchte ich Sie darauf hinweisen, dass Sie sich den Vermutungen dieses Journalisten nicht vorbehaltlos anschließen sollten.«

Schielin nickte mit einem Gesichtsausdruck, der deutlich machte, das er wenig von dem hielt, was Rubacher sagte. »Es ist so, Herr Rubacher. Wir haben gestern von einem Mann gehört, vielleicht kennen Sie den Namen – Professor Ludwig Armbruster. Auch er war Professor, in Berlin. Man hat ihn 1934 aus dem Amt gejagt, unter anderem, weil er sich geweigert hatte, ein Nazipamphlet zu unterschreiben, und weil er Karrieristen im Wege war. Ich bin der festen Überzeugung, dieser Professor Armbruster hätte der Witwe Hirschmann fünfzig Reichsmark gegeben, ohne ein Geschäft daran zu knüpfen – wenn es denn darum gegangen wäre, ihr zu helfen. Aber das ist es nicht alleine, was mich beschäftigt. Ich denke nicht, dass es ein gutes Geschäft war, das Ihr Onkel gemacht hat, denn er hat etwas vermeintlich Günstiges erworben, ohne zu bedenken, was er, ohne es zu wollen, zusätzlich erhalten und seiner Familie aufgebürdet hat – ich spreche von Schuld. Ich denke, an dieser Picasso-Lithografie hängt eine so große Schuld, Quittungen hin oder her, dass zwei Generationen nicht ausreichen werden, sie zu tilgen. Und es ist ein anderes Wort, das ich in diesem Zusammenhang nicht aus dem Kopf bekomme. Dieses Wort heißt Schande.«

Rubacher musste schlucken, bevor er sagte: »Sie haben vielleicht den falschen Beruf ergriffen.«

Jasmin Gangbacher fragte: »Haben Sie schon einmal in Erwägung gezogen, diese Lithografie den rechtmäßigen Eigentümern zurückzugeben?«

Heinrich Rubacher giftete in Schielins Richtung, ohne die Fragestellerin anzusehen. »Das rechtmäßige Eigentum steht außer Frage und ist als geklärt zu betrachten – ich und meine Familie, wir sind die rechtmäßigen Eigentümer. Ich möchte außerdem nicht länger mit Ihnen über diesen Sachverhalt reden.«

Die Tür ging auf, und Lydia Naber kam in den Raum. Sie hielt ein Blatt Papier in der Hand, das sie Schielin reichte. Der las kurz und wandte sich wieder mit ernster Miene Rubacher zu. »Sie werden sich aber mit uns unterhalten müssen. Ich möchte Ihnen nochmals die Frage stellen, für das Protokoll. Wo waren Sie am Sonntag zwischen zweiundzwanzig Uhr und zwei Uhr Montag früh.«

Die stringente Art, wie die Frage gestellt wurde, und die Umstände – dieses Stück Papier, das er in der Hand hielt – verunsicherten Rubacher. Er sagte zögernd. »Ich denke, diese Frage schon ausreichend beantwortet zu haben.«

»Zu Hause, mit ihrem Sohn, ist das richtig so?«, fragte Schielin nach.

Rubacher nickte.

»Würden Sie bitte meine Frage mit einem Ja oder Nein beantworten.«

»Ja.«

Schielin faltete die Hände. »Vielen Dank Herr Rubacher. Das nächste Mal dann mit ihrem Anwalt. Auf Wiedersehen.«

Jasmin Gangbacher brachte Rubacher nach draußen.

»Und, ist er es?«, fragte Lydia Naber und deutete auf den Zettel, den sie Schielin zuvor gebracht hatte.

Schielin schüttelte den Kopf. »Also der nette Mensch von eben, der heißt Dr. Heinrich Rubacher und nicht Ludwig. Er hat auch keinen zweiten Vornamen der auf Ludwig lautet.«

»Komisch ist das aber schon. So verbreitet ist der Name nun auch nicht.«

»Vielleicht ist es ja sein Bruder«, meinte Schielin.«

»Was macht unser Narbengesicht denn so beruflich?«, fragte Lydia.

»Er betreibt eine Verwaltungsgesellschaft für Immobilien, also die akademische Variante einer Hausmeisterei.«

»Das ist auch so etwas wie Betreuer, oder?«, meinte sie nachdenklich.

»Fragt sich nur, wer mehr Kohle rausholt«, entgegnete Schielin nachdenklich, »ein gewisser Ludwig Rubacher ist also der Betreuer von Frau Bamm. Ich fürchte, die Sache könnte nun doch etwas kompliziert werden. Könnte schon sein, dass es Brüder sind.«

»Deine Frage nach dem Alibi hat ihn aber ganz schön ins Schleudern gebracht, diesen Doktor Heinrich Rubacher. Da ist doch was faul«, meinte Lydia Naber.

»Kann sein. Es wird sicher so sein, dass wir ihn bald wieder hier sitzen haben werden.«

Jasmin Gangbacher war wieder zurück und fragte Lydia Naber: »Wie wird man eigentlich Betreuer?«

Die schaute gequält zur Decke. »Das ist im Grunde genommen unglaublich. Als wir vor einem Jahr hier einen Hausmeister einstellen wollten, da brauchten die Bewerber irgendein Papier von der IHK und was weiß ich nicht alles. Wenn man Betreuer werden will, braucht man gar nichts. Du gehst zum Amtsgericht und gibst dort an, gerne eine soziale Arbeit verrichten zu wollen, du behauptest, gerne mit Menschen zu tun zu haben und überhaupt sehr sozial eingestellt zu sein. Natürlich sollte dein polizeiliches Führungszeugnis jungfräulich sein, aber das ist dann auch schon alles.«

»Und weißt du schon, wie dieser Ludwig Rubacher an den Betreuerjob gekommen ist?«

»Er hatte mal ein Antiquitätengeschäft auf der Insel. Das lief aber nicht so ganz rund, wie Robert mir erzählt hat. Er war dann einer von denen, die sich um Haushaltsauflösungen gekümmert haben und ist darüber dann bei der Betreuung gelandet.«

»Das klingt irgendwie so selbstverständlich, wie du das sagst – Haushaltsauflöser, Betreuer...«

Sie zuckte mit den Schultern. »Ist doch so.«

»Ist das ein einträgliches Geschäft?«

»Kommt ganz drauf an, wie man es anstellt. Ich würde mal die Behauptung aufstellen, für Ludwig Rubacher ist es einträglich. Aber das werden wir noch genauer bekommen.«

*

Ludwig Rubacher saß am Schreibtisch, ordnete und sortierte Unterlagen, stellte sie nach Gruppen zusammen und heftete die Papiere in den jeweiligen Ordnern ab. Er saß aufrecht, und die überlegte Art der Bewegungen, die sein Kopf, seine Arme und Hände sichtbar machten, ließ deutlich werden, dass hier die Sorgfalt selbst zugange war. Es war ein schlichter Raum mit zwei bis unter die Decke reichenden Aktenregalen, einem ausgedienten Schreibtisch, der früher einmal in einer Behörde gealtert war, und einem Bürostuhl, dessen ehemals orange-grüner Sitzbezug ausgeblichen und zerschlissen war.

Im Moment war Ludwig Rubacher mit dem Ordner *Anwalt* beschäftigt. Beim Abheften der Unterlagen überflog er nochmals die Angelegenheiten, die zur Ablage standen, und als er sich den Inhalt des Schreibens vergegenwärtigte, das obenauf lag, verzog sich sein Mund. Es sollte ein Lächeln werden, ergab aber nur eine zynische Fratze.

Die Sätze des Anwalts formulierten die Forderung an ein Reiseunternehmen. Im Sommer war Rubacher für eine Woche in den Süden geflogen. Im Prospekt hatte gestanden, man würde mit einem Begrüßungscocktail in Empfang genommen – und genau diesen Begrüßungscocktail hatte man im Hotel vergessen.

Ludwig Rubacher vergaß nie etwas, was ihm zugesagt worden war – schriftlich oder mündlich. Kaum zurück, beauftragte er seinen Anwalt mit der Angelegenheit.

Diese Sache hatte nur wenig Papier produziert, bis er die Zahlung der Gesellschaft erhalten hatte. Insgesamt wurde der Ordner jedoch mit einem ganzen Packen Papier gefüllt. Einzig das Honorar des Anwalts ärgerte Ludwig Rubacher. Gesindel, dachte er, alles Gesindel. Leben vom Ärger und Unglück anderer Leute.

Er saß wie immer in seinem dunklen Anzug am Schreibtisch, trug ein helles Hemd, Krawatte und schwarze Lederschuhe. Er war mit sich zufrieden, mit seinem untersetzten, fülligen Körper und der Glatze. Sein Erscheinungsbild gab ihm auf den ersten Blick etwas Gemütliches.

Hier in dem kleinen Büro, welches er unter dem Dach eingerichtet hatte, hätte er auch im Schlafanzug oder nackt sitzen können – niemand konnte ihn sehen. Es war aber eine Sache der Haltung, der Einstellung – es war eine Sache des Prinzips, und niemals hätte er sich erlaubt, in Freizeitkleidung hier zu arbeiten. So wie er gekleidet war, sah er sich selbst. Ein Herr in dunklem Anzug, ein feiner Herr in dunklem Anzug.

Er stand auf und begab sich die Treppe hinunter ins Badezimmer. Er musste sich umziehen, denn er hatte einen Termin. Auf der letzten Treppenstufe angekommen, holte er den Zettel mit der Anschrift aus der Innentasche des Jacketts. Der schwarze Anzug wurde gegen seine Arbeitskleidung getauscht, wie er sie nannte: braune Cordhose, graubraunes Baumwollhemd, dunkelbraune Lederschuhe und ein dunkelgrünes

Wolljackett mit feinem Karomuster, eine Art Landhausstil für Leute, die in die Jahre gekommen waren, und so gar nicht seinen Vorstellungen und Vorlieben entsprechend. Aber seine Arbeit erlaubte keine Stilfragen, und die Kleidung hatte einen Zweck zu erfüllen. Im schwarzen Anzug würde den Leuten, mit denen er zu tun hatte, ein falscher Eindruck vermittelt. Die braunen Allerweltsklamotten ließen einen zuverlässigen, seriösen, nicht unbedingt reichen Menschen vermuten, der anständig seiner Arbeit nachging – das war der Job, den die Kleidung zu verrichten hatte.

Er verließ das Haus und fuhr mit dem Vectra Kombi los. Den Mercedes konnte er jetzt auch nicht gebrauchen, wenn er auch besser für das Wohlbefinden seiner Lendenwirbel gewesen wäre. Aber was tut man nicht alles, was tut man nicht alles, ging es ihm durch den Kopf, als er das Stützkissen zurechtrückte.

Voller Abscheu sah er um sich, während er dem Lauf der Kolpingstraße folgte. Er war ein Misanthrop und verabscheute diese Termine, denn für ihn waren sie eine Zumutung – er musste leutselig sein, mit den Menschen reden, auf sie eingehen, den einen oder anderen Spaß machen, bei der an sich traurigen Arbeit, die er zu verrichten hatte. Jedenfalls waren seine Gegenüber überwiegend traurig und verunsichert. Einige wenige waren auch aggressiv und uneinsichtig, und von denen war wiederum ein kleiner Teil gefährlich. Das waren die, die einen Streit nicht eskalieren ließen, sondern still wurden. So wie es bei diesem Journalisten gewesen war.

Er parkte am Straßenrand und sah zum Hauseingang. Die beiden standen schon vor der Tür – Bruder und Schwester, beide Ende vierzig. Er war aus Berlin gekommen, die Schwester aus Hamburg.

Ludwig Rubacher schmiss die Tür des Vectras zu und ging langsam den Plattenweg entlang. Der letzte Frost hatte einige Fugen gesprengt, wie er sah. Er achtete darauf, in unaufdringlicher Weise sein rechtes Bein etwas nachzuziehen, denn das war seinem Vorhaben ebenfalls zuträglich. Zu starkes Humpeln hingegen war kontraproduktiv, denn es produzierte Mitleid, und Mitleid war eine schlechte Voraussetzung für seinen Job, denn wie er wusste, lauerte hinter dem Mitleid die Respektlosigkeit. Er jammerte stumm und dachte, so sind sie, die Menschen, so sind sie eben. Aber eigentlich war es so, dass er so war.

Er lächelte müde, und schon der erste Satz des Mannes stimmte ihn hoffnungsvoll, dass alles glatt gehen würde, denn der Mann wies kumpelhaft auf Rubacher rechtes Bein und fragte: »Die Hüfte?«

Ludwig Rubacher winkte gekonnt ab und holte den Schlüssel heraus. Sie gingen in die Wohnung, die im Hochparterre lag. Er sperrte die Wohnungstür auf und ging langsam den Gang entlang. Regale verengten den Gang, dazu Kartons, Tüten, Kisten und Säcke mit alten Kleidern.

Rubacher ging voran und wies mit einer ausladenden Handbewegung auf das Herumstehende und auf die Türen zu den abzweigenden Zimmern Er lamentierte. »Ohmei, ohmei, so ist es halt, des Leben, gell. Da sammelt sich schon das ein oder andere an. Und dann steht's im Weg herum, niemand kann's mehr brauchen, des wertlose Zeugs, das einem Menschen einmal so wertvoll gewesen ist, so ist's halt, gell.«

Keiner der beiden hinter ihm antwortete, und er ging weiter in die Küche. Dort standen ein Tisch und vier Stühle. Er meinte, es wäre gut, sich erst einmal zu setzen. Der Mann war ein williger Kerl. Er zog einen Stuhl heran und setzte sich, froh, dass einer wie Rubacher sich um die Angelegenheiten kümmerte und er im Grunde genommen seine Ruhe hatte. Rubacher spürte, dass dem Kerl der innere Antrieb fehlte, dass es ein Zufriedener war, einer derjenigen, die mit einem Fläschchen Bier am Abend und dem öffentlich-rechtlichen Fernsehmittelmaß zufriedenzustellen war. Keine Gefahr also. Das waren die Typen, die man einlullen konnte. Sollten sie tatsächlich aufmucken, waren sie auf einfache, brutale Weise zur Raison zu bringen, denn sie waren das Kuschen gewöhnt.

Die Frau aber – die Frau hatte er nicht beeindrucken können. Nicht durch seinen Stil, nicht durch das leichte Hinken, nicht mit seinem Allerweltsgequatsche. Sie blieb stehen. Nicht unschlüssig, sondern um ihre Position zu wahren. Sie sagte: »Ich bin nicht der Meinung, dass ein Betreuer, oder wie auch immer sich das nennt, in unserem Fall erforderlich ist. Ich bin nicht damit einverstanden, dass sich ein wildfremder Mensch um die Angelegenheiten unserer Mutter kümmert, und ich werde das überprüfen lassen.«

Ludwig Rubacher sah sie mit einem traurigen Hundeblick an. Er hatte lange vor dem Spiegel gestanden, um ihn einzustudieren. Seiner Art entsprechend, wäre er gerne anders mit solchen Leuten umgesprungen, doch das hätte das Geschäft gefährdet. Er hätte jetzt in diesem Falle auch erklären können, dass es gleichgültig war, ob eines der Kinder mit der Bestellung eines Betreuers einverstanden war oder nicht – die Entscheidung hatte ein Gericht getroffen und damit gab es auch nichts, was noch hätte überprüft werden müssen. Kein Amtsrichter würde sich länger als zwei Minuten damit abgeben – Aktenlage.

Ludwig Rubacher sah den funkelnden Augen der Frau an, dass sie zäh und ihr mit Argumenten nicht beizukommen war. Da hätte er ewig diskutieren können, ohne dass einer der Parteien ein befriedigendes Ergebnis hätte erreichen können. Er behielt seine kurzen, dicken Arme über dem ausladenden Bauch, die Hände gefaltet, und sagte nach einem kurzen Ächzen: »Ach. Ja wer denn sonst soll sich um die Angelegenheiten Ihrer Mutter kümmern, wenn Sie schon keine Zeit dafür haben. Wann waren Sie denn das letzte Mal hier? Wissen Sie überhaupt, wie es hier zugegangen ist? Es ist nicht so, dass ich mich um die Angelegenheiten, die Versorgung Ihrer Mutter gerissen habe. Das Gericht hat mich angerufen, weil niemand anders erreichbar war. Niemand!«

Die Frau musste schlucken.

Er sah weg, sonst hätte der kleine Triumph ein böses Lächeln aus seiner buddhahaften Gesichtsmuskulatur geformt. Treffer.

Er legte nach, mehr feststellend als anklagend. »Wissen Sie. Mit Telefonieren alleine ist es nicht getan.«

Ihr Bruder sah verlegen zum Fenster hinaus.

Sie hatte überraschend schnell ihre Fassung wieder. »Ich denke nicht, dass Sie beurteilen können, in welcher Weise wir uns um unsere Mutter gekümmert haben. Wir waren regelmäßig hier.«

Ludwig Rubacher winkte beschwichtigend ab. »Das meine ich doch gar nicht. Nun war es aber so, dass eben niemand da war, als es darauf angekommen ist und Ihre Mutter ins Krankenhaus musste, und Sie konnten eben auch nicht kommen wegen anderer wichtiger Dinge. Das ist doch ganz normal, so ist heute das Leben. Aber es musste sich jemand kümmern, und deshalb hat das Gericht eben so entschieden, wie in vielen anderen Fällen auch.«

Sie sah ihn misstrauisch an, warf dann einen Blick auf ihren Bruder, der still am Tisch saß. Sie verzichtete schließlich darauf, ihn aufzufordern, sich doch auch einmal zu äußern. Sie drehte sich um und verließ das Zimmer mit dem Hinweis, sich umschauen zu wollen. Ludwig Rubacher hockte zufrieden und schwer da, schnitt nachdenkliche Grimassen, die erkennen lassen sollten, dass er jemand war, der wusste, wie's im Leben zuging – nicht einfach eben, und oft auch schwierig. Das hatte er auch vor dem Spiegel geübt. Sein Gegenüber war ein gutmütiger Trottel, mit dem er schon zurecht kommen würde.

Ob sie es merken würde, dachte er, gerade, als sie auch schon wieder in der Küche stand – aschfahl und bebend. »Die Vase ist weg!«

Ludwig Rubacher zog die Stirn kraus und hob den Kopf. Auf seinem kahlen Kopf glänzte matt das schale Licht. Sein Blick sagte: Wovon spricht diese Frau?

Entgegen seiner Erwartung und Hoffnung wurde sie ganz ruhig, was ihm überhaupt nicht recht war. Sie hatte sich im Griff und sah ihn durchdringend an. »In der Vitrine im Wohnzimmer stand eine alte Vase, Meißener Porzellan, vierzig Zentimeter hoch, klassisches Zwiebelmuster, blau, echt, gekreuzte Schwerter. Alles andere in der Vitrine ist vorhanden, nur diese Vase fehlt.«

Ludwig Rubacher sagte keinen Ton, als sie aufhörte zu reden. Ihr Bruder sah sie mit großen, unwissenden Augen an.

»Es ist ein altes Familienerbstück«, fuhr sie fort, »meine Mutter hat sie mir versprochen, und jetzt steht sie nicht mehr da, wo sie stehen soll und wo sie in den letzten dreißig Jahren immer gestanden hat.«

Ludwig Rubacher blieb äußerlich gelassen. »Haben Sie denn auch genau nachgesehen, ich meine im Wohnzimmer, oder vielleicht auch in den anderen Räumen?«

Sie presste die Lippen aufeinander, drehte sich um und ging wortlos hinaus. Der edle Stoff ihres Hosenanzugs tanzte um ihren Körper. Er überlegte. Vielleicht konnte der Trottel ihm helfen. Rubacher wandte sich ihm in väterlicher Manier zu und sagte. »Gehen Sie doch auch nachschauen, ob vielleicht etwas fehlt, was Ihnen versprochen worden ist.«

Große Augen sahen Rubacher an. »Mir ist nichts versprochen worden.«

Rubacher jubilierte und fragte mit traurigem Blick: »Nichts? Ihnen ist nichts versprochen worden?« Dann drehte er sich wieder der Wand zu. Die Sache hier war deutlich unangenehmer, als er erwartet hatte, und die Rothaarige hatte er bei Weitem unterschätzt. Es würde nicht einfach werden diesmal. Er wartete.

Sie kam zurück und wieder war sie es, die ihn überraschte. Sie war gefasst, keine Erregtheit war ihr anzumerken. Sie nahm einen Stuhl und setzte sich ihm gegenüber an den Tisch, ohne einen Ton zu sagen.

Ludwig Rubacher war die Stille unangenehm. Er fragte. »Und?«

Sie schüttelte den Kopf.

Er tat es ihr gleich. »Wissen Sie, als Ihre Mutter ins Krankenhaus kam, da waren hier sicher viele Leute in der Wohnung, und dann war ja jeden Tag die Sozialstation hier und Essen auf Rädern ... schwierig, das ist manchmal schwierig, und so sind sie eben, die Menschen.«

Sie sah ihn durchdringend an. Es waren grüne Augen, wie er erkennen konnte.

Sie legte beide Arme auf die Tischplatte und beugte sich nach vorne, ihm ein Stück entgegen. »Sie haben den Wohnungsschlüssel bei der Sozialstation abgeholt, nicht wahr?«

»Ja«, bestätigte er und vermied es, in diese grünen Augen zu sehen.

»Telefonieren ist nicht alles, in der Tat, und ich konnte wirklich nicht sofort hierherkommen von Hamburg aus. Ich habe selbst Familie mit allem, was damit zusammenhängt, und es ist ja auch ein Stück Weg, nicht wahr. Ich habe in diesen Tagen viel mit meiner Mutter telefoniert, denn sie ist ja nicht verwirrt, sondern hat lediglich einen Oberschenkelhalsbruch, und für ihr Alter ist sie noch gut in Schuss.« Sie hob drohend den Zeigefinger und deutete auf Rubacher. »Zwei Tage, nachdem meine Mutter ins Krankenhaus gekommen ist, habe ich mit meiner Freundin gesprochen. Sie ist Schwester bei der Sozialstation und war auf meine Bitte hin in Begleitung noch einmal hier in der Wohnung, denn ich hatte sie gebeten nach einigen Dingen, unter anderem auch nach der Vase zu sehen, denn mir liegt an diesem Stück sehr viel. Die Vase war noch hier. Tags darauf haben Sie den Schlüssel erhalten.«

Ludwig Rubacher hörte im linken Ohr sein Herz pochen. Hart und schneller werdend. Die hier konnte ihm tatsächlich gefährlich werden. Es war also jemand vor ihm in der Wohnung gewesen. Deswegen hatte er so gar kein Bargeld gefunden.

Sie sprach weiter. »Ich …«, sie drehte sich kurz ihrem Bruder zu, um dann Rubacher wieder ins Visier zu nehmen, »ich falle auf Ihren Maskenball hier nicht herein. Jemand, der wie Sie mit diesen Gärtnerklamotten rumrennt, würde niemals einen solchen Ring und eine so eitle Uhr tragen. Sie werden nicht länger Betreuer meiner Mutter sein, und die Vase, die Vase schaffen Sie besser schleunigst wieder herbei. Sie haben meine Telefonnummer … und in der Wohnung hier will ich Sie nicht mehr sehen.«

Während der letzten Worte war sie aufgestanden. Ihr Bruder sah verdutzt von einem zum anderen und stand dann auch auf. Ludwig Rubacher blieb nichts anderes übrig, als ebenfalls aufzustehen und die Wohnung zu verlassen. Er hatte keine Methode mehr zur Verfügung, die Situation zu bestimmen.

Es war keine gute Zeit für Geschäfte, keine gute Zeit für Geschäfte, dachte er, als er sich in den Vectra setzte und losfuhr. Er musste mit seinem Anwalt sprechen. So waren sie eben, die Menschen.

Brüderbande

Schielin hatte den nächsten Tag frei genommen. Mit Marja wollte er zur Mainau fahren. Laut Wetterbericht sollte es trocken bleiben.

Es dämmerte schon, als er noch mal hinüber zur Weide ging. Am Zaun sah er die Gestalt von Albin Derdes lehnen. Zarte hellgraue Wölkchen stiegen auf, und sein Nachbar drehte sich ihm auch dann nicht zu, als Schielin sich neben ihn an den Zaun lehnte. Albin Derdes ließ Ronsard nicht aus dem Blick. Schielin schwieg und wartete.

Schließlich fragte Derdes: »Und, machst du mit?«

Schielin hatte einiges an Fragen erwartet, den aktuellen Mordfall betreffend. Mit dem, was Albin Derdes da wissen wollte, konnte er so recht nichts anfangen.

»Wobei soll ich mitmachen?«

Derdes schüttelte den Kopf. »Ja, Weihnachten.«

»Bisher habe ich jedes Weihnachten mitgemacht, mal so, mal anders. Aber man entkommt dem Ganzen ja nur schlecht. Im Grunde genommen, ist es völlig egal, ob man mitmacht oder nicht – Weihnachten geht einfach über einen hinweg, jedes Jahr wieder.«

Derdes lachte hintergründig. »Sie haben dir also noch nichts gesagt.«

»Wer hat mir noch nichts gesagt?«

»Es geht um die Krippe.«

»Könntest du mir mal erklären, wovon genau du redest, Albin?«

Der blieb ruhig. »Ja um die Lebendkrippe geht es. Wir haben ausgemacht, eine Lebendkrippe zu machen, dieses Jahr, an den Adventswochenenden. Einen Ochsen, nun gut, es ist eine alte Kuh, haben wird schon, und als Esel kommt ja nur Ronsard infrage.«

Schielin brauchte eine Weile. »Wieso nur, und wer ist wir?«

»Ja, so halt, ein paar Leute aus Reutin, kein Verein oder so. Wir haben uns halt mal so beredet, auf einem Ausflug, im Frühjahr, und ich ...«

Schielin fiel ihm ins Wort. »Natürlich du! Das war doch deine Idee. Niemand sonst kommt auf so ein Zeug – Lebendkrippe. Also ich will dir sagen, wie es ist, mich nervt dieses ganze Weihnachtsbohei schon so genug, und ich habe keine Lust, an vier Adventswochenenden mit Ronsard in einer Krippe herumzustehen und mich begaffen zu lassen, wirklich nicht. Auf mich werdet ihr verzichten müssen.«

Albin Derdes blieb ruhig. »Das hab ich mir ja schon gedacht. Es geht ja auch weniger um dich, als um den Esel da. Der freut sich doch auch mal, ein bisschen eine Ansprache zu kriegen.«

»Für einen Esel hat er genügend Ansprache. Du liest ihm ja jeden Tag aus der Lindauer Zeitung vor, oder?«

»Naja. Er mag es, glaub ich. Also bei den lokalen Geschichten, da ist er immer ganz aufmerksam, hab ich so das Gefühl, und ich les halt nun mal ein wenig lauter als andere. Aber wen stört das denn schon hier draußen. Dein Viechle sicher nicht.«

»Du und dein Gefühl. Wird Zeit, dass es Winter wird«, meinte Schielin, »schaut ja echt krank aus, wenn du hier am Zaun stehst, laut aus der Zeitung vorliest, und ein Esel und zwei Rösser dabeisteh'n und zuhören.«

»Ach Gottele, ich kenn welche, die reden jeden Tag mit ihrem Kaktus, und mit Viechern muss man reden, grad so wie mit Menschen auch. Außerdem weiß ich, dass du auch mit dem Esel reden tust. Aber mal was anderes, was ist eigentlich mit dem toten Schreiber, drunten an der Landtorbrücke?«

»Tot ist er halt, der Schreiber, außerdem war es auf der Luitpoldschanze.«

»War was mit den Mädchen?«, fragte Derdes und richtete den Blick zur Weide hin.

»Wieso?«

»Weil du so schlecht drauf bist.«

»Nee. Da ist im Moment Ruhe, die bereiten sich, soweit ich weiß, auch auf so was Ähnliches wie eine Lebendkrippe vor – Songcontest. Aber mal was anderes, Albin – wo ich in dir schon mal das lebende Lindauer Familienadressbuch vor mir stehen habe, eine Frage – kennst du einen gewissen Rubacher?«

Albin Derdes drehte sich zur Seite und sah Schielin an. »Auweh, auweh, auweh! Hot einer von dene Säckel was mit dem Umbringe zum tun!? Sag schon, oder!? Ja des wundert mich ja überhaupt nicht …«

Schielin winkte ab. »Nein, jetzt hör doch auf. Du kennst also den Rubacher?«

»Einen!? Drei! Und alles verreckte Hund. Der Hermann, der Ludwig und der Heinrich. Drei Brüder. Vom alten Rubacher die Bagasch. Aber aus dem Haus hat nichts Gescheides kommen können, des war von Anfang an klar.«

So echauffiert hatte Schielin seinen Nachbarn selten gesehen. »Erzähl mal was über die Burschen!«, forderte er ihn auf.

Der winkte ab. »Was soll ich da erzählen. Die sind ja untereinander wie Hund und Katz, und ich hab noch niemanden troffen, der mit denen zurecht kommen ist. Halsabschneider allesamt.«

»Hast du mal was mit denen zu schaffen gehabt?«

»Na Gott sei Dank nicht. Aber von der Cousine meiner Erna, die Schwägerin deren Tante ihr Jüngster … der schon. Erst letztes Jahr … Moment … vor zwei Jahr … auf der Kommunion von meinem Bruder seiner …«

Schielin unterbrach ihn. »Albin, bitte! Was nun?«

»Der Ludwig, des ist der kleine Dicke mit der Glatze, der ist so … ich weiß nicht, wie man sagt, so ein Verwalter für alte Leut.«

»Betreuer«, sagte Schielin.

»Genau. Betreuer. Und da hört man halt so das eine oder andere.«

»Was genau?«

»Das es nicht so recht zugeht bei der Sache. In Opfenbach droben, da hat er einer Frau ein paar Felder verkauft, und die Verwandtschaft konnt überhaupt nichts machen dagegen, und in Hergatz, da hat er einen alten Mann ins Heim, und das Haus war über Nacht verkauft, ohne das jemand im Dorf was davon erfahren hätte. Erst als es schon weg war. Weißt du, da hätten schon einige Interesse gehabt. Er hat es aber an so einen Künstler aus München verhökert, und so schaut's da jetzt auch aus. Der hot ein wenig Farbe an die Fassade gschmiert und des war's dann. Dreimal im Jahr kommt er mit so ein paar Weiber raus, dann machen sie da drinnen Kunst, no ist er wieder weg. Ausschauen tut's rundherum ... furchtbar!«

»Und der Heinrich?«

»Ganz ein Hinterfotziger. Der hot scho immer die Viecher und die Leut tratzt. Es ist scho viele Johr her nun, der hots ja schon immer mit de Hund, immer so scharfe Viecher, und einer von dene hot ihm emole ins Gesicht gebissen. Seither hot er doch so eine Narbe hängen. Passt gut zu dem Kerle. Aber glücklich kann der auch net sein.«

»Wieso?«

»Ach, immer der Streit mit den Leuten ... glaubst du, der kann so zufrieden am Zaun lehnen und sich daran freuen, wie ein Esel dasteht, unter dem Birnbaum, einfach freuen ... ich glaub's nicht«, Albin Derdes überlegte, »im Sommer war's, beim Kartln im Köchlin, da sind wir erst auf die Rubachers zum Reden gekommen. Der Hermann ist übrigens schon tot, schon ein paar Jahre, das war noch der umgänglichste von denen. Ging ganz schnell. Krebs. Und untereinander, da haben sie ums Erbe gestritten, jahrelang. Mit Anwälten und bis zum Gericht ist es gangen. Um jede zerbrochne Tasse haben die gestritten. Aber die letzten Jahre ...«

»Woher weißt du das alles eigentlich?«

Albin Derdes holte tief Luft. »Also von meiner ...«

»Ist ja eigentlich auch egal«, schnitt ihm Schielin das Wort ab, klopfte ihm vertraut auf die Schulter und ging in die Weide. Die Hufe mussten wieder einmal kontrolliert werden, und er hatte ein paar Stücke trockener Seelen dabei, die Ronsard so mochte.

Als Albin Derdes eine weitere Zigarette geraucht hatte, mit dem Ergebnis der Nachschau zufrieden war und sich nach Hause getrollt hatte, ging Schielin eine Runde mit Ronsard in der Weide. »Was meinst du alter Freund. Es kann doch nicht Zufall sein, dass Günther Bamm mit beiden Brüdern zu tun hatte. Der eine besitzt ein Kunstwerk, über das er einen Artikel schreiben will, und der andere ist der Betreuer der verkalkten Mutter. Und die beiden stehen zueinander wie Hund und Katz. Auf der anderen Seite heißt es ja nicht von ungefähr *Pack schlägt sich, Pack verträgt sich*.«

Mainau

Am nächsten Morgen fuhr er nach einem ausgiebigen, ruhigen Frühstück, Lena und Laura waren bereits in der Schule, mit Marja auf der B31 in Richtung Meersburg – Ziel Insel Mainau. Im Kolonnenverkehr ging es störungsfrei dahin, die Radarfallen in Friedrichshafen und Fischbach waren ihm bekannt, und hinter der Wirtschaftsmetropole des Sees folgte Meersburg. Die Kehren führten am Meersburger Schloss vorbei, hinunter zum Ufer, und spätestens mit der Einfahrt in den hohlen Bauch der Fähre änderte sich der Charakter dieses Ausflugs. Das laute Klappern der Bleche beim Auffahren, das Stampfen der Schiffsdiesel, das aufgeregte Platschen der Wellen, zerrissen vom schrillen Kreischen der Möwen, und nach dem Ablegen schließlich der lose Wind im Gesicht. Es steckte einen an, diese kleine Fährfahrt über den See, legte einen Keim von großer Fahrt ins Herz. Drüben wartete Konstanz und die knappe halbe Stunde auf dem Wasser machte einen kleinen Ausflug zu einer Reise.

Der Parkplatz vor der Insel Mainau holte ihn wieder zurück in die Wirklichkeit. Die Dahlienshow lockte ganze Herden von Reisebussen auf die Insel. In wallender Kolonne pilgerte er hinüber zur Insel. Er hatte die Karte aus Bamms Tasche mitgenommen und gleich hinter dem Eingang, nach kurzem Besuch bei Ronsards Gefährten, trennten sich seine Wege von Marja.

Die erste Markierung auf dem Lageplan lag oberhalb des Restaurants, an der Weggabelung zwischen Schloss und Arboretum, dann folgte nur ein kurzes Stück weiter eine weitere Markierung, direkt neben der Kirche. Schielin ging zu den markierten Stellen und sah sich um. Nichts, was ihm aufgefallen wäre. Er lief einen Rundweg und landete wieder bei der ersten Markierung oberhalb des Restaurants Schwedenschänke.

Die Tische im Freien lagen im zarten Licht eines frühen Herbsttages, die Kellnerinnen schafften Berge mit Apfelstrudel heran, und die Luft war erfüllt von Gesprächen, Geklapper und Lachen. Den Menschen ging es gut hier. Er stand etwas verloren am Weg und fragte sich, was Günther Bamm hier gewollt hatte und wozu die Markierungen auf der Karte dienten. Ein Ehepaar kam auf ihn zu, sprach ihn an. Sie klangen fränkisch, und sie baten ihn, ein Foto von ihnen zu machen. Er nahm die kleine Digitalkamera entgegen und fragte, wo sie denn posieren wollten.

Der Mann schob seine Frau zielstrebig ein paar Meter über den Teerweg, dann darüber hinaus in den Rasen. »Hier am Ginkgo«, sagte er, »es darf ruhig viel von dem Baum zu sehen sein.«

*

Schielin ließ sich am Abend an der Dienststelle absetzen. Licht drang aus den Fenstern. Lydia Naber war noch da, Wenzel und Erich Gommert ebenso.

»Wo ist Robert?«, fragte er.

»Heute ist Zecher Männerrunde. Da geht er doch immer hin.«

Schielin stutzte. »Das ist mir noch nie aufgefallen, aber der wohnt doch seit ewigen Zeiten in Aeschach, was macht der noch draußen im Zech. Das ist doch so eine Veranstaltung in der Versöhnerkirche, oder?«

»Na in der Kirche selbst nicht, nebendran im Gemeindesaal halt.«

»Na, ich meine, aus welchem Grund ist der immer noch in der Zecher Männerrunde, und – wo ist der eigentlich nicht dabei – Schlaraffen, Zecher Männerrunde, Museumsverein … hab ich was vergessen?«, hakte er nach.

»Du, die haben interessante Themen da draußen. Er hat mir

vorhin noch erzählt, dass sie heute bei einem Segelmacher sind. Wieso sollte er das sein lassen – wenn er sich da wohlfühlt... das ist doch das Wichtigste, sich wo gut aufgehoben zu fühlen, gute Gesellschaft zu haben. Die einen sind kulturell interessiert und engagiert, wieder andere spielen Musik oder singen im Chor, und dann gibt es welche die mit 'nem Esel spazieren gehen...«

Schielin stöhnte. »Ich bin immerhin Mitglied bei der Brunnenwasservereinigung Reutin-Oberreutin und im Verein Bauernhof für Jung und Alt, Haug am Brückele, eVau.

»Wow«, sagte Lydia.

»Liegt sonst was an?«, fragte Schielin.

»Ein Herr Borgghes hat angerufen und um Rückruf gebeten.«

»Sonst nichts?«

»Also ich finde, es langt im Moment. Ich habe mir diesen Ludwig Rubacher mal vorgenommen. Jesusmaria. Sein Brüderchen, der Doktor Heinrich mit dem Narbengesicht, der ist ja schon ein Kotzbrocken, aber *uns Ludwig der Kahle* toppt sogar den noch. Der Missmut scheint mir bei denen in der Familie zu liegen, wenngleich man nicht meint, dass die beiden Brüder sind, wenn man sie so miteinander vergleicht. Der eine untersetzt, der andere ein zäher Schlaks. Ich fahre heute noch bei dem Dicken vorbei, weil er ab morgen für einige Tage weg ist, und er hat nicht um alles in der Welt hierher auf die Dienststelle kommen wollen. Das geht ja schon gut los mit dem. Hast du vielleicht Lust mitzukommen?«

Schielin lehnte dankend ab und wählte die Nummer, die Borgghes hinterlassen hatte. Der war gleich am Telefon und bedankte sich überaus freundlich für den Rückruf. Seine Mutter war inzwischen angekommen, hatte von dem erfahren, was Günther Bamm widerfahren war, und hatte den Wunsch geäußert, mit Schielin zu reden. Sie vereinbarten, dass Schielin gleich am morgigen Vormittag vorbeischauen würde.

Als Jasmin Gangbacher zurück auf die Dienststelle kam, traf sie die anderen im Besprechungszimmer.

»Und!? Was gibt es Neues über unseren Professor?«, fragte Wenzel, »du warst doch heute am See unterwegs in Sachen Bienenpfarrer, mhm.«

Sie wiederholte lachend: »Bienenpfarrer, das klingt schön, und weißt du was, er hat den Begriff selbst verwendet, denn früher war es gar nicht so selten, dass Pfarrer auch als Imker tätig waren und einige Bienenvölker im Pfarrgarten hielten. Heute haben die vor lauter Eventmanagement keine Zeit mehr für so was, und ich weiß nicht, was besser ist.«

Dann berichtete sie davon, wie rührend Ludwig Armbruster für seine Eltern sorgte, die nach der Pensionierung des Vaters in einer Freiburger Stadtwohnung lebten, und dass es für ihn nichts Wichtigeres gab, als seine Eltern und Verwandten endlich am Bodensee zu wissen.

Gommert machte anschließend große Augen, als er hörte, dass dieser Ludwig Armbruster eine Insektenfalle für Bienenstöcke entwickelt hatte und das Patent an eine Firma hatte verkaufen können. Mit diesem Geld und dem Zuschuss einer Tante war er eines Tages an den Bodensee gefahren und hatte ein Haus in der Schulstraße in Überlingen erworben. Der Vorteil des Hauses hatte darin bestanden, dass es nur zwanzig Meter vom See entfernt lag und keinen eigenen Garten hatte, sodass die Mutter Armbrusters keine Arbeit damit hatte, und so Gelegenheit schuf, sich nach und nach ein wenig zu erholen, auf einem Bänkchen am Seeufer zu sitzen, über das Wasser zu blicken und mit Leuten zu reden, die Zeit hatten, ein Schwätzchen zu halten.

»Klingt gut«, meinte Schielin, der beeindruckt war, wie intensiv sich die neue Kollegin mit diesem Armbruster befasste.

»Schon, aber es war wohl schwer für ihn, als er seiner Mutter erklären musste, dass die Nazis ihn aus allen Ämtern gejagt hatten. Stell dir das mal vor.«

»Aber jetzt hat der ein Haus in Überlingen gekauft, wie kommt der dann eigentlich nach Lindau?«, fragte Wenzel.

»Ja, eigentlich wollte er ja in Überlingen bleiben. Seine Mutter war dort im Dezember 1935 gestorben, und das Haus war für ihn und seine Forschungen zu klein, er hatte eine umfangreiche Bibliothek und einige große Sammlungen, keine Ahnung, was genau. Jedenfalls hatte er sich einen Bauplatz in St. Leonhard gesichert, im Osten von Überlingen, und zusammen mit seinem Bruder einen Badeplatz in Nußdorf. Der Bau des Hauses kam aber nicht zustande. Es gab Streit mit dem Architekten und andere Schwierigkeiten. Aber er war ein – heute würde man sagen – gut vernetzter Mensch. Über den Freund eines Bekannten erfuhr er von einem Anwesen in Lindau, das zum Verkauf stand – das Landhaus Giebelbach. «

Schielin hob den Kopf. »Mhm.«

Erich Gommert meinte: »Und des alles ohne Internet, Telefon, Handy und all des Zeug, gell. Einfach miteinander schwätze.«

Sie nickte ihm zu. »Im Herbst 1936 hat er es gekauft, und ab August 1943 hat er dann fest dort gewohnt.«

Sie unterhielten sich noch eine Weile über den Professor, dann löste sich die Runde auf, denn das Wochenende wollte erlebt werden.

Lydia packte ihre Sachen im Büro zusammen. »Was war nun auf der Mainau?«, wollte sie von Schielin wissen.

»Ginkgo«, lautete die kryptische Antwort.

Wie aus dem Nichts war da plötzlich dieser Schatten in der Tür. Lydia erschrak und fluchte. »Gommi …!«

»Machts ihr schon Schluss?«

»Ist ja wohl spät genug. Was machst eigentlich du noch hier?«, sagte Lydia immer noch sauer wegen des Schrecks.

»Viel Arbeit, viel Arbeit. Des will mer gar net meinen, was

das auch ein Mehr an Verantwortung ist, jetzt, wo ich sozusagen direkt mit dem Präsidium verkehre.«

»Ein Mehr an Verantwortung«, äffte ihn Lydia Naber nach, »sei doch froh – die Augsburger Schenkelzwicker wär'n mir jedenfalls schon los, und nach der nächsten Reform erwischts dann die Kemptener.«

Erich Gommert stöhnte. »Naja. Ich werd jetzt auch so langsam zusammenpacken. Am Montag bin ich net do.« Er ließ die letzten Worte ausklingen und wartete.

Conrad Schielin tat ihm den Gefallen. »Fährst du weg?«

Erich Gommert zierte sich ein wenig. »No ja, so halt.«

»Wohin? Weit kann's net gehen, du alter Geizhals«, giftete Lydia.

»No, jetzt aber, Lydia. Sei doch net gor so garschtig. Ein paar Tägle halt ins Südtirol.«

Lydia Naber konnte es wirklich nicht glauben. »Du!? Ins Südtirol!? Ist vielleicht die Erbtante verblichen?«

»Jetzt hör doch auf, Lydia. Jeder muss sich emole erholen tun.«

»Wer fährt mit beim Erholen tun?«

»s'Fraule.«

»So ist's brav«, ätzte Conrad Schielin, »bin schon gespannt, wie es wohl werden wird. Wo geht es denn genau hin.«

»Das wird eine Überraschung.«

Schielin sagte nichts. Ein gutes Gefühl hatte er allerdings nicht, was Erich Gommerts Überraschungen anging.

*

Hildegard Borgghes empfing ihn mit einer Mischung aus distanzierter Freundlichkeit und zurückgehaltenem Schmerz. Zwischen dem Grau ihrer Haare war noch die eine oder andere dunkle Strähne zu sehen. Sie trug ein dunkelbraunes Kostüm und eine schlichte, daher besonders edel wirkende Perlenkette.

Ihr Sohn hatte Schielin in Empfang genommen und nach oben in einen Saal gebracht, der die gesamte Breite des Gebäudes in Anspruch nahm. Eine breite Fensterfront wies zum See. Zwei Schiebetüren in der Mitte führten hinaus auf eine Terrasse, die von dorischen Säulen getragen wurde. Das Laubwerk der Bäume spendete Schatten.

Hildegard Borgghes befand sich in Gesellschaft einer Frau mit langen schwarzen Haaren und ernstem, schönem Gesicht. Die Ähnlichkeit war offensichtlich, und es hätte nicht bedurft, ihr die Frau als ihre Tochter vorzustellen, die sich zugleich von beiden verabschiedete.

Hildegard Borgghes ließ Tee bringen und schwieg eine ganze Weile. Sie waren nun alleine, und sie entschied, wann das Gespräch begann. »Wissen Sie, Herr Schielin … Günther Bamm und ich haben in den letzten Monaten nicht wenig miteinander zu tun gehabt. Damit meine ich nicht allein die Menge der gemeinsam verbrachten Zeit, vielmehr war es die Intensität unserer Gespräche. Nur wenige Stunden, im Grunde genommen, doch erscheinen sie mir wie eine lange Wegstrecke. Es waren sehr angenehme Stunden für mich, und ich habe mich wirklich auf die Treffen mit Günther Bamm gefreut. Er war ein sehr gebildeter Mensch, allem gegenüber aufgeschlossen. Es ist ein Verlust für mich, ja, es ist ein Verlust für mich. Ich hatte ihn auch zu unserem kleinen Fest eingeladen, das wir jedes Jahr hier veranstalten. Nichts Pompöses, Musik, gutes Essen, ein angenehmes Umfeld eben, dass es dann ein gelungenes Fest wird, das ist allein die Sache der Beteiligten, verstehen Sie. Es hätte ihm gefallen, da bin ich mir sicher.«

Schielin nickte und sah hinaus auf den See. Er war sich noch nicht schlüssig, was er von dem Gespräch hier halten sollte.

»Haben Sie denn schon eine … Spur nennt man das, nicht wahr … haben Sie schon eine Spur?«

Er war verwundert über die direkte Art, wie sie fragte, und antwortete. »Wir verfolgen einige Spuren, Frau Borgghes.«

Sie lachte. »Ich weiß schon. Sie dürfen nichts sagen. Ich habe die ganze Nacht wach gelegen, und meine Gedanken sind gar nicht losgekommen von dem, was da geschehen ist. Ich fragte mich immer wieder, was muss das für ein Mensch sein, der so etwas tut, eine solche Tat ausführen kann? Ich für mich bin zu dem Ergebnis gekommen, dass es entweder Wut ist, die einen Menschen zu einer solchen abscheulichen Handlung treibt – oder Angst.«

Schielin stellte die Tasse aus dünnem Porzellan vorsichtig zurück. »Sie sagten, dass Sie sich sehr intensiv mit Günther Bamm unterhalten haben. Ist es vielleicht so, dass Sie eine Vorstellung oder Ahnung haben, wen er wütend gemacht oder wen er, durch seine Arbeit vielleicht, in eine solche Angst versetzt haben könnte?«

»Nein, natürlich nicht. Wenn es so wäre, gäbe es hier keinen Tee, sondern ich säße bei Ihnen im Büro.«

»Woher haben Sie die Informationen, denn Sie wissen anscheinend genau, auf welche Weise Günther Bamm getötet worden ist?«, fragte Schielin mit einem professionellen Lächeln.

»Ja. Ich weiß es. Unser Justiziar hat meinem Wunsch entsprochen und – sehr diskret und unaufdringlich – Gespräche geführt.«

Schielin nahm die Tasse und lächelte fein. Er genoss es, einem so selbstverständlich und unaufdringlich zum Ausdruck gebrachten Machtverständnis gegenüberzusitzen. Der Justiziar hat also Gespräche geführt und ist mit Informationen versorgt worden. Fragte sich nur, von wem? Aber das war jetzt egal. Hildegard Borgghes war zumindest offen und verheimlichte nichts. Zudem hatte er den Eindruck, dass sie wirklich und ernsthaft über Bamms Schicksal trauerte. Eine Regung, die er zu respektieren gelernt hatte, denn mit ehrlicher Trauer war er in seinem Beruf viel zu selten konfrontiert.

Er fragte: »Wann hatten Sie denn das letzte Mal mit Günther Bamm zu tun?«

Hildegard Borgghes hob langsam ihre Tasse und sah nachdenkend zur Wand, von wo ein Ahne des neunzehnten Jahrhunderts ernst in den Raum blickte. Sie sprach stockend, so wie ihre Erinnerung die Informationen preisgab. »Es war ... glaube ich ... am letzten Wochenende, nein, ein paar Tage davor. Entschuldigen Sie, aber ich erinnere mich nicht mehr genau an den Tag. Es mag der Donnerstag oder Freitag gewesen sein. Wir haben miteinander telefoniert.«

»Wer hat angerufen?«, fragte er sofort.

Ihr Blick wurde etwas kühler. Sie war es nicht gewohnt, dass jemand ihr gegenüber so insistierte. »Er hatte angerufen. Er bat um ein Treffen.«

»So wie Sie das sagen, scheint es mir, dass dieses Telefonat auf eine bestimmte Weise außergewöhnlich war?«

Sie nickte ihm zu und stellte die Tasse ab, ohne getrunken zu haben. »Er wollte vorbeikommen, um etwas mit mir zu besprechen, wie er sagte. Es war die Formulierung, die er verwendete *etwas besprechen*, es klang sehr, wie soll ich sagen – geschäftlich.«

»Dieser Termin fand nicht statt?«

»Nein. Wir waren nicht da am letzten Wochenende.« Sie drehte den Kopf zur Seite und sah hinaus auf die Bäume. Sie stöhnte leise. »Keine einfachen Zeiten, es sind keine einfachen Zeiten.« Dann löste sie sich von ihren Gedanken und sagte: »Ich dachte, dass wir uns dieser Tage zu einem Gespräch treffen würden. Er war am Telefon – vielleicht täusche ich mich auch, jetzt im Nachhinein – aber er klang seltsam und war auf eine mir gegenüber fremde Weise distanziert, wenn Sie verstehen, was ich damit ausdrücken möchte. Schließlich haben wir uns über so ziemlich alles unterhalten, und es war ... also ich mochte ihn. Er war ein belebender, freier Geist.«

Schielin fragte nun etwas direkter: »Worüber haben Sie sich

denn mit Günther Bamm unterhalten, und was hat er Ihnen erzählt?«

»Oh, unsere Gespräche handelten von Gott und der Welt. Ich kann das alles gar nicht wiederholen. Angefangen hat es mit Gesprächen über Kunst, dann kam die Musik, und schließlich sind diese Gespräche auch sehr persönlich geworden. Ich möchte keine Details ausbreiten. Aber er erzählte mir von den Frauen, mit denen er ein doch sehr eigenwilliges Verhältnis unterhielt, und was ihn dazu bewog. Nicht dass Sie einen falschen Eindruck bekommen, es waren sehr ernsthafte Gespräche und kein Tratsch.«

Schielin hatte aufgehorcht. »Frau Borgghes, Sie sagten gerade *Frauen*? Hatte er denn mit mehreren Frauen ein ... was auch immer?«

Sie lachte. »Mein Gott, er war ein respektabler Mann. Dabei ist doch nichts.«

»Natürlich nicht. Aber uns interessieren natürlich die Menschen, die eine enge Beziehung mit ihm hatten, und bisher wissen wir nur von einer Frau.«

Hildegard Borgghes sah ihn nachdenklich an und meinte dann: »Ich nehme an, Sie kennen die Frau aus dem Haus, also da, wo er wohnte?«

»Ja.«

»Mhm. Von der Apothekerin wissen sie also nichts?«

Schielin schüttelte den Kopf. Von einer Apothekerin wusste er bisher nichts. Er sagte nichts und sah hinaus zum See und fragte sich, ob Hedwig Kohler von der Apothekerin wusste.

*

Noch bevor er die Dienststelle erreichte, klingelte das Handy. Lydia Naber war dran und fragte: »Wo bist du?«

»Auf dem Weg zur Dienststelle, und du?«

»Wir sind unterwegs nach Oberreitnau.«

»Wer ist wir?«

»Jasmin und ich, Robert Funk ist voraus – es gibt Neuigkeiten.«

»So klingt es auch. Bei mir gibt es auch Neuigkeiten, aber was ist es bei euch?«

»Robert ist heute Morgen auf die Dienststelle gekommen, weil ihm irgendeine Firma zugesagt hatte, noch am Freitag ein Fax zu schicken. Es ging da um diesen Stadel bei Unterreitnau. Die Firma hat sich an ihr Versprechen gehalten, und heute Morgen war das Ding da. Ich war gestern Abend noch bei Ludwig Rubacher dem Glatzkopf. Der hat kein Alibi für den Sonntag. Es war insgesamt sehr unerfreulich dort, sehr unerfreulich. Er hat mich tatsächlich bis in den Hausgang gelassen. Jedenfalls hat mich Robert heute Morgen angerufen, und ich bin gleich losgedonnert.«

»Was ist jetzt mit dem blöden Stadel?«

»Der ist über eine Firma, an eine weitere Firma und von der wieder an eine Firma vermietet – gewesen – und letztendlich ist er genutzt worden von ...?«

Schielin schwieg und wartete.

Sie frohlockte. »Ludwig Rubacher. Es wird mir eine Freude sein, diesem Kerl seinen Wochenendausflug zu vermiesen. Er wollte ja heute Morgen weg, und jetzt gibt es da doch ein paar mehr Fragen, oder meinst du nicht auch. Was hast du eigentlich Neues?«

»Günther Bamm hatte ein Verhältnis.«

»Ich wollte Neuigkeiten«, nölte Lydia Naber gelangweilt, doch nicht ohne Hoffnung, dass doch noch etwas Interessantes käme.

Schielin sagte bedeutungsschwer: »Mit einer Apothekerin.«

»Mit einer Apothekerin ... neben der Lehrersfrau, sozusagen eine Nebenlehrersfrau?«

»Genau.«

»Auch so eine Regenschirmgeschichte? Und … hat diese Hedwig Kohler davon gewusst?«

»Ich habe doch gerade selber erst erfahren, dass es diese Apothekerin gibt. Der werde ich mal einen Besuch abstatten, falls sie zu Hause ist.

»Du weißt schon, wie sie heißt und wo sie wohnt?«

»Ja. Es handelt sich um eine Mirabeau Schender, und sie wohnt im Pfeiffergässele.«

»Das klingt ja exotisch. Den Namen hab ich noch nie gehört.«

»Pfeiffergässele?«, fragte Schielin boshaft.

»Neiiin … Mirabeau … Mirabeau Schender … ich bin mal gespannt, was das für eine Frau ist.«

Schielin klang aufgeräumt. »Ich mache mich jetzt auf zur Insel. Nur eine Frage zu euch noch … was wollt ihr denn eigentlich bei Rubacher?«

»Hausdurchsuchung.«

»Hausdurchsuchung …?«

»Keine Sorge, wir haben einen Beschluss dafür von der Staatsanwaltschaft. Robert hat das erledigt. War gar nicht schwer, die Sache mit dem Mord da ein wenig reinzumixen, und die Herren Juristen wollen ja auch ihr Wochenende, nicht.« Sie rief etwas lauter ins Telefon, so als hätte Schielin angekündigt, aufzulegen: »Es könnte ja auch sein, dass sie sich kennen, die zwei Frauen, ich meine, so eine *menage à trois*, oder wie man das nennen soll, zwei Frauen, ein Mann und der Regenschirm, oder so.«

»Du wärst jetzt lieber mit mir unterwegs, gib's zu, die Neugier bringt dich doch schier um.«

»Das könnte so sein, wenn da nicht noch dieser Rubacher auf mich warten würde und ich noch eine Rechnung mit ihm offen hätte.«

*

Es war viel los an diesem Samstagvormittag. Auf der Seebrücke begegneten sich die Kolonnen, draußen am See leuchteten weiße Segel, und am Stadtgarten war nichts mehr von dem zu sehen oder zu spüren, was einige Tage zuvor Schreckliches geschehen war. Eine Gruppe Jungendlicher blödelte am Kriegerdenkmal herum, Fußgänger und Radfahrer produzierten am Zebrastreifen gegenüber der Heidenmauer kleine Staus, und die Geschäfte in der Schmiedgasse hatten, wie bei trockenem Wetter üblich, ihre Auslagenkörbe nach draußen gestellt. Schielin stellte das Auto verbotenerweise gegenüber dem Haus zum Baumgarten, ein Stück vor dem Neptunbrunnen ab, dessen Namengeber hoch über dem Stiftsplatz stand und grimmig nach Norden blickte.

Er ging die Grub hinunter, vorbei am ehemaligen Heka. Rechts unter dem Vordach war vor vielen Jahren einmal ein Musikgeschäft gewesen und ein Haus weiter, rechts, ein Fischgeschäft. Als es ihm in den Sinn kam, meinte er, den säuerlich-salzigen Geruch wieder zu erfahren, der aus der Tür, die immer offen gestanden hatte, auf die Straße hinaus gedrungen war. Gleich um die Ecke lag das wild-romantische Pfeiffergässele, dessen verniedlichender Name ganz zum Eindruck passte, den es vermittelte. Die Tür zum Hauseingang war nicht verschlossen. Jemand hatte eine Holzkiste zwischen Rahmen und Türblatt gestellt. Schielin suchte am Klingelschild und fand den Namen Schender allein in der obersten Reihe stehen. Er verzichtete darauf, schon unten zu läuten, und stieg langsam die Stufen empor. Mirabeau Schender wohnte direkt unter dem Dach. Schielin blieb vor der Wohnungstür stehen und wartete. Von drunten waren Schleifgeräusche und das Klappern von Glas zu hören, jemand schaffte Bier- oder Wasserkisten ins Haus. Aus der Wohnung, vor der er stand, war nichts zu hören. Er drückte die Klingel und klopfte gleich darauf mit den Fingerkuppen an die Tür. So fair wollte er sein und ankündigen, dass er schon vor der Wohnung stand und nicht unten im Treppenhaus.

Er hörte keine Schritte, aber eine Diele hatte geknarrt. Es klang so, als hätte jemand versucht, sich lautlos zu bewegen, und war dann auf eine dieser Stellen am Holzboden getreten, die immer knarrten, ärgerlicherweise auch diesmal. Schielin rief ein gedämpftes und fragendes »Hallo« in Richtung Tür. Gleich darauf öffnete sie sich zögerlich, Zentimeter für Zentimeter. Von innen war die Kette vorgespannt, und im dunklen Türspalt, nur beschienen vom bescheidenen Licht, das durch ein Dachfenster einfiel, tauchte ein Gesicht auf. Schielin erschrak.

Es hatte eine Weile gedauert, bis er Mirabeau Schender dazu gebracht hatte, die Tür zu öffnen. Auch das Vorzeigen seines Dienstausweises hatte sie zunächst nicht dazu bewegen können. Vorsichtig und zurückhaltend, aber ebenso bestimmt und zielstrebig hatte er mit ihr geredet, bis sie schließlich die Kette löste und ihn einließ. Jetzt saß er ihr gegenüber und schwieg, wie sie auch. Er hatte keinen Blick für den großen Wohnraum, die offene Front zur Dachterrasse hin, den Blick über die Dächer der Stadt, für die Gemälde in der Wohnung, alle Stile in einem furiosen Durcheinander neben- und übereinander. Er sah auf das zerschundene, verschwollene Gesicht. Sie hatte Angst, vor ihm, aber mehr noch vor allem anderen.

»Was ist passiert?«, fragte er schließlich.

»Ich weiß es nicht.« Sie weinte leise.

»Es war kein Unfall, Sie sind nicht gestürzt«, sagte Schielin eher feststellend, denn fragend.

Sie nickte.

»Wann ist es passiert?«

»Am letzten Sonntag, in der Nacht.«

Ihm wurde ein wenig flau. War sie vielleicht dabei gewesen, und falls nicht – wusste sie schon, was an diesem Sonntag mit Günther Bamm passiert war? Er war sich nicht im Klaren darüber, wie er weitermachen sollte, da Mirabeau Schender ganz offensichtlich schlimm verletzt war und sich in einer sehr labilen Gemütslage befand.

»Wo ist es passiert?«

Sie deutete hinaus in den Gang.

»In der Wohnung?«

Sie verneinte mit einer langsamen Geste. »Draußen am Gang, direkt vor der Wohnungstür.«

»Sind Sie der Meinung, dass Sie mir erzählen möchten und können, was geschehen ist, oder möchten Sie lieber eine Kollegin sprechen?«

»Nein, nein. Es ist nicht, was sie denken.«

Es hatte fest geklungen, und er traute sich, konkreter zu werden. »Günther Bamm war am Sonntagabend hier bei Ihnen?«

»Ja.«

»Sie wissen, dass er …«

Ihre Reaktion erübrigte es, weiter nachzufragen.

Er wartete, bevor er die nächste Frage stellte. Von draußen waren Glockenschläge zu hören. Erst *St. Stephan*, dann die Stiftskirche *Unsere liebe Frau*. Hier heroben lebte man auf Höhe der Kirchtürme und hätte dem Alltag ein Stück weiter entrückt sein können, wenn das wirkliche Leben es nicht auch bis hier herauf geschafft hätte.

»Wann ist er gegangen?«, fragte Schielin.

»Es war nach Mitternacht, so gegen halb eins, eins.«

»Sie sind hiergeblieben?«

»Ja.«

»Wo wollte er hingehen?«

»Nach Hause … er wollte nach Hause gehen.«

Schielin stand auf und suchte Papiertaschentücher. Er fand eine schon geöffnete Packung auf einem hellen Sideboard und reichte sie ihr, wobei er sagte: »Sein Auto war hinten bei der Stephanskirche geparkt.«

»Das weiß ich nicht.«

»Was ist passiert, als er gegangen war.«

»Ich war hier in der Wohnung und habe noch etwas aufgeräumt. Da habe ich seinen Autoschlüssel gefunden, da, wo sie die Taschentücher gerade geholt haben. Ich hatte mich eigentlich gefreut, ihn gleich noch einmal wiederzusehen, und kurz darauf hat es auch schon geklingelt. Er ist immer gleich nach oben gekommen, so wie Sie vorhin auch … stand immer schon an der Tür. Ich bin vor zur Tür und habe sie aufgezogen. Dann habe ich den ersten Schlag abbekommen. Es war dunkel draußen und … es hat gleich so schrecklich wehgetan, die Tränen waren sofort in den Augen. Ich hab nichts mehr gesehen. Wissen Sie … eigentlich hatte ich eine Umarmung erwartet«, sie unterbrach sich und wanderte in Gedanken zurück zu diesem Sonntagabend, »dann folgten noch einige weitere Schläge, als ich am Boden lag. Es ging alles so schnell, und es war so … wie eine Explosion, so plötzlich und … ich konnte gar nicht schreien oder um Hilfe rufen. Ich bin dann, als es aufhörte, zurück in die Wohnung gekrochen. Als ich wieder zu mir kam, war es schon dämmrig draußen«

»Waren sie bei einem Arzt?«

»Nein.«

»Nein? Aber Sie brauchen doch ärztliche Hilfe.«

»Ich kann mir schon ein wenig selbst helfen. Gebrochen ist wohl nichts. Aber … als ich dann gehört habe, was passiert ist …«

»Wie haben Sie davon erfahren?«

»Eine Freundin war hier, sie ist übrigens Ärztin, und sie hat es mir erzählt. Von Günther und mir wusste sie nichts Konkretes, aber wer konnte es sonst sein – dieser tote Journalist, am Sonntag in der Nacht, da vorne erschlagen. Wissen Sie, ich lebe in der Angst …« Sie redete nicht weiter, und es war, als fehlte ihr die Kraft dazu.

Schielin wollte sich bei Gelegenheit diese Freundin einmal vornehmen.

»Meine Freundin, sie hat natürlich sofort die Polizei verständigen wollen, aber ich habe es ihr verboten, ich habe es ihr verboten.«

Schielin fragte nicht, warum. »Sie müssen jetzt jedenfalls zu einem Arzt«, sagte er bestimmt.

Sie nickte, aber es war nicht das Nicken einer Zustimmung.

»Was ist?«, fragte er.

Sie sah ihn verzweifelt an. »Ich traue mich nicht mehr raus, ich kann da nicht mehr raus. Ich habe solche Angst. Ich habe es schon ein paar Mal versucht, aber mir wird nach der Türschwelle jedesmal schlecht und schwindelig.«

Er beschwichtigte sie. »Das ist verständlich. Sie haben Angstzustände und brauchen Hilfe – alleine schaffen Sie das nicht, aber gemeinsam bekommen wir das hin.«

Er telefonierte mit Lydia Naber. Sie sollte umgehend hierherkommen. Wenzel musste verständigt werden, um zu versuchen vielleicht noch einige Spuren sichern zu können. Mirabeau Schender brauchte außerdem psychologische oder seelsorgerische Betreuung.

»Haben Sie eine Vorstellung davon, womit man Sie geschlagen hat, Frau Schender?«, fragte Schielin.

Ihr Gesicht verzog sich zu einer schmerzhaften Miene. »Es war hart, aber nicht aus Metall, und es hatte keine Kanten, Gott sei Dank ... keine Kanten. Vielleicht ein Stück Holz oder etwas aus Kunststoff, ich weiß es nicht.«

Der Sanitätswagen traf bald ein. Auch die junge Notärztin musste wieder Geld verdienen und kümmerte sich um Mirabeau Schender. Lydia Naber kam irgendwann danach an.

Schielin hatte die Wohnungsschlüssel an sich genommen und Mirabeau Schender versprochen, sich um alles Weitere zu kümmern. Und er hatte auch die Telefonnummer ihrer Freundin. Jetzt saß Lydia ihm gegenüber auf dem Ledersofa und hörte seinem Bericht zu.

Sie schüttelte den Kopf, als er zu Ende gekommen war. »Es passt zwar in den zeitlichen Rahmen, aber die Vorstellung fällt mir schwer, dass es sich um den gleichen Täter gehandelt haben könnte.«

»Wir können es aber auch nicht völlig ausschließen.«

»Das nicht. Aber der Kerl, der Günther Bamm erschlagen hat, der wollte das, und zwar gleich mit dem ersten Schlag. Alles, was du bisher von dem Vorfall hier erzählt hast...«

Schielin stand auf. »Ich weiß, ich weiß. Wenn es denn der gleiche Täter gewesen wäre – wieso hat er dann nicht auch sie getötet. Die Chance dazu bestand schließlich.«

»Vielleicht ist er gestört worden.«

»Nein, das glaube ich nicht. Ich gehe trotzdem davon aus, dass wir es mit zwei Tätern zu tun haben.«

Lydia Naber blieb bei dem Gedanken. »Es könnte doch sein, dass es sich um eine Bestrafung handelte und jeder gemäß einer imaginären Schuld zur Rechenschaft gezogen wurde, dass wir es mit jemandem zu tun haben, der auf einem Rachetrip ist, ein Sühneengel, oder so.«

»Das halte ich für sehr unwahrscheinlich. Auch was den zeitlichen Ablauf angeht. Erst hier die Frau niederschlagen, dann Günther Bamm nachlaufen und ihn töten.«

»Musste der Täter ja nicht, denn wenn Günther Bamm den Schlüssel vergessen hatte, dann wäre er schon auf dem Rückweg gewesen und dem Täter direkt in die Arme gelaufen. Allerdings kann es auch nicht sein, dass Günther Bamm zurückgekommen ist, denn dann hätte er sich doch um seine Geliebte gekümmert. Er kann auch nicht auf den Täter getroffen sein. In diesem Fall wäre es schon hier im Treppenhaus eskaliert. Irgendjemand hat Günther Bamm, nachdem er die Wohnung hier verlassen hat, dazu bewegen können, nach vorne in den Stadtgarten zu laufen.«

»Er kommt hier mit dem Zug an, lässt den Termin mit Leo Korsch platzen, ohne ihm abzusagen. Das passt nicht zu ihm.

Stattdessen geht er direkt hierher in diese Wohnung, verlässt sie nach Mitternacht, und wird dann da vorne im Stadtgarten erschlagen. Ich denke, er ist gar nicht auf dem Weg zu seinem Auto gewesen und hat somit gar nicht feststellen können, dass er den Schlüssel hier vergessen hatte. Nur so kann es gewesen sein.«

Lydia Naber stand nun ebenfalls auf und ging ein paar Schritte durch die Wohnung. Sie sah hinunter in die Grub. »Aber was oder wer kann Bamm dazu bewogen haben?«

»Vielleicht fällt ihr ja noch was ein. Was ist eigentlich mit diesen Verbindungsdaten. Wieso dauert das so lange?«

»Ich glaube mal, die bei der Telekom sind so beschäftigt mit dem Abhören von irgendwelchen Leuten, da laufen die Ermittlungen so gesetzlich kontrollierter Stellen, wie wir es sind, nur noch nebenbei.«

»Das Schlimme an der Sache ist, dass es niemanden aufregt, dass wir eine Monsterfirma haben, die Zugriff auf Telefonate, Mails und Netze hat und in dieser Firma eine Stasi-Mentalität vorherrscht.«

Lydia nahm eine der Vasen in die Hand. »Schöner Samstag, sage ich dir. Da draußen beim dicken Rubacher geht es übrigens übel zu. Sein Anwalt ist gekommen, und der Rubacher führt sich auf wie ein Rumpelstilzchen, ich glaube fast, das eskaliert noch. Der Typ macht mit seinem Bauch und der Glatze auf den ersten Blick eigentlich einen ganz gemütlichen Eindruck. So ein aggressives Gezeter traut man dem gar nicht zu. Ich habe für alle Fälle eine Streife zur Unterstützung angefordert, falls der noch total durchdreht. Die sollen ihn dann nach der Aktion auf die Dienststelle bringen. Selbst sein Anwalt ist ganz verzweifelt. Naja, so ist das eben. Mein alter Freund Martin wohnt übrigens direkt in der Nachbarschaft hier. Er hat zwar nur noch ein Auge und ab und zu raucht er so ein bisschen was, aber vielleicht hat er ja was mitbekommen. Der kommt auch immer recht spät nach Hause. Ich werd ihn mal aufsuchen.«

Schielin nickte. »Mit Frau Kohler werden wir auch noch mal reden müssen. Sie hat kein Alibi.«

»An die denke ich schon die ganze Zeit. Vielleicht ist da ein bisschen zu viel zusammengekommen. Der Frust über diese Familienfeier, von der sie verschwunden ist, dann dieses sachlich-nüchterne Verhältnis, das nur die Hälfte wert war ...«

»Du hast es geahnt, oder?«, sagte Schielin.

»Was?«

»Na, dass Günther Bamm noch ein Verhältnis hatte. Du hast doch den Begriff der Herzensangelegenheit aufgebracht.«

»Ja schon, aber Ahnung ... das war noch gar keine Ahnung, eher so ein Gefühl, ich weiß selbst nicht, wie ich drauf gekommen bin.«

Sie schwiegen und warteten auf Adolf Wenzel.

»Und wenn er es nicht nur wusste, sondern wollte?«, sagte Schielin unvermittelt.

»Wer wollte was, wovon er wusste?«

»Dieser Kohler, der Lehrer. Was, wenn es alles ganz anders ist, als wir bisher dachten?«

»Wie kommst du denn auf so etwas?«

»Als er in die Wohnung kam, als wir dort waren, du weißt doch, da war seine Reaktion doch wirklich eigentümlich. Er war nicht betroffen, nicht froh, nicht traurig, nicht zufrieden, nicht erbost. Es war etwas anderes, und es ist mir gerade eingefallen, als ich nochmals darüber nachdachte, er war – enttäuscht. Vielleicht weil er nun keine Fotos mehr sehen würde.«

Lydia lehnte sich zurück und verzog das Gesicht. »Uhh. Wie bist du denn drauf. Das wäre aber bizarr, das wäre wirklich sehr bizarr. Aber unsere Situation würde es nicht verändern, denn der Bub war ganz sicher bei Papa, und er war sicher nicht der Kerl im Mantel, der vor ein paar Tagen so flott durch die Nacht geschwebt ist.«

»Hedwig Kohler war das aber auch nicht. Haben wir es eben doch mit zwei Tätern zu tun?«

Lydia Naber stöhnte. »Da ist ein richtiger Scheiß, wenn es um Sex und Liebe geht, da kennt man sich zum Schluss selbst nicht mehr aus.«

Adolph Wenzel kam kurz darauf und moserte wider Erwartung kein bisschen über den verdorbenen Samstag oder über den fehlenden Aufzug im Haus.

Die Spurensicherung erbrachte nichts.

*

Ludwig Rubacher saß auf der Lindauer Dienststelle und wartete mit seinem Anwalt auf die anstehende Befragung. Ab und an wischte er mit einem Taschentuch über den kahlen Schädel und entfernte die dünne Schweißschicht. Robert Funk fertigte Aktenvermerke und telefonierte. Jasmin Gangbacher war noch mal weggefahren, ohne ihm zu sagen, was sie vorhatte, und er machte sich ein wenig Sorgen, die er zu verdrängen versuchte, indem er sich sagte, das sie alle oft alleine unterwegs waren und sie schließlich eine ausgebildete Polizistin war.

Schielin schüttelte den Anwalt Rubachers im Vorübergehen mit einer Handbewegung ab. Der zeterte im Gang herum, dass sein Mandant auch ja hören konnte, wie sich der Herr Advokat ins Zeug legte. Alleine, es brachte Ludwig Rubacher keine Ruhe. Er war schon mehrmals auf der Toilette gewesen, und immer wieder wischte er sich den Scheiß von der Stirn.

Lydia Naber half Robert Funk, Adolf Wenzel setzte sich zu Rubacher ins Zimmer und tat so, als gäbe es diesen glatzköpfigen, böse dreinblickenden Kerl überhaupt nicht.

Schielin ging zunächst alleine in den Vernehmungsraum, weil die anderen beiden noch auf Jasmin Gangbacher warten wollten, die sich über Handy gemeldet hatte. Sie hatte am Telefon nichts Konkretes gesagt, es hatte aber aufgeregt geklungen.

Schielin trat gelassen in den Raum und begann zunächst in

stoischer Ruhe die Personalien von Ludwig Rubacher genauestens aufzunehmen. Die beflissene Umständlichkeit, die er dabei an den Tag legte, nervte Rubacher und dessen Anwalt. Die Einwände seitens des Anwalts, dass dies alles doch hinreichend bekannt sei, ließ Schielin unkommentiert und schritt in der Sache der Personalienaufnahme unbeirrt fort. Advokaten bekamen kein Honorar, sondern Schmerzensgeld, hatte ihm mal einer erzählt.

Auf die Frage nach dem Ehestand, antwortete Rubacher, seine Frau sei ihm weggestorben. Dann ergänzte er – Witwer. Schielin, der ihn bisher mit Blicken ignoriert hatte, sah konsterniert auf, denn das *weggestorben* kam hart und vorwurfsvoll über die Lippen. Selbst der Anwalt Rubachers sah kurz zu seinem Mandanten, bevor er sich wieder den Unterlagen widmete, die vor ihm lagen. Schielin fasste Rubacher einige Sekunden lang ins Auge. Dessen dicken Hände lagen zwar ruhig ineinandergebettet auf der Tischplatte. Die Augen hingegen wichen Schielins Blick aus, und der rechte Fuß begann unkontrolliert, schnell und nervös auf dem Fußballen auf und ab zu wippen. Der Schweißfilm auf Stirn und Schädel glänzte sichtbar. Angst. Ludwig Rubacher hatte Stress, und das war gut.

Als durch die geöffnete Tür die halblauten Stimmen von Lydia Naber und Jasmin Gangbacher drangen, unterlegt von Robert Funks dunklem Bass, begann Schielin mit der Vernehmung. Auf die Belehrung legte er besonderen Wert, das brachte wieder etwas Zeit. Rubacher sollte schmoren.

Als Lydia Naber den Raum betrat, sah sie Schielin an, zwinkerte mit dem rechten Auge, schürzte die Lippen, ganz so, als wolle sie einen Kuss durch den Raum schicken. Dann setzte sie sich neben Schielin und schwieg. Robert Funk und Jasmin Gangbacher waren draußen geblieben. Für einen Augenblick kehrte Stille ein, und nur das kumulative Summen der elektrischen Geräte drang vom Gang her.

Der Anwalt war sichtlich ungeduldig. »Wieso wird mein

Mandant hier festgehalten? Aus welchem Grund wurde überhaupt seine Wohnung durchsucht? Sie werden doch unmöglich einen Zusammenhang zwischen diesem ja nun wirklich fürchterlichen Mord und meinem Mandanten konstruieren wollen?«

»Ihr Mandant war der Betreuer der Mutter des Ermordeten Günther Bamm.«

»Oh, Sie haben ja schon intensiv ermittelt, wie ich sehe. Haben Sie vielleicht auch die Wohnungen des Pflegepersonals der alten Frau durchsuchen lassen?«, giftete der Anwalt.

Schielin kannte ihn. Er war ein großer Fußballfan, und bald würde die Sportschau laufen. Die hätte Schielin heute auch mal wieder gerne gesehen, doch das hier ging natürlich vor. Der Anwalt würde noch unleidiger werden.

»Auf die Tätigkeit Ihres Mandanten als Betreuer kommen wir später noch zu sprechen. Im Moment geht es um seine Beziehung zu Günther Bamm. Vor Kurzem erst kam es zwischen den beiden zu einem heftigen Streit, dafür gibt es Zeugen.« Schielin hatte den Streit betreffend ein wenig übertrieben.

Der Anwalt sah genervt zur Decke. »Es gibt so viel Streit, ich könnte Ihnen den ganzen Abend davon erzählen, aber Sie kennen sich da genauso gut aus, wie ich. Sehr selten, Gott sei Dank, sehr selten kommt es dabei zu Tötungsdelikten. Haben Sie denn irgendetwas Objektives vorzubringen … man nennt das übrigens Beweise oder Indizien, die Ihren für mich, und sicher auch für die Staatsanwaltschaft, nicht nachvollziehbaren Vorwurf untermauern würden?«

»Günther Bamm hatte einen Lageplan der von Ludwig Rubacher angemieteten Scheune in sein Notizbuch gezeichnet. Wir vermuten, dass Günther Bamm wenige Tage vor seinem Tod dort im Stadel war – konkret: Wir gehen davon aus, dass er es war, der das Tor aufgebrochen hat.«

»Prima. Dann haben Sie einen geklärten Einbruch, und der

Täter hat sich durch Tod der Strafverfolgung entzogen, so heißt es doch im Juristendeutsch, nicht wahr. Wir geben uns die Hand, sagen einander Adieu und beginnen, mit unseren Familien das Wochenende zu genießen.«

Schielin sprach ruhig weiter: »Wir gehen weiter davon aus, dass Günther Bamm die Machenschaften Ihres Mandanten hinsichtlich seiner Tätigkeit als Betreuer öffentlich machen wollte. Das geht aus seinen Unterlagen hervor. Bamm war ein renommierter Journalist und Reporter und verfügte über die Möglichkeiten, das für Ihren Mandanten sehr gefährliche Vorhaben umzusetzen. Wir sehen darin das Motiv ihres Mandanten, dessen einzige Einkünfte aus seiner Tätigkeit als Betreuer bestehen. Er hätte durch einen solchen Eklat seine Existenzgrundlage verlieren können.«

Der Anwalt stutzte einen Augenblick. »Das mit den *Machenschaften* wollen wir uns, sobald Ihre Ermittlungsergebnisse hierzu vorliegen, nochmals im Detail ansehen, und dann werden wir ja sehen, was übrig bleibt von Ihren haltlosen Vorwürfen. Zudem – gibt es denn Spuren am Tatort, die meinem Mandanten zugeordnet werden können? Ich gehe mal davon aus, dass es keine gibt. Zudem hat Herr Rubacher ein Alibi, von dem sie wissen.«

Lydia Naber sagte nüchtern: »Ihr Mandant hat uns bei der ersten Befragung über sein Alibi belogen. Er hat behauptet, mit seinem Sohn zu Hause gewesen zu sein.«

»Was der Sohn bestätigt hat«, entgegnete der Anwalt umgehend und winkte mit dem Zeigefinger.

Lydia Naber senkte das Kinn und sah von unten her zu Rubacher. Auf den Anwalt ging sie gar nicht ein. »Genau das wird Ihr Sohn nicht mehr tun, wenn wir ihn hier bei uns haben und nochmals befragen. Er war am Sonntagabend mit seinem Verein auf den deutschen Judomeisterschaften und ist erst am Montag gegen vier Uhr früh nach Hause gekommen.«

Der Anwalt sah zu Rubacher und fuhr mit den Zähnen seines Oberkiefers über die Unterlippe. Eine selbstvergessene, hässliche Geste, und Lydia war sich nicht klar, ob sie seinem Mandanten oder der Situation insgesamt galt.

Schielin war von dieser Information ebenso überrascht wie der Anwalt. Das war es also, was Jasmin Gangbacher herausgefunden hatte.

Lydia Naber sagte: »Wir haben Herrn Rubacher im Rahmen unserer Ermittlungen zum Mord an Günther Bamm befragt, und er hat uns eiskalt über sein Alibi belogen, aus unserer Sicht gibt es Gründe für ein Motiv, wie wir schon dargelegt haben – Ihr Mandant hat sich mit dem Mordopfer in der Öffentlichkeit gestritten. Und noch etwas: Herr Rubacher kennt sich am Ort der Tat bestens aus. Nur wenige Meter entfernt hat er sein Boot liegen. Wir sind übrigens gerade dabei, es auf Spuren zu untersuchen.«

Adolf Wenzel, der inzwischen dazugekommen war und an der Wand lehnte, stöhnte innerlich und sah verstohlen auf die Uhr. Ludwig Rubachers cholerisches und händelsüchtiges Wesen wurde nur durch die für ihn beklemmende Situation unter Kontrolle gehalten. In ihm breitete sich Angst aus, die Angst, verloren zu sein. Es ließ ihn schweigen.

Lydia Naber sagte zum Anwalt: »Das ist sicher eine neue Situation für Sie, und ich denke, Sie sollten sich mit Ihrem Mandanten besprechen.«

Sie stand auf, Schielin brauchte ein, zwei Sekunden bis er kapierte, dass sie das gesagt hatte, um sich mit ihm besprechen zu können. Wenzel folgte den beiden nach draußen.

»Und, wie machen wir weiter?«, fragte Lydia.

»Wo ist der Sohn?«, wollte Schielin von Jasmin Gangbacher wissen.

»Unterwegs, Kneipe, Kumpels, keine Ahnung – es ist Samstagabend, und er scheint nicht so ein Kniefiesler wie sein Vater zu sein.«

»Mhm. Wie bist du eigentlich da drauf gekommen?«

»Ich kenne den nicht persönlich, aber so vom Sehen halt. Ich mache doch selbst Judo, und der Name Rubacher… mir ist eben eingefallen, dass da diese Meisterschaften waren…«

»Was machen wir jetzt mit dem Kerle?«, insistierte Lydia Naber.

»Erkennungsdienstlich behandeln, volles Programm, und dann kann er gehen?«

»Gehen? Er soll danach wirklich gehen?«

»Wir kriegen doch niemals einen Haftbefehl, Lydia. Das mit dem zweiten Lager und dem Zeug, das ihr gefunden habt, ist zu dünn. Wir wissen doch noch gar nicht, woher das genau stammt. Er kommt uns nicht aus, wo soll er denn hin. Ich will seine Fingerabdrücke und seine DNS und hübsche Verbrecherfotos.«

»Was ist mit dem Boot?«

»Das holen wir raus, wie es ist, und das sollen dann die Kemptener machen. Die von der Wasserschutz übernehmen das.«

»Gute Idee, sehr gute Idee«, meinte Wenzel beruhigt.

»Die Rothaarige, oder?«, meinte Lydia in seine Richtung, »wartet sie?«

Wenzel war gar nicht begeistert. »Wo hast du das nur schon wieder her, lässt du mich überwachen?«

Sie grinste fies.

Rubachers Anwalt war sichtlich konsterniert, als Schielin das weitere Vorgehen erläuterte. Er fragte fast etwas unsicher: »Und Herr Rubacher kann danach gehen?«

»Er kann danach gehen«, bestätigte Schielin und fragte Rubacher: »Wie würden Sie Ihr Verhältnis zu Ihrem Bruder beschreiben? Dr. Heinrich Rubacher ist doch Ihr Bruder, oder?«

Es war das erste Mal, das Rubacher direkt angesprochen worden war. Seine Lippen bewegten sich unnatürlich, bevor seine Stimme zu hören war. Er musste sich räuspern. »Wir haben keinen Kontakt zueinander.«

»Erbstreitigkeiten«, stellte Schielin fest.

Als Rubacher nicht antwortete, fragte Schielin: »Wann haben Sie Ihren Bruder das letzte Mal gesehen, getroffen oder mit ihm sonst wie direkten Kontakt gehabt, vielleicht telefoniert, ihm geschrieben.«

»Ich kann mich nicht erinnern. Es ist lange her. Wir verkehren über unsere Anwälte.«

Schielin hielt mit Mühe einen unqualifizierten Kommentar zurück. »Mhm. Und Ihr Sohn, hat der Kontakt zu Ihrem Bruder?«

»Ich sehe das nicht gerne.«

»Das war nicht meine Frage, ob Sie das gerne sehen.«

»Soweit ich informiert bin, treffen sie sich ab und zu. Über Details weiß ich nicht Bescheid. Es geht mich auch nichts an.«

»Sie wissen von dieser Lithografie, diesem Picasso?«

Rubacher konnte seine Überraschung nicht verbergen. Er sah auf, und ein kurzes hysterisches Zucken lief über sein Gesicht.

Er hatte also nicht damit gerechnet, dass irgendjemand von dem Picasso wusste. *Pack schlägt sich, Pack verträgt sich*, dachte Schielin erneut und lächelte fein.

Rubacher antwortete, als hätte Schielin eine Allerweltsfrage gestellt: »Sicher, sicher weiß ich davon.«

»Ihr Bruder wollte ihn verkaufen?«

Rubachers Reaktion drückte keine Überraschung aus – es war blankes Entsetzen über das, was Schielin so leicht dahingesagt hatte.

»Nein, das kann nicht sein!«

»Aber sicher. So ist ja Günther Bamm auf den Picasso gekommen. Er wollte in einem Buch einen Artikel über die Geschichte der Lithografie veröffentlichen. Über den Professorenonkel aus Augsburg und die fünfzig Reichsmark, den

Ulmer Kunsthändler mit der Connection nach Luxemburg. Insgesamt betrachtet, keine sonderlich schöne Geschichte.«

Rubacher zog es vor, zu schweigen. Die Blicke seines Anwaltes zeigten, dass er zunehmend zur Ansicht gelangte, diese Sache könne sein Wollen und vielleicht auch sein Können überfordern, ganz abgesehen davon, dass der bisherige Kontakt mit seinem Mandanten weithin freudefrei war. Es war nicht so, dass er harmoniesüchtig war, doch dieser Rubacher strahlte eine kannibalische Kälte und Gier aus, und er war ehrlich froh, als er endlich das Vernehmungszimmer verlassen konnte.

Rubacher ließ es widerwillig über sich ergehen, als Wenzel ihm mit einem langen Wattestäbchen die Speichelproben für die DNS entnahm. Schlimmer aber war für Rubacher die Abnahme der Fingerabdrücke. Zwar hätte Wenzel das neue Gerät nehmen können, mit dem die Fingerabdrücke gescannt werden konnten. Für Rubacher aber holte er die alte Variante aus der Kiste. Auf einer Glasplatte verteilte er sorgsam die schwarze Paste und rollte dann einen Finger nach dem anderen ab. Eine langwierige und schmuddelige Prozedur. Ludwig Rubacher hätte nie geglaubt, dass ihm so etwas widerfahren würde – wo er doch so viel Geld für diesen Anwalt ausgab. Wozu eigentlich?

*

Conrad Schielin war müde vom Auf und Ab der Empfindungen, die dieser Tag mit sich gebracht hatte. Es war Samstagabend, und die Dunkelheit wartete nicht mehr weit entfernt, gleich über dem Wasser, noch unsichtbar, und über den Appenzeller Berghängen. Bereit, auf die Stadt herabzufallen. Zu Hause herrschte eine befreite, ausgelassene Stimmung, die so gar nicht zu seinem eigenen Gemütszustand passten wollte. Laura und Lena hüpften aufgedreht zu martialischem Sprechgesang durchs Haus und sprachsangen laut und voller Körpereinsatz mit. Der Typ, das wusste Schielin inzwischen, hieß Bushido, und auch wenn er es nicht zugab – er hörte den Texten nicht ungern zu. Heute allerdings nicht, auch wenn er zwischendurch meinte, neben den aggressiven Geräuschen sanfte Klänge zu hören und die Stimme von Karel Gott, aber das konnte ja schlechterdings sein. Heute jedenfalls reichte es, und er hatte tagsüber genug mitbekommen vom richtigen Leben.

Marja war auch nirgends zu sehen. Sicher hatte sie sich irgendwo in schalldichte Sicherheit gebracht.

Die beiden Mädchen waren sehr dünn, fiel ihm auf, sehr dünn. Er schlüpfte in die Eselsklamotten und ging hinüber zur Weide.

Etwas war anders heute, stellte er beim Näherkommen fest. Die zwei Friesen standen bewegungslos am Rande des Holzzauns und hatten die Köpfe neugierig zur Mitte der Koppel hin gerichtet. Ronsard musste da hinten am Apfelbaum stehen, war aber von den schwarzen Leibern seiner Weidegenossen verdeckt. Nach wenigen Schritten erkannte Schielin seinen Nachbarn Albin Derdes, der in der Weide stand. Neben ihm Ronsard, den Kopf erhoben, die Ohren nach vorne gereckt und Schielin fixierend. Vor den beiden stand ein Holzschemel, und Derdes hielt in der rechten Hand eine Karotte. Er winkte fröhlich. »Schaut doch schon ganz gut aus, oder?«

»Was schaut gut aus?«, fragte Schielin mit mürrischem Gesicht. Ihm erschien das, was sich da abspielte, sonderbar.

»Ja, wie er da steht, der Ronsard«, ließ sich Derdes nicht beirren.

»Es ist ein Esel, Albin, er steht immer so da. Aber was treibst du bitte da drinnen, und was soll dieses Holzgestell?«

Er öffnete den Zugang und ging langsam auf die beiden zu.

»Wir üben«, erklärte Derdes.

»Was?«, fragte Schielin unfreundlich.

»Lebendkrippe, wir üben für die Lebendkrippe, ich hab's dir doch erzählt.«

Schielin blieb stehen. »Was gibt es dafür bitte zu üben?«

»Ja, er soll schon anständig hinstehen an die Krippe.« Derdes deutete auf das Holzgestell, das wohl die Krippe simulieren sollte. »Und wie auf den alten Bildern sollen Ochs und Esel ja net irgendwie in der Gegen rumschauen, sondern aufs Jesuskindlein.«

»Jesuskindlein«, wiederholte Schielin sarkastisch, »Jesuskindlein. Hast du dich darum eigentlich auch so rechtzeitig gekümmert? Wer hat sich denn zur Verfügung gestellt?« Derdes winkte unbeeindruckt ab.

Schielin legte Ronsard die Führungsleine um, tätschelte ihn am mächtigen Schädel, gleich hinter den Ohren, und rieb ihm dann die Nase. »So! Genug Lebendkrippe geübt, für heute.«

Und auf Derdes gemünzt sagte er: »Du trainierst doch sicher auch den Ochsen, mach für heute halt mit dem weiter.«

»Du wirst schon sehen«, rief Derdes den beiden nach und packte den Schemel ein, »das wird ein großer Erfolg, ein großer Erfolg! So was hat es in Lindau noch nicht gegeben.« Davon war Schielin überzeugt.

»Hirten bräuchten wir noch, Conrad, Hirten!?«, hörte Schielin es rufen. Er fragte laut in den Himmel hinein: »Habt ihr denn überhaupt schon einen?«

»Ja sicher.«

»Und wen?«

»Den Josef … du wirst sehen, der macht das wunderbar.«

Schielin fragte: »Wir meinen beide den gleichen, oder?«

»Ich denke schon.«

»Das wird sicher ein großer Erfolg, wenn er einen guten Tag erwischt, der Josef. Wenn aber nicht, dann viel Freude.

Übrigens, nur dass du es vorher gesagt bekommst – Ronsard ist ein Esel. Er interessiert sich nicht fürs Jesuskindlein und auch nicht für adventliche Inszenierungen. Wenn ihm danach ist, läuft er einfach los, kaut am Mantel einer Besucherin oder frisst den Weihnachtsbaum einfach an. Denk also bitte daran.«

Albin Derdes legte etwas an Geschwindigkeit zu, um aufzuschließen. »Wir haben das im Griff, alles kein Problem. Nächste Woche ist Probe.«

Schielin lachte böse und zog los. Er winkte zum Abschied, ohne sich umzudrehen, sog die abendliche Luft ein und nahm den Weg hinunter nach Reutin. Am Bräustüble bog er links ab, erreichte durch die Senke den Oberreutiner Weg, von wo er nach links schwenkte, vorbei an den letzten Häusern und hinaus in freies Gelände.

Es ging leidlich bergan. Links und rechts der Straße erstreckten sich Obstgärten und zwischen Teer und den Stämmen ein breiter Streifen weichen Grases, auf dem sich herrlich gehen ließ. Noch vor den ersten Häusern von Streitelsfingen wandte er sich nach rechts und querte den Hang, immer den Blick auf den See. Von Bregenz her und den Hügeln über Rorschach blinkten bereits die ersten Lichter. Ab und an blieb er stehen und genoss das Panorama. Langsam fiel der Druck des Tages von ihm ab. Ronsard schnaufte ruhig und trappelte hinter ihm her, ohne dass er die Führungsleine auch nur einmal straffen musste. Es schien ihm mehr Freude zu bereiten, als Lebendkrippe zu üben.

Als er am Abend beim Wein seiner Frau gegenüber mit besorgter Stimme erwähnte, dass die beiden Mädchen doch so dünn seien und ob es nicht sein könnte, dass sie eine Essstörung hätten, sagte sie mit hinterhältigem Gesichtsausdruck: »Ja, sicher haben die beiden eine Essstörung.«

Er erschrak, sie lachte. »Aber ganz anders, als du dir das denkst. Die beiden hauen rein wie ein Wolfsrudel, und es bleibt einfach nichts an Hüfte und Rippen hängen. Es besteht wirklich kein Grund, sich Sorgen zu machen, und es wird sich ändern, früher oder später.«

Den Sonntag ließ er Sonntag sein.

Reformen

Gleich nach der Besprechung am Montagmorgen fuhr Schielin ins Krankenhaus. Mirabeau Schender sah nicht mehr so fürchterlich zugerichtet aus. Die Schwellungen und Rötungen im Gesicht waren abgeklungen, und ihr Blick vermittelte Festigkeit. Schielin war froh, dass sie ein Zimmer für sich alleine hatte, denn dieser Umstand machte es möglich, ungezwungen miteinander zu reden, soweit der Gegenstand ihres Gespräches es zuließ.

Das Jackett zitterte, als Schielins Handy vibrierte. Mirabeau Schender lächelte zurückhaltend. Es war das erste Mal, dass er sah, wie ihre Augen leuchteten, und er konnte Günther Bamm gut verstehen.

Es war Lydia Naber, die ihn anrief. Sie war zusammen mit Jasmin Gangbacher zu Hedwig Kohler gefahren, hatten sie aber nicht angetroffen. Ihr Mann gab an, nicht zu wissen, wohin sie gefahren war und wann sie wieder zurück sein würde.

»Ich denke nicht, dass es ein Problem für uns ist«, wählte Schielin eine neutrale Formulierung und sprach mit gedämpfter Stimme.

»Da ist noch etwas«, sagte Lydia Naber und dem Schwingen in ihrer Stimme war anzumerken, dass es sie beschäftigte, dieses *noch etwas*.

»Das wäre?«

»Du hattest den richtigen Riecher. Der Kohler wusste über die Beziehung zwischen seiner Frau und Günther Bamm Bescheid, und zwar im Detail.«

»Welche Details?«

»Ich habe ihn darauf angesprochen, und er blieb völlig gelassen. Und ohne dass ich etwas erwähnt hätte, sagte er etwas herablassend, so als wäre ich eine kleine Spießerin: ›Sie haben wahrscheinlich die Fotos gefunden‹. Dann hat er gelacht, der

Heini. Ein widerlicher Kerl. Ich bin jedenfalls etwas verunsichert, was das Verhältnis seiner Frau zu Günther Bamm angeht, denn inzwischen weiß ich nicht mehr so recht, wer da der Betrogene sein soll.«

»Es könnte doch sein, dass niemand ...«

»Ja, das könnte sein, und es wäre auch völlig uninteressant, wenn sich alle Beteiligten bezüglich der Details ihrer Lebensgestaltung einig wären und glücklich dahinlebten. Es ist aber nun mal so, dass Günther Bamm erschlagen wurde, nicht wahr, und somit erscheint das freie Spiel der Liebe in einem weniger strahlenden Licht.« Sie unterbrach. »Du kannst gerade nicht reden, oder?«

»So ist es.«

»Dann noch ein Zuckerl für dich. Wenzel hatte recht. Die Ergebnisse der DNS-Untersuchung sind gekommen. An beiden Bonbonpapierchen konnten sowohl Fingerspuren gesichert werden, als auch DNS. Und jetzt kommt's. DNS und Fingerspur des einen Papierchens sind Günther Bamm zuzuordnen.«

Sie wartete einen Augenblick, bevor sie weiterredete: »Die DNS des anderen Papierchens stimmt mit der des Bonbons überein, was bedeutet, dass es wirklich so gewesen war, wie Wenzel vermutete. Die Recherche hat keinen Treffer in der Datenbank ergeben, und die fremden Fingerspuren liegen auch nicht ein. Aber wir haben einen halben rechten Daumen und einen Teilbereich des rechten Zeigefingers. Jetzt sieht die Sache schon anders aus, nicht wahr?«

Das war in der Tat so. Schielin hielt seine Freude zurück und sagte teilnahmslos. »Ja, das ist schön.«

»Wir fahren jetzt zusammen mit Robert nach Kressbronn und helfen bei der Sichtung der Rubach'schen Schatzkammern.«

»Kressbronn? Das ist aber Baden-Württemberg.«

»Jaja. Die Kollegen wissen schon Bescheid, und vom Polizeirevier Kressbronn wird auch jemand dabei sein.«

»Was ist das eigentlich, in Kressbronn?«

»Robert hat die Unterlagen gesichtet, die wir bei der Hausdurchsuchung bei Ludwig Rubacher mitgenommen haben. Er weiß jetzt, wo der Kerl das Zeug lagert, das bis letzte Woche in dem Stadel in Unterreitnau war.« Sie gab ihm die Adresse durch.

Schielin steckte das Handy ins Jackett und entschuldigte sich mit einer Geste bei Mirabeau Schender.

Er kam ohne weitere Umschweife zur Sache. »Günther Bamm hatte an jenem Sonntag, an dem Sie sich zum letzten Mal gesehen haben, eigentlich einen Termin mit einem Londoner Kunsthändler. Die beiden waren im Hotel Bayerischer Hof miteinander verabredet, um halb zehn. Wussten Sie davon?«

Sie überlegte. »Nein, davon ist mir nichts bekannt.«

»Ich frage nur, weil ich der Ansicht bin, dass Günther Bamm seine Termine sicherlich nicht einfach so hat platzen lassen.«

»Das auf keinen Fall. Er war sehr gewissenhaft«, versicherte sie.

»Er ist erst mit dem Eurocity um dreiviertel zehn aus München gekommen. Was mich beschäftigt, ist die Frage, aus welchem Grund er nicht in den Bayerischen Hof gegangen ist, der ja nur ein paar Meter vom Bahnhof entfernt liegt. Ist er gleich zu Ihnen?

Sie musste nicht lange überlegen. »Ja, sicher. Vom Bahnhof zu mir, das sind zu Fuß knappe zehn Minuten. Das würde passen.«

»Mhm. Dass er den Termin einfach so hat sausen lassen, wundert mich schon sehr. Er hätte doch einfach nur mit dem Handy anrufen müssen,«

Sie zuckte mit den Schultern und überlegte.

»War es denn ein überraschender Besuch an diesem Sonntagabend, oder hatten Sie sich vorher verabredet.«

»Ich hatte ihn angerufen, am späten Nachmittag. Er war in

München am Hauptbahnhof, man hat sich kaum verstehen können, bei dem Lärm, das Quietschen der Bremsen, die Durchsagen, all diese Geräusche eben. Ich fragte, ob wir uns am Abend noch sehen könnten, und er sagte sofort zu … und das ist schon seltsam, wo er doch diesen anderen Termin hatte.«

»Verhielt er sich denn in irgendeiner Weise anders als bei Ihren sonstigen Treffen, hat er Ihnen etwas erzählt von seinem Aufenthalt in München?«

Sie legte den Kopf etwas schräg. »Bei unseren Treffen, wie Sie es formuliert haben, ging es eigentlich nie um unsere Berufe.«

»Eigentlich?«

»Ja … eine Ausnahme gab es da, die hat aber nichts mit diesem Abend zu tun.« Sie überlegte. »Er kam, und … es war eigentlich wie immer. Er war sehr viel unterwegs in letzter Zeit, das weiß ich. Weswegen er in München war, kann ich nicht sagen. Eines aber ist mir aufgefallen. Als er hier angekommen war, sagte er etwas, was für mich keinen Sinn ergab. Er sprach von einem Linsengericht, das jemand teuer bezahlen sollte. Es war mir aufgefallen, weil er sonst kaum biblische Bezüge herstellte.«

Schielin sah sie fragend an. »Linsengericht? Meinte er die Geschichte von Esau und Jakob.«

»Sicher. Ich habe aber nicht nachgefragt, es hat mich an diesem Abend nicht interessiert.«

»War er sonst irgendwie verändert?«

Mirabeau Schender dachte nach, und es dauerte eine Weile bis sie antwortete. »Also jetzt, wo Sie mich so danach fragen … er war sicher anders an diesem Abend, anders als sonst.«

»War er nervös oder aufgebracht …?«

»Nein, nein. Es war eher eine gewisse Abwesenheit. Er war nicht so ganz bei mir wie sonst immer. Vielleicht etwas unkonzentriert.«

»Er war also mit seinen Gedanken woanders.«

»Ja, das war wohl so.«

»Und das war sonst nicht so.«

»Nein, das war sonst nicht so. Aber es ist so, dass ich mir erst jetzt über diesen Abend Gedanken machen kann, ohne dieses Angstgefühl.«

»Wir haben in seiner Wohnung Fotos gefunden ...«

»Ich kenne seine Wohnung nicht«, sagte Mirabeau Schender zu Schielins Überraschung. Sie lachte verhalten, als sie seinen verdutzten Blick sah. »Ja, es ist so. Wir haben uns immer nur bei mir getroffen. Ich wollte seine Wohnung gar nicht sehen.«

Schielin räusperte sich. »Wir haben dort Fotos gefunden, auf denen eine ... andere Frau abgebildet war.«

»Mhm. Wahrscheinlich diese Frau aus dem Haus, die Lehrersfrau.«

Schielin musste sich beherrschen, dass ihm nicht die Kinnlade herunterfiel.

»Also, von der wissen Sie?«

»Ja. Ich weiß von ihr. Sie brauchen nicht zu fragen – es hat mich nicht gestört, denn diese Beziehung ging nicht von Günther aus.«

»Ich habe allerdings auch nicht den Eindruck gewonnen, dass Günther Bamm unter Zwang stand. Mhm. Wie würden denn Sie diese Beziehung beschreiben?«

»Es war sicher keine ernsthafte Beziehung, wenn Sie darauf hinauswollen.«

»Mhm. Sie sind sich da sicher?«, fragte er vorsichtig und dachte an Hedwig Kohler, für die Günther Bamm sicher eine Herzensangelegenheit war, wie es Lydia ausgedrückt hatte. Mirabeau Schender strich behutsam über ihre rechte Wange. »Ja. Ganz sicher. Günther hatte auch kein Interesse mehr daran. Das zumindest hat er mir vor einigen Wochen erzählt. Ich muss aber auch sagen, dass ich mich für diese Sache überhaupt nicht interessiert habe und wir nur ein-, zweimal darauf zu sprechen gekommen sind. Es mag Ihnen fremd erscheinen, aber es war so, dass weder Günther noch ich eine feste Beziehung miteinander wollten. Es war niemals geplant, zusammenzuziehen oder gemeinsam Urlaube zu verbringen – überhaupt nicht. Wir haben uns hier bei mir getroffen, sind ab und an zusammen in Konzerte gegangen oder haben ein verlängertes Wochenende in einer anderen Stadt verbracht. So müssen Sie sich das vorstellen.«

»Klingt sehr nüchtern.«

»Genau das war es aber nicht, auch wenn es so klingt.«

Er bereute, das Wort *nüchtern* gewählt zu haben, denn sie schien dadurch verletzt zu sein. Vielleicht war es aber auch so, dass ihr im Nachhinein dieses Wort als zutreffend erschien, was umso trauriger gewesen wäre. Jedenfalls sank ihr Kopf auf die Brust und sie schloss die Augen.

Schielin wartete.

»Sie sagten vorhin, es hätte eine Ausnahme gegeben, was Ihre Gespräche über die Arbeit anlangte. Dürfte ich wissen, worum es dabei ging?«

Sie holte tief Luft und sah ihn durchdringend an. Die Unbedarftheit, mit der sie sich zuvor unterhalten hatten, war verschwunden. »Natürlich. Günther war in Vorbereitung eines nächsten Projektes. Es ging da um die Bedeutung des Ginkgobaumes. Wir haben uns darüber unterhalten, weil ich mich generell für Bäume interessiere und für den Ginkgo insbesondere. Ihm wird ja eine besondere Heilkraft zugeschrieben, was mich als Apothekerin besonders interessierte. Darüber hatten wir einige längere Gespräche, über Ginkgos.«

*

Nach dem Gespräch mit Mirabeau Schender fuhr Schielin zur angegebenen Adresse *Im Heidach*, nach Kressbronn. Wie Robert Funk und Lydia Naber ihm abwechselnd, manches Mal gleichzeitig redend und gestikulierend erklärten, hatte Ludwig

Rubacher Ende vorletzter Woche den von ihm angemieteten Stadel in Unterreitnau räumen lassen. Alles was sich in den Regalen und Kisten befunden hatte, war von einem Umzugsunternehmen aus Ravensburg hierher nach Kressbronn geschafft worden, wo Rubacher eine weitere Lagerhalle angemietet hatte. Rubacher selbst war nicht anwesend, stattdessen sein Anwalt, der sich mehr für das in Kisten und Regalen Verstaute interessierte, als für das, was die Polizisten zu reden und zu tun hatten. Man konnte sich vorkommen wie in der Lagerhalle eines Antiquitätenhändlers. In den Regalen lehnten Bilderrahmen aller Ausprägungen aneinander, von naturbelassenem Holz über barocke Goldmuster bis hin zu schlichten Metallrahmen war alles vertreten.

Robert Funk hatte sich zuerst um die Gemälde gekümmert. Aquarelle, Öl- und Acrylbilder, Zeichnungen und einige Lithografien. Landschaftsdarstellungen überwogen, gefolgt von Stillleben und einigen Akten. – Die großen Gegensätze der Malerei lehnten friedlich beieinander. Einige waren mit Wellpappe locker umwickelt, die von sparsamen Klebebändern zusammengehalten wurde. Einen professionellen Eindruck machten die Verpackungen nicht. In den anderen metallenen Regalen, die vormals für die Lagerung von Metallwerkzeugen und Ersatzteilen installiert worden waren, standen Kartons und Einzelstücke, die zu groß für eine Verpackung waren. Einige Vasen, kleinere antike Möbelstücke, Kerzenständer und Folianten.

Schielin interessierte sich für die Bücher. Es waren ausnahmslos Bibeln – alte, großformatige Familienbibeln. Auf den ersten Seiten war in dünner und kunstvoller Schrift die Familiengeschichte eingetragen. Er konnte nicht viel entziffern, aber in der Familie Rupflin, der diese Bibel einmal gehört hatte, gab es viele Kinder zu beerdigen, und zwei Ehefrauen waren auf dem vierten Einlegeblatt schon im Kindbett gestorben. Das Papier strömte einen modrigen Geruch aus.

Lydia Naber war in der anderen Ecke und kramte in einer Kiste. Sie holte Besteck hervor und prüfte im spärlichen Licht die Qualität. »Christofle, Albi, Sterling, gepunzt«, sagte sie fachmännisch und voller Hochachtung. Die ganze Kiste war voll mit Silberbesteck. In den anderen Behältnissen fanden sie Porzellan, darunter echtes Meißener und ein Service von der Königlichen Porzellanmanufaktur Berlin. Lydia Naber fiel es schwer, damit aufzuhören, alle Kartons zu durchsuchen. Immer wieder hielt sie ehrfürchtig einen Teller, eine Kaffeekanne oder eine Tasse in die Höhe und forderte Robert Funk auf, ihre Bewunderung zu teilen.

Schielin gab nach einer Weile auf und setzte sich still auf eine Holzkiste. Nicht, ohne sich vorher zu versichern, dass sie nicht vielleicht mit etwas Wertvollem gefüllt war.

»Ihr Mandant wird uns erklären müssen, woher all diese wertvollen Dinge stammen«, sagte Robert Funk in Richtung des Anwalts. Der stellte eine Federstiftzeichnung mit einem Akt im Stile von Balthus zurück ins Regal und drehte sich Funk mit einem Schulterzucken zu.

»Der Herr Betreuer hat ja ganze Arbeit geleistet«, sagte Lydia Naber mit strengem, vorwurfsvollem Ton, »so wie es aussieht, hat sich Ihr Rubacher die jeweils wertvollsten Stücke unter den Nagel gerissen. Ich möchte gar nicht wissen, was der schon alles verscheuert hat. Da wird die Glatze so manches Mal vor Freude geglüht haben.«

Rubachers Anwalt schenkte ihr einen leeren Blick. »Bitte mäßigen Sie sich, Frau Naber. Außerdem – es ist nicht *mein* Rubacher.«

Sie verzog den Mund und räumte eine Teekanne vorsichtig zurück in die Kiste. »Da können Sie auch froh drum sein.«

Robert Funk hatte sich eines der alten Bücher gegriffen und blätterte darin herum. An einer Stelle hielt er inne und schmunzelte, bevor er laut zu lesen begann. »Hört mal her. Das ist so was wie ein Reiseführer, aus dem neunzehnten Jahrhundert.

Ein Friedrich Nicolai hat 1781 Folgendes geschrieben: ›*Dass die Schwaben eigentlich plumper und ungeschliffener in Sitten oder weniger anstellig sein sollten, oder dass bei ihnen Verstandeskräfte später reiften als bei anderen Deutschen und zum Beispiel bei ihren Nachbarn den Bayern oder Franken, kann man auf keine Weise sagen. Man findet vielmehr unter den Schwaben viele scharfsinnige Köpfe und die zum Teile ihre Denkungskraft unter sehr ungünstigen Umständen entwickelt haben. Die Schwaben zeichnen sich im allgemeinen, soviel ich habe bemerken können, bloß durch eine unter dem gemeinen Manne mehr verbreitete Gemächlichkeit, Zufriedenheit und Ruhe aus. Dabei ist eine gewisse Treuherzigkeit und ein unbefangenes Wesen bei ihnen, das selbst nichts von Arglist hat und sie bei andern auch nicht vermutet.*‹«

Er klappte das Buch zu und legte es zurück zu den anderen Erstausgaben.

Als sie endlich mit der ersten Sichtung fertig waren, verschloss der Anwalt die Tür und händigte Robert Funk den Schlüssel aus, der das Schloss versiegelte. Zu Schielin und Lydia Naber gewandt sagte er: »Ich werde mal auf die Insel zum Zeller fahren. Vielleicht wissen die dort ja was über den Rubacher, und das Zeug da drinnen müssen wir auch ordentlich katalogisieren, am besten sollen die das machen. Außerdem bereiten die gerade die nächste Auktion vor, und das da drinnen hat mir richtig Lust auf mehr gemacht.«

Schielin meinte: »Das schaut etwas hektisch aus, da drinnen, ich meine, solche wertvollen Sachen, und ich gehe davon aus, dass das Zeug schon was wert ist, solche Sachen kippt man doch nicht auf diese Weise in eine Lagerhalle von der Sorte hier.«

Funk stöhnte. »Dieser Rubacher hat eben keinen Bezug zu den Dingen, zu diesen schönen Dingen, und schon gar keine Ahnung von dem, was diese einzelnen Sachen Menschen bedeuten können. Denk nur an das Gemälde, das dieser Korsch beschrieben hat. Oder die Bibeln. Du hattest die Bibeln in der

Hand. Ich bin mir sicher, dass in den Familien, denen diese herrlichen Stücke einmal gehörten, der ein oder andere daran hängt, sich erinnert, wie daraus vorgelesen wurde, an einen dieser herrlich reproduzierten Stiche denkt, und und und. Oder ein Kaffeeservice, von dem schon die Großmutter erzählt hat, wie sie es durch den Krieg, durch die Besatzung oder sonst was gebracht hat. Schauderhaft.

Der Deal funktioniert ganz einfach. Rubacher übernimmt eine Betreuung, und schon beim ersten Besuch verschafft er sich einen Überblick, sondiert, schaut, was lohnenswert erscheint – und dann wird Stück für Stück ausgeräumt. Und der Markt für diese alten Dinge, der ist durchaus vorhanden. Der Kerl ist ein ganz widerlicher Hehler, und das Traurige ist nur, dass es schwer sein wird, ihm etwas am Zeug zu flicken.«

Lydia Naber schnaufte. »Also ich denke, Günther Bamm ist ihm auf die Schliche gekommen, und er hat es erfahren. Wieso sonst hätte er so hektisch das Zeug von Unterreitnau hierher schaffen sollen?«

»Das sehe ich auch so«, meinte Schielin, »ich frage mich nur, wer der Kerl war, der uns in der Nacht davongelaufen ist. Ludwig Rubacher war es wohl kaum, wenn ich an seine Kugelfigur denke. «

Lydia Naber entgegnete: »Sein Sohn hätte das als Kampfsportler wohl eher drauf gehabt, aber der hat nun wirklich ein belastbares Alibi.«

Robert Funk wollte sich in das Gespräch nicht einmischen und hatte auch keinen Ansatz, den er für weiterführend gehalten hätte. »Ich fahre zum Zeller in die Bindergasse, und wir treffen uns dann später auf der Dienststelle«, sagte er und löste die Runde damit auf. Er nahm Lydia bis vor die Inselhalle mit, wo er sie absetzte. Sie hatte vor, Martin mal wieder einen Besuch abzustatten.

*

Sie ging *Auf der Mauer* entlang bis zum Durchgang zum Alten Schulplatz. Ihr Ziel war das alte Haus im Schnittpunkt von Felsgässel und Grub. Sie klingelte und wurde droben von einem überrascht dreinschauenden und maulfaulen Martin erwartet. Er sah verschlafen aus. Immerhin war er schon, vielleicht auch noch, angezogen. Lydia Naber war über nichts verwundert, lediglich der relativ geordnete Zustand der Wohnung ließ sie etwas nachdenklich werden.

»Wohnt hier noch jemand?«, fragte sie hinterhältig und setzte sich auf das alte Ledersofa, ohne irgendwelche Zeitungsbündel, Jacken, Taschen oder Socken beiseite räumen zu müssen – und das war neu.

»Siehst du vielleicht noch jemanden außer mich?«, murrte er.

»Mir«, sagte sie.

Er drehte sich um. »Du?«

»Nein, ich meine es heißt *mir*.«

Er knurrte und machte sich an einem metallenen Kasten zu schaffen, der auf dem Brett stand, das als Sideboardersatz an die Wand gedübelt war. In dem Kasten steckten Röhren; wie sie früher, sehr viel früher, in den alten Radios eingebaut waren. Soweit sie erkennen konnte, glomm in einigen tatsächlich der dünne Faden in jenem warmen Rot, das bei Dunkelheit heimelig anmutete. Er knurrte etwas Unverständliches.

Seine betont abweisende Art nährte ihren Verdacht. »Du wirst doch nicht auf deine alten Tage schwach werden, mein Lieber, und deine Lagerstatt teilen; vielleicht sogar mit einer Frau, neiiin. Und – was machst du da eigentlich?«

»Musik hören.«

»Ich höre nichts. Kein Wunder bei dem alten Kasten da.«

»Er ist neu, man nennt diese Kästen *Röhrenverstärker*.«

Sie hatte keine Ahnung und ließ es sein, weiter nachzufragen. Er holte eine Langspielplatte aus einer der Kisten, die unter dem Brett standen, und hielt sie mit der Titelseite nach oben, sodass Lydia Naber das Cover sehen konnte. Es war monochrom elfenbeinfarben und zeigte die obere Hälfte eines Schädels. Nase, Mund und Kinnpartie lagen hinter einem runden Glas und waren deutlich als untere Gesichtshälfte einer Frau zu erkennen. Die Darstellung war abstoßend und faszinierend zugleich.

Ein Titel war nicht zu entziffern, und während er die Platte aus dem Karton holte und auf das Monstrum von Plattenspieler legte, sagte er. »Emerson, Lake & Palmer – Brain Salad Surgest.«

Kurz darauf drangen die Klänge durch den Raum. Ein Bass, wie sie ihn noch nie gehört hatte, dunkel, voller Kraft. Es war eher so, dass zuerst der Klang da war und den Raum füllte, später, viel später erst wurde dann Musik daraus.

Sie sah Martin an und nickte anerkennend. »Und das machen diese Röhren da?«

»Genau. Sie machen aus den Tönen einen Klang, kantig, wo es kantig sein soll, und rund, wo Ecken nichts zu suchen hatten.«

»Und was kostet so ein Röhrenteil?«

»Sag ich dir nicht.«

»Wieso?«

»Weil du mir dann keine Kohle mehr pumpst.«

»Mhm. Okay. Und wieso hörst du diese alten Platten und nicht CDs, das müsste doch dann noch besser klingen … und erst mal Klassik …«

Sie konnte seinem Gesichtsausdruck entnehmen, dass es nicht gut ankam, was sie sagte, und sie versuchte einen Schwenk. »Ich meine, vielleicht eine der klassischen Aufnahmen, in welchen dein Großvater immer so solistisch in den Pausen gehustet hat …«

Es half ein wenig, denn sie brachte ihn damit auf einen anderen Gedanken. Er hob die Hand. »Opa, der Pausenhuster. Da habe ich etwas Neues gefunden. Martha Argerich, Chopin, Klavierkonzert Nummer 1, Concertgebouw Amsterdam. Nicht einfach herauszuhören, gar nicht einfach, wirklich nicht. Bei diesem Konzert hat anscheinend jeder gehustet, der kein Instrument spielte, aber ich glaube, ich habe ihn trotzdem herausgefunden, wunderbar, sag ich dir, eine wunderschöne, sanfte Passage im zweiten Satz. Gerade da, wo sich alle anderen Hustenbären zusammengenommen haben, hat er seine Chance genutzt – sehr gelungen. Es war schon ein Hund, mein Großvater. Nicht dass du meinst, er hätte in diese adagiohaften Takte einfach so reingehustet, nein, das nicht. Er befand sich viel mehr im Gleichklang mit Orchester und Dirigenten, alles sehr verhalten, zurückhaltend, sozusagen im Einklang mit Martha Argerich – mein Großvater ... «, er unterbrach sich selbst, »... nun ja, Holland, mieses Wetter, an dreihundertfünfundsechzig Tagen im Jahr ein Himmel wie über Paris im November, das macht krank, nicht nur die Seele ... alle erkältet ...« Er stöhnte kurz und machte Anstalten die LP oder CD zu suchen. Darauf hatte Lydia Naber nun gar keine Lust.

»Wann warst du das letzte Mal in Paris?«

»Ich bin jedes Jahr in Paris, jedes Jahr.«

»Aha, ist es also eine Französin?«

Er drehte sich ihr nicht zu, sondern werkelte weiter in den Kartons mit LPs, sprach aber langsam und voller Entsetzen: »Gott behüte, eine Französin.«

Dann richtete er seinen knochigen Körper auf und fragte zum Fenster hin. »Kaffee?«

»Lass mal sein – ich bin ja eigentlich auch dienstlich hier.«

Er drehte sich langsam herum, wie ein lauernder Mephisto, trotzdem schwangen die langen dunklen Haare nach. Sein Gesicht war schmerzverzerrt. »Ich zahle es ja, Mensch, ich zahle es ja noch. Bin doch bloß noch nicht dazugekommen ... wegen dem bisschen Zeugs da ... ist doch nicht nötig, einen solchen Aufstand zu machen, Mensch ...«

Sie unterbrach ihn harsch und hatte eine böse Vorahnung. »Was zahlst du noch, wovon redest du?«

Er ging quer durch den Raum zum alten Holzschrank, dessen rechte Tür mit einer Schnur am Schloss befestigt war, und holte einen Schuhkarton hervor, auf dessen Seiten rote Lettern *Ecco* riefen. Papiere quollen über die Ränder. Es raschelte hektisch, während er suchte. »Die haben mir eine Rechnung geschrieben.«

Sie klang mitleidsfrei. »Ich gehe davon aus, dass *die,* von denen du gerade sprichst, das nicht als Rechnung, sondern als ... sagen wir Strafbefehl bezeichnen.«

Fast hätte sie fragen wollen, wo denn die Ecco-Schuhe versteckt waren. Sie kannte ihn nur mit ausgelatschten Turnschuhen. Doch Lydia Naber bemerkte, wie Unruhe in seinen Körper kroch. Endlich kam er mit einem ungeöffneten Kuvert wieder, als dessen Absender die Staatsanwaltschaft Kempten zeichnete.

Sie nahm das Kuvert und hielt es vor sein Gesicht. »Woher weißt du was da drinnen ist?«

Er wog den Kopf. Es war ihm unangenehm. »Mein Gott. Es war auf dem Weg nach Ulm, im Zug. Hinter Hergatz, ich war alleine im Abteil, die Landschaft war so schön, mein Herz frei, da hab ich halt eine geraucht. Kurz darauf ging die Abteiltür auf und eine junge Frau kam herein. Sie blieb da stehen und hat mich lange angesehen.«

»Komm zur Sache!«

»Naja, es war nicht so, wie ich dachte. Sie hat dann in den Gang gerufen Kommt mal her, und da kamen dann zwei Typen.«

»Zwei Typen?«

»Zwei Kollegen ... von dir. Die waren echt nett.«

»Echt nett«, wiederholte sie.

»Ich hab gesagt, ich wäre auf dem Weg zu meiner Oma nach Ulm.«

»Du hast doch gar keine Oma mehr. Opa war doch schon jahrzehntelang alleine am Husten.«

»Es hat ja auch nichts genutzt. Nicht mal, als ich sagte, ich bin auch aus Lindau. Stell dir vor, nicht mal das hat was genutzt.«

Sie zuckte mit den Schultern.

»Der eine war aus Weiler, der andere aus Tettnang, und die Frau war von ganz wo fremd her.«

»Woher war sie?«, fragte Lydia während sie das Kuvert öffnete.

Er blies nachdenklich Luft durch seine Lippen. »Ich glaube es war Marktoberdorf.«

Die Frist war schon lange abgelaufen. Sie würde das in die Hand nehmen müssen.

»Viel hast du ja Gott sei Dank nicht dabei gehabt.«

Er zuckte mit den Schultern.

»Das Zeug macht blöd und impotent. Das habe ich dir schon tausend Mal gesagt.«

Er schwieg so virtuos, wie sein Großvater in den Konzerten gehustet hatte.

Sie steckte das Kuvert weg. »Ich kümmere mich drum. Die Kohle will ich so schnell wie möglich wieder zurück, ist mir egal wie, meinetwegen verkaufst du ein paar von den Schallplatten, die knistern eh, oder ein, zwei von den Röhren da. Ist ja bald Weihnachten, und die leuchten schließlich schön.«

Sie drehte sich dem Fenster zu, um etwas mehr Licht zu haben. Es dauerte eine Weile, bis sie aus ihrer Tasche das Bild von Günther Bamm herausgekramt hatte. Sie hielt es ihm hin und fragte, ob er ihn schon mal gesehen habe. Sie erwähnte nichts davon, dass Günther Bamm des Öfteren gleich in der Nachbarschaft zu Besuch gewesen war.

Martin kniff die Augen zusammen und kam einen Schritt näher, um ihr das Foto aus der Hand zu nehmen. »Du weißt, ich habe nur ein Auge.«

»Aber vier Ohren«, sagte sie etwas gehässig und sah, wie ihm der Mund offen stand. »Natürlich kenne ich den.«

»Schau genau hin«, ordnete sie an.

»Hey! Wenn ich sage, ich kenne den, dann kenne ich den!«

Sie trat nahe an ihn heran, packte sein Kinn zwischen Daumen und Zeigefinger und hob seinen Kopf an. Mit inspizierendem Blick sah sie ihm in die Augen.

Er wich zurück. »Was soll denn das?«

»Ich will nur schauen, ob du vielleicht gekifft hast, geweitete Pupillen und so. Nicht, dass du mir hier irgendein Fantasiestückchen andrehst.«

Er klang beleidigt. »Ja super, danke für das Vertrauen, das du deinem treuesten Freund entgegenbringst«

»Hunde sind treu«, stellte sie mit sachlichem Ernst fest.

Er ging nicht darauf ein. »Und übrigens – falls die Pupille vom linken Auge geweitet sein sollten, dann war der letzte Stoff wirklich vom Allerfeinsten – mein linkes ist nämlich das Glasauge.«

Er bekam kein Mitleid, denn sie wusste, wie gut er mit diesem einen verbliebenen Auge zurechtkam. Zu Beginn ihrer Bekanntschaft war sie auf die Tour einige Male hereingefallen. Sie sah ihn vorwurfsvoll an und legte den Kopf schräg.

»Ich kenne den wirklich«, wiederholte er.

»Woher?«, fragte sie streng.

»Das ist der Gasmann von der Apothekerin, drüben im Pfeiffergässele?«

Sie grinste ihn an, ging auf ihn zu und tippte auf seine Stirn. »Ich sage es doch – Kiffen macht blöd!«

*

Am frühen Nachmittag trafen sie sich zur Besprechung. Robert Funk hatte Schielin zuvor darüber unterrichtet, dass im Auktionshaus Zeller noch nie jemand etwas von Ludwig Rubacher gehört hatte.

Vom Gang her drang immer wieder Hämmern und Sägen in das Besprechungszimmer. Ein Trupp Arbeiter entfernte die Oberlichter über den Bürotüren, die einer Verordnung zufolge den feuerrechtlichen Bestimmungen nicht mehr entsprachen. Jasmin Gangbacher war draußen geblieben und passte auf.

Schielin berichtete von seinem Gespräch mit Mirabeau Schender, das ihm in allem, was sie besprochen hatten, nach wie vor außergewöhnlich erschien. Wenn er den Worten, die sie gewechselt hatten, in Gedanken nachspürte, so blieb er bei Esau hängen, von dem Günther Bamm erzählt hatte.

Er fragte in die Runde: »Esau. Worum ging es genau bei Esau noch mal. Ich weiß nur noch, dass er der älteste Sohn war.«

»Von Isaak und Rebecca«, warf Robert Funk ein. Erich Gommert stand auf und ging nach draußen.

Schielin machte weiter. »Sein Bruder Jakob knöpfte ihm im Tausch gegen ein Linsengericht das Erstgeburtsrecht ab. Das war doch so, oder?«

Robert Funk nickte.

»Und war da sonst noch was?«, fragte Schielin, der nach einer Verbindung zu ihrem Fall suchte.

Gommert kam wieder zurück und setzte sich. In der Hand hielt er ein schwarzes Buch.

»Bibel?«, fragte Wenzel und reckte den Kopf, »seit wann haben wir denn eine Bibel hier?«

»Seit der Verwaltungsreform! Irgendeinen Trost braucht mer ja schließlich. Du hast ja nichts mit denen in Kempten droben zum tun … ich sage dir, da sind zu viele Leut, von denen viele nicht wissen, was sie tun, oder tun sollen …« Er unterbrach seine Tirade und blätterte gekonnt. Dann hob er den Zeigefinger. »Do stehts, Genesis fünfundzwanzig.« Obwohl nun alle hinhörten, las er stumm für sich, und nur seine Lippen bewegten sich.

Robert Funk meinte: »Soweit ich mich erinnere, war das Problem, dass Jakob als der Jüngere den Segen des Vaters wollte. Isaaks Lieblingssohn war Esau, aber Rebecca hat den Jakob mehr gemocht – und da waren das Elend und der Verdruss schon mit im Päckchen gelegen. Der Isaak war doch alt und blind und hat gar nicht mitbekommen, dass er den jüngeren Jakob segnet und nicht den erstgeborenen Esau. Wo der Jakob auch noch gerochen hat wie sein Bruder. Betrug, wohin man blickt. Für den Esau ist dann nur noch ein magerer Spruch übrig geblieben.«

Erich Gommert blätterte und las nun laut vor: »*Siehe, du wirst wohnen ohne Fettigkeit der Erde und ohne Tau des Himmels von oben her. Von deinem Schwerte wirst du dich nähren, und deinem Bruder sollst du dienen. Aber es wird geschehen, dass du einmal sein Joch von deinem Halse reißen wirst.*«

»Und, weiter«, forderte Wenzel.

Gommert glitt mit dem Zeigefinger über die Buchstaben und las wieder nur für sich. »Da ist nichts weiter. Der Esau ist der Stammvater von den Edomitern geworden, hat zwei, drei Frauen gehabt – ah, do liegt also der Hund begraben vom fehlenden Segen – sooo viel Frauen hot der dann heiraten müssen …«

Lydia Naber warf ihm einen verächtlichen Blick über den Tisch zu. Gommi wechselte abrupt das Thema und fragte aufgekratzt in Richtung Schielin: »Du, Linsengerichte hin und her, aber wie war des mit den Ginggo nochemole – zweihäusig getrenntgeschlechtig, es gibt also männliche und weibliche Pflanzen, und des heißt dann diözisch? Ho! Zweihäusig, getrenntgeschlechtig! Doher kommt also – Diözese!«

Schielin wartete das Lachen ab. »Die Sache mit Esau deutet für mich schon so in Richtung von Ludwig und Heinrich Rubacher. Die beiden sind wie Hund und Katz und jeder auf seine Weise so was von unangenehm. Wer weiß, auf was der Günther Bamm gestoßen ist und was mit dem kryptischen Gerede vom Linsengericht genau gemeint ist. Familiengeschichten sind oftmals ein großes, dunkles Loch. Also was haben wir bis jetzt, was diese Rubacher-Truppe angeht? Ludwig Rubacher, der gemütlich wirkende Dicke räubert als Betreuer alte Menschen aus. Er gerät an Bamms Mutter und somit an ihren Sohn – Günther Bamm, der sehr schnell begreift, womit er es bei Rubacher zu tun hat. Es kommt zum Streit, Rubacher bekommt mit, dass Bamm ihm auf die Schliche gekommen ist, und räumt sein Lager in Unterreitnau. Bamm kommt etwas zu spät, als er den Stadel aufbricht.

Das bedeutet, Bamm muss doch genauso intensiv recherchiert haben wie wir. So wird es also auch bei anderen Dingen gewesen sein. Der Typ war gut drauf.

Rubacher fürchtet die Aufdeckung seiner Machenschaften, er passt Bamm am Sonntagabend auf der Insel ab und – peng! schlägt ihm den Schädel ein. Er hat kein Alibi für die Tatzeit.«

»Und wir haben keine objektiven Beweise.«

»Was ist, wenn die DNS von diesem Bonbonpapier mit der vom Glatzkopf übereinstimmt?«, fragte Wenzel.

Lydia Naber konstatierte nüchtern: »Dann sind wir trotzdem darauf angewiesen, noch andere Beweise aufzutreiben. Aber im Kasten säße er erst einmal, und mit Schweigen allein käme er auch nicht aus der Sache raus. Ob es allerdings auch zu einer Verurteilung reichen würde, wenn wir nur damit vor Gericht antanzen könnten, das scheint mir schwierig zu werden.«

Wenzel lehnte sich ächzend zurück. »Ziemlich fiese Sache, meint ihr nicht auch? Was die Beweislage angeht, schaut es ja eher düster aus.«

Er wandte sich Lydia zu. »Und dein Käpt'n Flint kannte den Bamm also.«

»Es war kein Geheimnis, und warum auch, dass der Bamm mit der Mirabeau Schender ein ... zusammen war, halt auf diese ... lockere Weise.«

»Mich wundert nur, dass der mit einem Auge und der Birne voll zwei, drei Jahrzehnten Grasrauchen überhaupt noch was mitbekommt?«

Lydia zog geräuschvoll Luft durch eine Zahnritze, sagte

jedoch nichts. Sie nahm die Spitze nicht ernst, denn Wenzel hatte ihrem Schützling schon einmal aus der Patsche geholfen, ohne viel Aufhebens darum zu machen. Und das nur, weil er wusste, dass sie den Einäugigen mochte.

»Aus den Telefonlisten geht nichts hervor, was den Sonntagabend und die Nacht bis zum vermutlichen Todeszeitpunkt betrifft – keine Telefonate, nichts«, unterbrach Schielin die kleine Kabbelei.

»Wie geht es dieser Mirabeau eigentlich?«, fragte Kimmel.

»Schaut ganz gut aus«, sagte Schielin.

»Und wie macht ihr jetzt weiter, für einen Haftbefehl reicht das ja alles bei Weitem nicht.«

»Ich werd mich mal in der Schweiz umsehen. Der Bamm war so oft in St. Gallen und in St. Margrethen. Ich fahr da einfach mal rüber. Diese Sache mit der Geldübergabe, das ist alles so wirr. Lydia und Jasmin sollen die beiden Rubachers nochmals kneten. Ich will wissen, ob einer von denen, ihre Söhne oder ganz gleich wer von dieser Bagage, in den letzten Tagen in der Schweiz war.«

Wenzel nickte Jasmin Gangbacher zu. »Gibt es eigentlich was Neues vom Professor?«

Sie zog eine Grimasse. »Naja, es gibt schon was, ziemlich heftig, aber nichts was sich direkt mit diesem Fall kombinieren ließe.«

»Erzähl schon«, forderte Erich Gommert seine Zimmerkollegin auf.

»Der Armbruster hatte ja sein Haus ab 1936 vermietet. Er schwärmte von seiner Wirtschafterin, die das Anwesen versorgte, einer Marie Lamprecht. Die Wohnungen in dem Haus waren vermietet, und als der Armbruster 1943 nach Lindau kam, konnte er nur eine kleine Kammer unter dem Dach bewohnen. Zudem sind noch drei Nichten vor den Bombenangriffen auf die Städte zu ihm nach Lindau geflüchtet. Er hat also versucht, von den Mietern zwei Räume zurückzumieten.«

»Was denen nicht gepasst hat, wie ich vermute«, meinte Wenzel.

»So in etwa. Jedenfalls ist der Lindauer Kreisleiter bei Ludwig Armbruster aufgetaucht und hat ihm untersagt, weitere Räume in seinem Haus zu beanspruchen. Er hat ihn als Asozialen beschimpft und gedroht, ihn nach Dachau zu schaffen, das muss man sich mal vorstellen.«

»Ich will mir das gar nicht vorstellen«, jammerte Gommert.

»Dieser Kreisleiter, ein gewisser Hans Vogel, war sowieso ein ziemliches Schwein. Residiert hat er im Haus zum Baumgarten, der Schuft.«

Sie sah zu Schielin. »Du wohnst doch in Motzach, kennst du die Geschichte von dem dreizehnjährigen Buben.«

Schielin nickte. Er kannte die Geschichte und wusste, worauf sie im Zusammenhang mit Hans Vogel gestoßen war.

»Mit einem Zwangsarbeitertransport ist auch ein dreizehnjähriger polnischer Bub in Lindau angekommen, ziemlich heruntergekommen. Eine Motzacher Bäuerin hat ihn auf den Hof genommen und erst einmal aufgepäppelt. Der konnte sich dort bewegen wie das eigene Kind. Jedenfalls hatten die dort eine Magd, die sie rausgeschmissen haben, weil sie wohl eine rechte Schlampe war. Von unhygienischer Arbeit war die Rede. Die ist dann auf einen anderen Hof im Allgäu und auch dort nach kurzer Zeit wieder davongejagt worden. Im Vorarlberg ist sie von der Polizei aufgegriffen worden, was damals unangenehm war, denn arbeitslose Knechte und Mägde galten schnell als volksschädliches Gesindel. Und dieses Luder hat der Polizei gegenüber gesagt, sie sei nur vom Motzacher Hof weg, weil ihr der kleine Pole nachgestellt habe.«

»Kann doch nicht sein?«, sagte Wenzel.

»Ist aber so. Als der Kreisleiter das erfahren hat, haben sie den Buben sofort vom Hof geholt, zum Tode verurteilt und vierzehn Tage später am Schönbühl auf ein paar Holzkisten gestellt und an einem Baum aufgehängt. Alle Zwangsarbeiter aus

Lindau und alle Bauern wurden verpflichtet an, an der Exekution teilzunehmen. Die Motzacher haben sich geweigert, und es ist ihnen auch nichts passiert.« Die anderen schwiegen.

»Nach dem Krieg, als die Franzosen einmarschiert sind, hat der Herr Kreisleiter versucht, abzuhauen. Droben bei Hergensweiler haben ihn einige Zwangsarbeiter erwischt und erschlagen.« Sie schwieg nun auch. »Aber was das mit unserem Fall zu tun haben könnte, weiß ich nicht.«

Schielin dachte an seine Töchter und an andere Kinder die er kannte, im Alter von dreizehn, vierzehn Jahren.

Kimmel versuchte wieder einen Weg zurück aus dem betretenen Schweigen zu finden und wandte sich Erich Gommert zu. »Wieso hat das mit den Telefonlisten eigentlich so lange gedauert, Gommi.«

Erich Gommert erschrak, hob entschuldigend die Hände, als würde er mit einer Waffe bedroht, und benannte sofort den Schuldigen: »In Kempten ist des Zeug so lange rumgelegen, in Kempten ist des Zeug so lange rumgelegen. Heut Morgen war es erst in der Dienstpost, heut morgen erst. Ich hobs gleich dem Conrad hingelegt. Die machen mich überhaupt wahnsinnig da droben. Was die auf einmal alles brauchen – Listen, Statistiken, Personalbogen, Möbelregister, Reparaturauswertungen – Heilige Nacht! Als hätt's uns vorher nicht gegeben – und die selbst auch nicht. Demnächst ruft einer an und fragt nach unserer Telefonnummer.«

Kimmel presste die Lippen aufeinander und sagte keinen Ton.

Das übernahm Robert Funk. »Prima Polizeireform, das kommt dann dabei raus – ein Wasserkopf, wie er schlimmer noch nicht war. Die wissen da droben schon gar nicht mehr, wo sie noch Gebäude anmieten sollen. Noch nie gab es in Bayern so viele Polizisten, die von acht Uhr bis sechzehn Uhr dreißig das Verbrechen vor ihren Computern bekämpft haben.«

Wenzel lachte herb und zustimmend, Kimmel rieb schweigsam seine festen Pranken, und die anderen hörten Funk amüsiert zu.

»Ein paar Dumme braucht man offensichtlich noch, die die Arbeit machen, ermitteln, oder wie die von da drüben, in der Tracht draußen rumfahren, mit echten Bürgern Kontakt haben und sich die Nächte um die Ohren schlagen. Der Rest trägt Papier von einem Zimmer ins andere, schreibt an Konzepten, die kein Schwein liest, oder versendet E-Mails mit zweihundert Anlagen, weil grad nichts Blöderes zum tun ist.«

»Es ist halt noch nicht alles so richtig eingespielt«, suchte Kimmel Robert Funks Aussage ohne rechte Überzeugungskraft zu relativieren.

»Es ist doch nicht nur bei uns so. Überall dieser Verwaltungswahnsinn. Jahrelang ist kein Tag vergangen, an dem nicht einer der Münchner von Deregulierung gequatscht hat, und dabei haben die das Gegenteil gemacht, genau das Gegenteil«, sagte Wenzel böse. »Brauchst bloß raus in den Gang zu sehen und den Schwachsinn mit den Oberlichtern beobachten. Dieses Gebäude steht jetzt gute hundert Jahre, und niemanden haben diese Oberlichter je gestört. Jetzt müssen die aus Feuerschutzgründen ausgewechselt werden, weil das Glas innen ein Drahtgeflecht benötigt, und dieser Unsinn wird im ganzen Land praktiziert. Was glaubt ihr, was das kostet, der Schmarrn, ist doch unser Geld. Wir müssen jetzt in unseren Gemeindesaal, der seit vierzig Jahren so ist, wie er ist, eine Fluchttür einbauen, im Kindergarten wird die Mauer aufgerissen und ein Fenster ausgewechselt – angeblich Feuerschutz, meiner Meinung nach absichtliche Geldvernichtung. Das ist doch alles Wahnsinn.«

»Ohje, Kindergarten«, fiel Lydia Naber ein, »das neue Kindergartengesetz, mein Schwager hat damit zu tun, der hat bisher ehrenamtlich die Computer im Gemeindekindergarten betreut. Das geht nun nicht mehr, die brauchen eine Firma dafür, weil alles so kompliziert wird. Die müssen jetzt eigene

Software kaufen zum Abrechnen. Die Kindergartenleiterin hat schon gesagt, sie brauchen zukünftig eine halbe Kraft, nur um die Verwaltung erledigen zu können. Verrückt oder. Neulich war Begehung, und danach musste der Sand in der Spielgrube ausgetauscht werden, komplett, war auch nicht billig.«

»War Hundescheiße drin?«, fragte Wenzel.

»Nein, überhaupt nicht. Die Kinderrutsche war aber zwei Meter fünfundzwanzig hoch und ab zwei Meter benötigt man speziellen Fallsand, so heißt das – Fallsand.«

Selbst Kimmel sah sie ungläubig an.

Schielin fragte: »Fallsand? Wie haben wir das früher eigentlich überlebt? Wahrscheinlich tauschen sie nächstes Jahr das Wasser im Eichwaldbad aus, weil es zu nass, zu hart, zu feucht ist und man unter Wasser darin nicht atmen kann.«

Lydia nickte. »Ja, soweit sind wir fast schon. Aber das mit dem Sand muss gemacht werden, keine Chance. Da kommt dann ein unschuldiger Beamter, wedelt mit einer Verordnung herum, sagt völlig zu Recht *Ich kann nichts dafür* – und das war es dann.«

»Also, wenn man es recht überlegt«, meckerte Gommert, »dann war der Stoiber ja fast so was für uns, wie der Bush für die Amis.«

Kimmel beschwichtigte die Gemüter und stand dann auf. Das Zeichen, dass die Besprechung beendet war.

Schielin und Lydia arbeiteten konzentriert im Büro, als sie Besuch von Leo Korsch bekamen, der auf dem Weg zur Insel war und die Gelegenheit nutzen wollte, seine Neugier zu stillen. Die bestand darin, einmal zu sehen, wie es auf einer Kriminaldienstselle so aussah und zuging. Das Gebäude begeisterte ihn. Es war so ganz sein Stil, und er meinte, es würde auch zu den Leuten passen, und es war ein geistreiches Kompliment, wie Schielin fand. Leo Korschs Art war unaufdringlich. Er kam nicht, um neugierige Fragen zu stellen, allenfalls seine Blicke wanderten interessiert durch den Raum, hielten jedes Detail fest. Schielin fiel die Schilderung des Gemäldes wieder ein, und ihr Gespräch drehte sich alsbald um Dinge, weit entfernt von dem, was die Arbeit von Schielin und Lydia Naber ausmachte.

Leo Korsch referierte über Kunst im Allgemeinen und einige Stücke der Zeller'schen Herbstausstellung im Besonderen. Dann streifte er kurz ein, zwei politische Themen, um schließlich beim Wein zu landen. Er erzählte derart blumig von einem Wein, den er in den letzten Tagen getrunken hatte, dass Schielin meinte, einen Schluck dieses Burgunders schmecken zu können.

Aber man musste inzwischen nicht mehr nach Frankreich oder sonst wohin ausweichen, um guten Wein genießen zu können. Schielin öffnete im Geiste eine Flasche und berichtete Leo Korsch von der Lindauer Spitalhalde und von einem Maréchal Foch des Weinguts Haug. Leo Korsch hingegen fiel der genaue Name des Burgunders nicht mehr ein, und etwas unglücklich über sein schlechtes Gedächtnis verabschiedete er sich kurz darauf – von Lydia Naber mit Handkuss.

Gommert erschien kurz darauf im Türrahmen. Lydia Naber wurde endlich ihre Frage los. »Eigentlich Gommi, hättest du doch heute noch frei gehabt. Ist der Südtirolurlaub schon dahin, oder ist es vielleicht gar nichts geworden, weil du festgestellt hast, das es doch was kostet?«

Erich Gommert war die Frage sichtlich unangenehm. Er war aus einem anderen Grund gekommen und sah sich nun ein wenig in Bedrängnis. Er versuchte zu entkommen, indem er einen wie er meinte ausreichend großen Happen vor Lydias Neugierde schmiss.

»Ha no. Heutzutage kostet so ein Urlaub ja auch kein Geld mehr.«

»Mhm. Das ist bekannt. Aber was machst du hier. Im Dienstplan – ich habe nachgesehen, mein Lieber – steht eindeutig ein *U* für Urlaub.«

Er wich geschickt aus. »Die Kemptener machen mich noch ganz narrisch. Jetzt wollen die wissen, wie viel Computer wir da rumstehen haben, und wie viele Bildschirme und Drucker. Des hab ich denen sicher schon dreimal jedes Jahr gemeldet. Vielleicht werfen die des immer gleich weg, was weiß ich.«

Lydia wollte schon nachhaken, als vom Gang her Schritte zu hören waren und gleich darauf Leo Korsch im freien Spalt der Tür erschien. Ihm war etwas eingefallen, und er sagte in Richtung Schielin. »Louis Jadot, Louis Jadot war der Name.«

Erich Gommert nahm Haltung an, streckte Leo Korsch die Hand entgegen, neigte den Kopf und sagte. »Erich Gommert, und das sind der Herr Schielin und die Frau Naber.«

Korsch nahm etwas zögerlich die Hand entgegen, lächelte freundlich und entgegnete händeschüttelnd. »Leo Korsch, angenehm, Leo Korsch.«

Dann grüßte er mit einer angedeuteten Verbeugung in die Runde und ging wieder.

Schielin schüttelte den Kopf und ließ ein Stöhnen hören.

»Ja sauber kannst du es Dienerle machen, Gommi, wo hast denn das gelernt?«, ätzte Lydia Naber.

»Ja auf der Polizeischul ham mir des damals gelernt, damals hat mer so was halt noch gelernt.«

»Bist du sicher, dass du auf der Polizeischule warst, Gommi?«, meldete sich Schielin, ohne die Augen vom Bildschirm zu nehmen, »Manchmal glaub ich nämlich, du warst eher auf der evangelischen Polizeihundeschule.«

»Ich!? Abrrr – i bin doch katholisch.«

»Eben.«

Sie ließ ihn ziehen. Er sollte sich in Sicherheit wiegen. Sie würde schon noch herausbringen, was dem Urlaub in die Quere gekommen war.

Schielin hatte inzwischen mehrfach telefoniert und legte den Telefonhörer langsam zurück.

»Was ist?«, fragte sie.

»Ich habe gerade versucht, das Auktionshaus in St. Gallen anzurufen. Du erinnerst dich, das auf dem Zeitungsausschnitt, der in Günther Bamms Notizbuch lag.«

»Ja und?«

»Die Telefonnummer gibt es nicht mehr.«

»Die sind vielleicht umgezogen.«

»Nein. Ich habe das gerade noch überprüft. Das Auktionshaus gibt es nicht mehr.«

Sie zuckte mit den Schultern.

»Und zwar schon seit zehn Jahren nicht mehr«, fügte er hinzu.

Er wartete auf eine Reaktion von ihr. Als die nicht kam, setzte er nach: »Ist doch seltsam, oder etwa nicht. Der Bamm sammelt doch keinen Schrott und legt ihn auch noch in sein Notizbuch.«

»Mhm. Ich weiß nicht. An dem ist doch alles irgendwie seltsam. Nichts hat seine Ordnung. Wer weiß was da noch so alles rauskommt.«

*

Am Abend traf Schielin in alter Vertrautheit seinen Nachbarn an der Weide.

»Was macht die Krippenkunst, Albin«, fragte Schielin ohne jede Zweideutigkeit.

Albin Derdes gab durch ein leichtes Schräglegen des Kopfes und einen kurzen Laut zu erkennen, dass er die Frage wohl verstanden habe, ihm die Antwort aber nicht leichtfalle. Schielin wartete ein wenig und hakte dann nach. »Schwierigkeiten?«

»Mhm, des ist alles nicht so einfach.«

»Das ist mit allem so.«

»Wir waren ja im Frühjahr mit dem Bus unterwegs, so eine Reise von der Bank aus, du weißt schon.«

Schielin wusste nichts davon, hörte aber weiter zu.

»Wir waren für ein paar Tage im Osten.«

»Polen?«, fragte Schielin.

»Nein. Dresden, Chemnitz und Dessau.«

»Ah ja.«

»Während dieser Busreise, da ist uns übrigens die Idee für die Lebendkrippe gekommen, ich weiß heut auch nicht mehr, wie und wo genau, aber da war's.«

»Mhm.«

»Jedenfalls waren wir an einem Abend im Konzert, Mozart, Zauberflöte, in so einer Stadt da.«

»Zauberflöte, das war sicher schön.«

»Die Musik war ganz nett, aber auf der Bühne, des war… irgendwie… komisch… zuerst.«

»Wie meinst du – komisch?«

»Mhhhm, mir fällt des Wort gerade nicht ein, wie das genau heißt, aber da war zum Beispiel, also ganz links auf der Bühne, da war ein Auto gestanden, so ein ausgebranntes allerdings, drüber waren so Tarnnetze gehangen wie beim Militär, und der Sänger, der wo das pa-pa-pa-pa singt, das war ein Versicherungsvertreter.«

Schielin zog die Stirn in Falten. »Versicherungsvertreter? Eigentlich fängt der Vögel für die Königin der Nacht und bekommt dafür Kost und Logis.«

»Ein Versicherungsvertreter fängt ja schließlich auch so was wie Vögel.«

»Aber nicht für Kost und Logis.«

»Ist ja wurscht. Jedenfalls – vorne rechts, da war so ein Betonmischer gestanden, so ein kleiner, wie mer die halt hat… so für Mörtel, Speis und so. Der hat sich die ganze Zeit über gedreht. Der Moser Otto, der war ja lange am Bau, der war so schräg hinter mir gesessen und hat dann irgendwann gemeint, dass in der Maschine niemals ein richtiger Speis wäre, das würde er hören.«

»Du bist sicher, dass es die Zauberflöte war?«, fragte Schielin.

Albin Derdes ging gar nicht darauf ein. »Der Versicherungsvertreter und die Soldatin, die ...«

»Welche Soldatin?«

»Ja, die hat halt so eine Uniform angehabt und ein Gewehr dabei, und schön gesungen hat die, ach war des schön, mitsamt dem Gewehr.«

»Mhm.«

»Also jedenfalls sind die zwei immer um des verbrannte Auto herum und haben gesungen – und dann ...«, er machte ein Pause und schrieb mit der Hand einen Strahl in den Himmel, »dann sind do immer so drei nackerte Weiber über die Bühne gesprungen, ein paar Mal.«

Schielin sah ihn fragend an. »Zauberflöte?«

Derdes nickte ernst.

»Vielleicht waren die drei die Entsandten der Königin der Nacht?«, meinte Schielin fragend.

»Königin der Nacht? Naja, aber jetzt fällt mir auch dieses Wort wieder ein. Danach hat unser Reiseleiter, der war übrigens aus Wohmbrechts und ist da auch so in der Kultur und so, der hat jedenfalls gesagt, es sei ein neumodischer Adapter gewesen.«

»Du meinst eine moderne Adaption des alten Stoffes.«

»Oder so.«

»Mhm.«

»Jedenfalls diskutieren wir jetzt.«

»Wer diskutiert, und – worüber?«

»Ob wir für die Lebendkrippe auch so was machen sollen, so eine Adaption.«

Schielin ahnte Schlimmes. »Worum dreht sich denn die Diskussion konkret?«

»Ja, also – eher so grundsätzlich.«

»Ein Kindlein in der Krippe soll aber schon noch dabei sein.«

»Des scho.«

»Ochs und Esel?«

»Auch, natürlich, die gehören ja dazu.«

»Worum soll es denn dann gehen?«

»Ja um des Drumherum.«

Schielin entschlüpfte ein »Ohje, ohje. Sollen vielleicht drei nackerte Frauen zwischen Hirten und Viechern herumspringen, oder was?«

»Neiiin.« Derdes fühlte sich eindeutig falsch verstanden.

Schielin wollte es aber so verstehen. »Dann stellt halt eine Betonmischmaschine neben die Krippe.«

»Neiiin, es soll schon einen Bezug zu Weihnachten haben.«

Schielin überlegte, in welcher Weise ein ausgebranntes Auto, eine Mischmaschine, eine Soldatin und ein Versicherungsvertreter mit dem Stoff der Zauberflöte in Verbindung gebracht werden konnten.

Er wechselte das Thema. »Wo soll es denn genau ... stattfinden, euer Krippenprojekt?«

»Wir wandern.«

Schielin sah seinen Nachbarn fragend an. »Wohin wandert ihr?«

»Am ersten Adventswochenende sind wir im Zech draußen, dann kommt Reutin, vorm alten Rathaus, hintennach dann Aeschach und an den Feiertagen auf der Insel, so zwischen Stiftskirche und Stephan.«

Schielins Gesichtsausdruck ließ nicht erkennen, ob er beeindruckt oder betroffen war. Er sagte mit ruhiger Stimme. »Albin, macht meinetwegen so viel Adapter wie ihr wollte, aber mach mir bloß meinen Esel nicht zum Affen, klar!«

Albin Derdes stimmte zu. Auch er schien zu ahnen, dass das Projekt Lebendkrippe begann, sich in krakenhafter Weise zu verselbstständigen. Aber vielleicht war das so, mit der Kunst.

St. Margrethen

Eine gleichförmige Wolkendecke hatte sich während der Nacht verstohlen über den See und alle Ufer geschoben. Das Grau changierte zwischen hellen und dunklen Tönen und machte es der Morgendämmerung schwer, den Tag auf die Welt zu bringen. Schielin war als Erster aufgestanden und hatte bemüht leise den Frühstückstisch gedeckt. Die letzte Tasse Kaffee trank er stumm in Marjas Beisein. Dann verabschiedete er sich und rollte den Motzacher Weg hinunter, vorbei am Bräustüble, passierte die Kemptener Straße und gelangte durch die Hundweilerstraße zur Seebrücke.

Die Wolkendecke hatte einen grauen Schleier über alles gelegt, und einhergehend war auch eine friedlose Stille eingezogen. Der Gang des Sees war ruhiger geworden, Vögel waren nicht zu hören, und selbst die Geräusche der Motoren schienen gedämpfter. Und doch lag eine unergründliche Unruhe in der Luft, wie Schielin fand. Auf der Seebrücke erfassten ihn zwei leichte Böen, die aber nur ein wenig an der Jacke rissen. Es hätte eine versöhnliche, das Gemüt beruhigende Stimmung sein können, die eines frühen, leidlich warmen Herbsttages eben. Doch es war eine eigenwillige Stille, die in Komplizenschaft mit dem verhaltenen Spiel der Wellen etwas Lauerndes in sich hielt. Selbst die mächtigen Bäume des Stadtgartens wirkten, als würden sie auf etwas warten. Hinter der Heidenmauer erhob sich der Turm von St. Stephan, als gehöre er zu dem steinernen Relikt.

Schielin fuhr weiter zum Bahnhof, ein paar Meter am Hafenbecken entlang und kam so von der Rückseite her bis auf den Bahnsteig, wo er das Fahrrad in einer Ecke abstellte. Pünktlich um sechs Uhr fünfzig fuhr der Regionalzug 5755 aus dem

Bahnhof, unterquerte die Thierschbrücke und rollte langsam über den Bahndamm. Dieses kurze Stück war immer wieder ein Genuss. Man fuhr über das Wasser, blickte nach rechts auf den Kleinen See und zur Seebrücke. Links erhob sich der Glockenturm des Hotels Bad Schachen als markantester Punkt am Ufer. Mit gezügelter Geschwindigkeit ging es an den Straßenübergängen vorbei, bis mit stetig wachsendem Geräuschpegel und etwas höherer Geschwindigkeit die lange Biegung der Bregenzer Bucht durchfahren wurde. Heute waren keine großen Momente zu genießen. Graues Wasser, grauer Himmel und selbst die Skyline der Lindauer Insel, die sonst mit ihren Türmen und Türmchen über dem Wasser aufblitzte, wirkte aus der Ferne eher wie eine der Flut zum Opfer gefallene Sandburg.

Eine halbe Stunde später rollte der Zug in den Bahnhof von St. Margrethen ein. Es waren nur wenige Fahrgäste gewesen, die mit Schielin den Zug in Lindau bestiegen hatten. Die größte Anzahl hatte den Zug bereits in Bregenz verlassen. Hier in St. Margrethen endete der Zug und mit Schielin verließen nur vier weitere Reisende den Zug. Eine Frau mit einem kleinen Buben, deren Mann schon am Bahnsteig wartete, und ein älteres Ehepaar, das sich zielstrebig in Bewegung setzte.

Schielin überlegte, wann er das letzte Mal in St. Margrethen am Bahnhof gewesen war, und fand keine Erinnerung. Er kam sich fremd vor an diesem tristen Morgen und stand verloren am Bahnsteig herum. Unter dem Vordach des Bahnhofsgebäudes rauchten zwei Rangierer und bliesen den Rauch genussvoll in den Morgen. Sie unterhielten sich halblaut, und es klang italienisch. Eine grelle Durchsage einen Eurocity betreffend verhallte über den Geleisen. Die wenigen Menschen, die kamen oder gingen, bewegten sich langsam, die schmalen Säulen des Vordaches standen wacker, der Bahnhofsvorsteher, ein langer Kerl in korrekter Uniform und Mütze, tat es ihnen gleich – all das vermittelte die Atmosphäre eines jener verlorenen Bahnhöfe in einer gerade aufstrebenden oder im Untergang begriffenen Holzsiedlung, wie sie in Western geisterhaft aus der Prärie erwuchsen.

Doch hier in St. Margrethen, gleich hinter der gleichförmigen Nutzarchitektur des Bahnhofs, pochte das Herz einer Finanzweltmacht. Die Bankfilialen waren zu Fuß ohne Schwierigkeiten zu erreichen, was vor allem ältere Reisende zu schätzen wussten.

Die Blicke des Bahnhofsvorstands streiften Schielin, der unschlüssig herumstand. Er wartete auf eine Mischung von Inspiration und Intuition, darauf, dass die Seele, die Ausstrahlung dieses Ortes ihn anregten und in die Lage versetzten, Gedanken zu entwickeln, die ihn in seiner Sache weiterbrachten. Es hätte nicht viel sein müssen, eine Eingebung nur, eine Idee, ein einfacher, zielführender Gedanke – es hätte ihm genügt. Was hatte Günther Bamm so auffällig oft hier zu schaffen?

Hinter ihm fuhr der Regionalzug mit quietschenden Rädern an, ein Stück entfernt entleerte sich ein Druckluftschlauch mit einem schmerzenden Knall und schrillem Zischen.

Er drehte sich um, verließ den Bahnhofsplatz nach Süden, folgte den Gleisen und landete drei Minuten später vor dem Café Brassel. Es gab Café Creme von unvergleichlichem Aroma und ein Nusskipf dazu. Endlich war er in der Schweiz angekommen. Er blätterte in einer Ausgabe des ›Du‹ und dachte an nichts. Es kostete Kraft, dem Netz der grauen Wolken zu entkommen, denn sie legten ihre demotivierende Kraft auch auf den Geist. Kaffee war noch immer die beste Methode. Als die Bedienung kam, um abzukassieren, war er dem mentalen Schleier schon ein Stück entkommen und wieder Conrad Schielin, der Ermittler, und nicht mehr ein Suchender. Er holte eine der Fotografien hervor, die er mitgenommen hatte, und zeigte sie der Frau, die das Foto in die Hand nahm und Günther Bamms Gesicht aufmerksam studierte. Sie gab es ihm zurück und kniff die Augen zusammen.

Schielin hatte bisher kein Wort gesagt.

»Ich glaube schon«, sagte sie.

»Er war also hier?«

»Mhm. Und was sind Sie für einer?«, wollte sie wissen, während sie die Tasse auf ein kleines Tablett räumte.

»Ich bin von der Polizei. Aus welchem Grund erinnern Sie sich an ihn?«

Sie sah ihn skeptisch an. »Aber nicht von unserer, oder?«

Schielin schüttelte den Kopf und sagte: »Lindau.«

Sie sagte: »Ah, sind wir jetzt schon ganz in Europa angekommen.«

»Meine schweizerischen Kollegen wissen Bescheid. Ich stelle nur ein paar unschuldige Fragen.«

Sie drehte sich und balancierte das Tablett geübt. »Er war sehr freundlich, und er hatte so etwas Ruhiges. Ein gebildeter Mensch, wissen Sie, nicht nur Bücherwissen, sondern so ganz rundherum. Man muss nicht viel reden miteinander, man spürt es. Außerdem hat er mir auch ein Foto gezeigt.«

»Ein Foto?«

»Ja. Es waren zwei junge Männer darauf abgebildet. Aber die hatte ich noch nie gesehen.«

»Wann war das?«

»Am Freitag vorletzter Woche.«

»Sie haben ein gutes Gedächtnis«, meinte Schielin.

»Es war einmal mein Hochzeitstag.«

»War sonst irgendetwas Besonderes«, überging er ihre Antwort.

Sie lächelte und überlegte. »Ich glaube, vorne am Bahnhof hat es was gegeben, aber ich weiß nicht so genau. Da müssen Sie da vorne fragen. Polizei war wohl da, aber das kommt öfter mal vor, wenn die Besoffenen zurückkommen. Aber im Moment ist es nicht mehr ganz so schlimm, als wenn bei euch das Oktoberfest ist.«

»Dieses Foto, das er Ihnen gezeigt hat. Wie sahen die beiden jungen Männer denn aus?«

»Boh. Sie stellen Fragen. Der eine war ein blonder, ein blonder Engel, würde ich sagen. Der andere hatte dunkle Haare. Sie hatten irgendwie so eine Art Uniform an, und das Foto war nicht so gut wie Ihres, so als wäre es abfotografiert worden.«

»Welche Uniform meinen Sie?«

»Keine Uniform an sich, eher so ein Dress, ein Partnerlook, oder so.«

Günther Bamm war also in St. Margrethen gewesen und hatte Nachforschungen angestellt.

Kurze Zeit später war Schielin wieder am Bahnhof und wartete auf einen günstigen Moment, den Bahnhofsvorsteher abzupassen. Er hatte seine säulenhafte Kontrollstellung aufgegeben und war geschäftig in seinem Führungsstand unterwegs, wie durch die großen Glasfronten gut zu erkennen war. Er telefonierte, drückte auf Knöpfe, legte Hebel um und sprach Durchsagen. Endlich trat er heraus auf den Bahnsteig und suchte die einsamen Gleise ab.

Schielin stellte sich vor und erntete einen irritierten Blick, als er das Foto hochhielt. Der Uniformierte rührte sich nicht, allerdings betrachtete er das Foto.

»Ich sehe jeden Tag Tausende Leute«, sagte er schließlich.

Schielin unterließ es, einen ironischen Blick über die vereinsamte Bahnhofsanlage zu werfen. Er wollte wenn möglich eine Auskunft. »Er war drunten im Café Brassel«, sagte er, »am vorletzten Freitag. Man sagt, da hätte es Polizei hier gebraucht. War etwas Besonderes?«

Der Uniformierte schüttelte ernst den Kopf. »Ein Randalierer, mehr nicht. Der hatte nichts damit zu tun.«

»Wer?«

»Der auf ihrem Bild.«

»Sie haben ihn gesehen?«

Die weit vorstehende Hutkrempe zeigte das Nicken deutlicher, als es dem darunterliegenden Kopf anzumerken gewesen wäre. »Er war doch einige Male hier in letzter Zeit. Was ist mit ihm?«

»Er ist erschlagen worden.«

»Ah. Der war das. Der Journalist, den sie umgebracht haben bei euch drüben, soso.«

Schielin wartete.

»Er war das erste Mal vielleicht so vor zwei Wochen hier, kann auch länger her sein, ich erinnere mich nicht mehr genau. Er wollte von mir wissen, wie er zu Fuß am schnellsten zum Rheinpark vorkommen könnte. Ich hab ihm den Weg erklärt. Danach habe ich ihn noch zwei-, dreimal hier gesehen. Mehr weiß ich nicht.«

»War denn vielleicht was Besonderes los hier in letzter Zeit?«

Der Uniformierte schürzte die Lippen und hob den Kopf. Ein lautes Atmen war zu vernehmen. Er dachte dienstlich nach. »Nichts eigentlich.«

»Eigentlich?«

Er holte Luft. »Es könnte an dem Tag gewesen sein, als er mich nach dem Weg gefragt hat – an diesem Tag war irgendwas los da vorne am Rheinpark. Viel Polizei, aber in Zivil. Man hat so was gehört, aber es war nichts in der Zeitung gestanden.«

»Was hat man gehört?«

»Sie haben einen festgenommen. Vorne am Parkplatz vom Rheinpark. Wen und warum weiß ich nicht. Das kommt ja doch ab und zu vor, wenn man so an der Grenze lebt.«

»Lebte«, stellte Schielin lächelnd fest.

Dem Uniformierten war keine Euphorie anzumerken. Er sprach feststellend, mit einem Hauch Resignation: »Ahja. Ist ja keine Grenze mehr da, jetzt. Ist einmal Schengen gekommen, wird das Europa auch nicht mehr lange auf sich warten lassen.«

*

Lydia Naber und Jasmin Gangbacher saßen in Hedwig Kohlers Küche, als Lydias Handy klingelte. Conrad Schielin war dran. Er befand sich auf dem Weg nach St. Gallen, wo er die Kollegen aufsuchen wollte. Er sagte, er sei in St. Margrethen auf etwas gestoßen, das er in St. Gallen abklären musste. Lydia lächelte Frau Kohler an und sagte Schielin, wo sie gerade waren, dann legte sie ohne Abschiedsgruß auf. Auch das Lächeln war aus ihrem Gesicht verschwunden. Sie hatten Kaffee abgelehnt, auch andere Getränke, die Hedwig Kohler angeboten hatte. Lydia fragte distanziert: »Wo ist Ihr Mann? Ist er wieder gesund?«

»Reha«, lautete die knappe und ausweichende Antwort.

Hedwig Kohler lehnte an der Arbeitsplatte neben der Spüle, beiden Hände nach hinten gehalten, stützte sie sich ab. Sie trug ein sommerliches Kleid, voller floraler Ornamente und in abgetöntem Grün. Die beiden Polizistinnen saßen am runden Tisch. Der Kühlschrank surrte leise, und während eines kurzen Augenblicks der Stille war das Sekundenklacken der Küchenuhr zu hören. Sie sahen einander an.

»Bitte setzen Sie sich«, sagte Jasmin Gangbacher freundlich, und doch war es eine klare Anweisung. Sie richtete ein kleines Gerät her, das zur Aufzeichnung des Gespräches gedacht war, und fragte, ob Hedwig Kohler damit einverstanden war.

Die zögerte einen Augenblick, setzte sich schließlich und gab stumm ihre Zustimmung.

»Wir haben Ihr Auto ja gerade durchsucht. Auch in der Wohnung werden wir uns noch umsehen. Wie ist Ihr Mann eigentlich zur Reha gekommen?«

»Taxi.«

Lydia Naber wartete einige Sekunden und kam dann zur Sache. »Frau Kohler, wir haben uns schon einmal über diesen Sonntag unterhalten, jenen Sonntag, an dem Günther Bamm totgeschlagen worden ist.« Sie wählte absichtlich diese drastische Formulierung.

Hedwig Kohler sah auf die Tischplatte und schob einen Krümel über den Rand und verfolgte wie er lautlos auf den Boden fiel.

Lydia beeindruckte das abweisende Gehabe nicht. »Wir haben neue Erkenntnisse in dem Fall, und ich möchte Sie fragen, wie Sie Ihr Verhältnis zu Günther Bamms Lebensgefährtin beschreiben würden, der Apothekerin Mirabeau Schender?«

Hedwig Kohler zeigte keine Reaktion. Weder überraschte sie das Wort *Lebensgefährtin*, noch die mit Nachdruck gestellte Frage. Sie antwortete leise und ohne die Augen zu heben. »Ich habe erst vor einiger Zeit von dieser Frau erfahren, aber ... wir kannten uns nicht, also gab es auch kein Verhältnis irgendwelcher Art zwischen uns.«

»Sie hat es nicht gestört?«

»Nein.« Die Antwort kam schnell.

»Ihr Mann wusste von Ihrer Beziehung zu Günther Bamm«, stellte Lydia Naber fest.

Hedwig Kohler nickte.

»War er es, der Ihr Verhältnis mit Günther Bamm ... ich weiß nicht, wie ich es ausdrücken soll ... förderte?«

Hedwig Kohler atmete laut aus und presste die Lippen aufeinander. »Es war jedenfalls kein Grund für Diskussionen.«

»Jedenfalls?«

»Jedenfalls«, kam die Bestätigung etwas trotzig.

»Also wollte Ihr Mann es. Die Fotos waren für ihn, nicht wahr?«

»Ich denke nicht, dass ich mit Ihnen darüber reden möchte«, sagte Hedwig Kohler fest.

Lydia Naber ließ sich auf keine Diskussion ein. »Mirabeau Schender wurde in der Nacht, als Günther Bamm ermordet wurde, ebenfalls Opfer eines Überfalls. Wir haben sie erst diese Woche gefunden.«

Hedwig Kohler sah ihr zum ersten Mal in die Augen. »Ist sie auch tot?«

Lydia Naber ging auf die Frage nicht ein, wenngleich ihr nicht entgangen war, welches Erschrecken in Hedwig Kohlers Augen aufgeflackert hatte.

»Wir gehen davon aus, dass derjenige, der das getan hat, auch der Mörder von Günther Bamm gewesen ist – die Brutalität ist vergleichbar. Als wir Sie das erste Mal befragten, sagten Sie aus, bei einer Freundin in Reutin gewesen zu sein. Diese Freundin hat das bestätigt. So weit, so gut. Sie sagten, Sie seien auf die Insel gefahren, um Günther Bamm im Bayerischen Hof zu treffen. Das müsste Ihren Angaben nach so gegen dreiundzwanzig Uhr gewesen sein. Da Sie ihn nicht getroffen hatten, sagten Sie uns, seien Sie nach Hause gefahren.«

»Ja.«

»Nein. Das war nicht so. Sie lügen. Sie sind nicht nach Hause gefahren.«

»Wie kommen Sie darauf?«, entrüstete sich Hedwig Kohler.

Jasmin Gangbacher langte zu ihrer Tasche und holte etwas hervor. Es war ein Stück Papier. Sie schob es über den Tisch.

*

Kurz vor der Einfahrt in den Bahnhof St. Gallen vibrierte Schielins Telefon. Robert Funk war dran. Seine Stimme klang angespannt während der ersten Sätze. »Gut, dass ich dich erreiche Conrad. Ich hatte hier gewartet, weil ich nicht wusste, dass du in der Schweiz unterwegs bist. Es geht um dieses Gemälde, du weißt.«

»Wie war der Name noch mal?«, fragte Schielin.

»Da wären wir schon mitten drin in der Geschichte. Hickmeiser – so lautete der Name.«

»Du hast etwas herausgefunden?«

»Allerdings. Hickmeiser – kaum gibt man das richtige Wort in eine Polizeidatenbank ein, fängt sie auch schon an, das Gewünschte auszuspucken – intelligente Erfindung, wenn Suchmaschinen nicht noch viel besser wären, aber lassen wir das. Zu diesem Hickmeiser; der war Hausmeister, ein alter vierschrötiger Kerl, so ein richtiger Blockwart eben. Das Ganze ist nun schon fast zehn Jahre her. Warst du damals eigentlich schon in Lindau oder noch in München? Ist ja egal. Ich war damals mit einer Serie von Wohnungsaufbrüchen beschäftigt. Da war eine Truppe aus Rumänien unterwegs, die wir einige Zeit später bei Stockenweiler droben erwischt haben. Die haben da im Wald campiert und haben von dort ihre Raubzüge gestartet. In Lindau hatte es einige Wohnungen in Aeschach und Reutin erwischt, kann mich noch gut erinnern. Der Hickmeiser war der zuständige Hausmeister. Er selbst hat aber auf der Insel gewohnt, in der Hinteren Metzgergasse. War eine schöne große Wohnung. Ich habe ihn zu Hause als Zeugen befragt. Wir saßen in der guten Stube. Weißt du, es ist so seltsam, kaum fällt ein Wort, mit dem man sein Gehirn beschäftigen kann, und schon taucht alles wieder vor einem auf – es ist, als würde ein Film ablaufen. Ich sehe die Wohnung vor mir, die Einrichtung, die alte Sitzgarnitur im Wohnzimmer, wo wir gesessen waren, seine Frau hatte Kaffee gemacht. Ich weiß sogar noch, dass ich darüber so verwundert war, weil ich das bei dem Alten nicht erwartet hätte, und so falsch war ich auch nicht gelegen, denn das hätte der niemals gemacht, wenn er sich mit der Polizei nicht hätte gutstellen wollen. Dort im Wohnzimmer ist mir dieses Gemälde aufgefallen. Weil es nicht gepasst hat, weil mir damals schon aufgefallen war, dass es nicht zu den Leuten, zu der Wohnung, dass es zu gar nichts passte.«

Schielin sah aus dem Fenster. Die ersten Häuser von St Gallen tauchten auf. Wohnsilos wie in allen Vororten größerer Städte – austauschbar, zweckmäßig, funktionell und ohne jeden Charakter. Es klang abwesend, als er sagte: »Da wird sich Leo Korsch sicher freuen, wenn sich da eine Spur ergibt.«

»Nicht nur Leo Korsch wird sich freuen. Hör mal zu. Ich

hab da ein wenig recherchiert. Der alte Hickmeiser ist natürlich schon einige Jahre unter der Erde. Er hatte eine Tochter, und die hat den Job ihres Vaters beziehungsweise die Kundenliste übernommen. Es gibt ja viele Privatleute, die hier in Lindau Wohnungen besitzen und keine Zeit und noch weniger Nerven haben, sich um die lästigen Details zu kümmern. Einige Wohnungsbaugesellschaften gehören auch zu den Auftraggebern – kurzum, sie hat aus diesem Hausmeisterjob eine richtige Firma gemacht. Eine Gesellschaft mit beschränkter Haftung – Häuserverwaltungen aller Art.« Robert Funk ließ eine Pause eintreten.

»Mhm. Und jetzt kommt etwas, worüber ich mich freuen soll?«

»In dem Haus, in dem der Hickmeiser wohnte, da befand sich auch die Wohnung der Tante von Leo Korsch.«

»Irgendwie muss das Gemälde also von der Tantenwohnung in die Hausmeisterwohnung gekommen sein.«

»Richtig, mein Lieber.«

Schielin schwieg.

»So richtige Freude kommt bei dir nicht auf, so wie ich das durchs Telefon spüre.«

»Nein, das interpretierst du falsch. Finde ich spannend. Ich bin nur gerade mit meinen Gedanken bei Günther Bamm, verstehst du.«

»Zu dem komme ich jetzt auch noch – war ja noch nicht fertig.«

»Ah. Es kommt noch was?«

»Diese Tochter vom Hickmeiser, die Monika Hickmeiser…«

»Jaaa…«, sagte Schielin erwartungsvoll.

»Ja diese Monika Rubacher, geborene Hickmeiser…«

»Nein!«

»Aber wenn ich es dir sage. Pack schlägt sich, Pack verträgt sich.«

»Das ist wirklich eine heiße Verbindung – die hat den Narbigen geheiratet, ich glaube es ja nicht, ist die Frau von Doktor Heinrich Rubacher. Wow!«

»Und – wie ist es mit der Freude?«

»Doch, doch ... ist nun schon mehr.«

»Ich bin aber immer noch nicht fertig.«

»Du hast noch etwas?«

»Ja. Der Sohn.«

»Der Sohn von Monika und Doktor Heinrich?«

»Genau der. Er arbeitet als Croupier in der Spielbank.«

Schielin pfiff leise ins Telefon.

»Er ist der Alibizeuge seines Vaters oder umgekehrt, ganz egal. Ich habe das mit der Spielbank schon überprüft. Er hatte an dem Sonntagabend, als Bamm ermordet wurde, zwar frei, aber die Spielbank ist nun mal nur etwa einhundert Meter vom Tatort entfernt, er hat Zugang zu allen Räumlichkeiten der Spielbank, und er kennt sich dort natürlich aus. Das Söhnchen und Väterchen Heinrich werden wir uns hinsichtlich des Alibis noch mal gründlich vornehmen, und vielleicht verplappert sich ja einer in der Spielbank. Und – bist du zufrieden?«

Schielin war sehr zufrieden.

*

Er brauchte eine Weile, bis er vom Bahnhof bei der Kantonspolizei St. Gallen ankam. Während der Zugfahrt hatte er einige Telefonate geführt, um herauszufinden, welche Kollegen für ihn Ansprechpartner sein könnten. Im Gebäude angekommen, musste er noch einige Zeit warten, bis er von einer Kollegin abgeholt wurde. Er war im Kommissariat, in welchem schwere Vermögensdelikte bearbeitet wurden, also Raub, Erpressung und Geiselnahmen.

Als die Kollegen für ihn Zeit hatten, erläuterte er in kurzen Sätzen, an welchem Fall er gerade arbeitete, und war überrascht, wie gut die beiden über die Vorgänge in Lindau informiert waren. Er beschrieb Günther Bamm und dessen auffällig häufige Fahrten nach St. Gallen und St. Margrethen. Schließlich erwähnte er den Polizeieinsatz, von dem der Bahnhofsvorstand gesprochen hatte. Schließlich fragte er: »Ist der Name Günther Bamm bei euch in irgendeinem Zusammenhang aufgetaucht?«

Die beiden verneinten zugleich. Die Kollegin sagte ein klares »Nein«, ihr Partner schüttelte energisch den Kopf.

»Mhm. Ich bin trotzdem der Meinung, dass da unter Umständen ein Zusammenhang bestehen könnte. Worum ging es denn bei diesem Einsatz, oder besteht darüber Informationssperre.«

Sie winkte ab. »Nein. Da besteht keine Informationssperre, wenngleich es eine etwas delikate Angelegenheit ist – in allen Bereichen.«

»Delikat, in allen Bereichen. Was kann man denn darunter verstehen?«

»Es sind einflussreiche Leute betroffen, daher gibt es ein gewisses politisches Interesse an dem Fall, und wir waren bemüht, sehr zurückhaltend darüber zu informieren.«

»Nun?«, hakte Schielin nach. Sie lachte.

»Es ging um eine Erpressung.«

»Eine Erpressung«, wiederholte Schielin, um die etwas zähe Konversation aufrechtzuerhalten.

»Ja. Eine Erpressung. Eine deutsche Frau ist erpresst worden. Es war allerdings keine sonderlich große kriminalistische Herausforderung für uns, denn die Erpresste ist sofort zu uns gekommen und hat Anzeige erstattet, gleich zu Beginn, eine sehr mutige, beeindruckende Frau.«

»Klingt gut.«

»Wie gesagt, wir waren zum entsprechenden Zeitpunkt vor Ort und haben den Täter festgenommen. Ein seltenes Ereignis. Es ging alles völlig lautlos und glatt über die Bühne.«

»Was war denn das, was ihr den *entsprechenden Zeitpunkt* nennt?«

»Die Geldübergabe.«

Über Schielins Gesicht breitete sich ein strahlendes Lächeln aus. »Hab ich's doch gewusst.«

Er erklärte seinen beiden verdutzten Gesprächspartnern den Zusammenhang und war nun fest davon überzeugt, dass Günther Bamm von der Erpressung gewusst hatte und bei der Geldübergabe anwesend, wenngleich in keiner Weise als Beteiligter in Erscheinung getreten war.

»Wie heißt denn der Erpresser, den ihr da festgenommen habt?«

»Ernest Badagli-Smerof«, sagte die Kollegen und betonte den exotischen Namen mit Nachdruck.

»Mhm, klingt eigentlich nach viel Geld«, meinte Schielin und überlegte, ob ihm der Name schon einmal untergekommen war. Doch so sehr er auch nachdachte, mit einem Badagli-Smerof hatte er noch nie zu schaffen gehabt. »Mich würde schon interessieren, wer da erpresst worden ist. Ist das möglich, oder ...?«

»Nein, nein, kein Problem«, meinte die Kollegin schulterzuckend und nannte den Namen.

Conrad Schielin blieb für einen Augenblick der Mund offen stehen.

Damit hatte er nicht gerechnet.

*

Hedwig Kohler nahm das Papier, das Jasmin Gangbacher ihr zugeschoben hatte, von der Tischplatte und sah es lange an. Es war ein Quittungsbeleg des Parkautomaten an der Inselhalle. Selbst als sie erkannt hatte, worum es sich handelte, brauchte sie noch eine Weile, um zu realisieren, dass es die Uhrzeit war, die für die Polizisten interessant war. Sie lächelte, als sie die Zeit las. Eine gute halbe Stunde nach Mitternacht war er ausgedruckt worden.

Jasmin Gangbacher sprach ruhig, aber nicht weniger fordernd: »Dieser Quittungsbeleg lag in Ihrem Auto. In der Seitenablage. Er wurde am vorletzten Sonntag ausgedruckt, eine halbe Stunde nach Mitternacht. Wir möchten eine Erklärung dafür.«

»Mein Vater war Buchhalter. Irgendwas muss da bei mir hängen geblieben sein. Immer und überall brauche ich einen – Beleg.«

»Ein schönes Wort«, sagte Lydia Naber scharf, »Belege dienen dazu, etwas zu belegen. Und dieser unscheinbare Zettel belegt doch wohl, dass Sie entgegen Ihren bisherigen Aussagen viel länger auf der Insel unterwegs waren, als Sie uns bisher gesagt haben. Überhaupt sind Ihre bisherigen Aussagen, eine Abfolge von Lügen. Erst gaben Sie an, bei einem Familienfest auf der Alb gewesen zu sein – gelogen. Dann sagten Sie, Sie wüssten nichts von einer weiteren Beziehung Günther Bamms – gelogen. Dann behaupten Sie, in der Tatnacht schon um dreiundzwanzig Uhr zu Hause gewesen zu sein – gelogen. Was meinen Sie, können wir – kann man Ihnen – eigentlich noch glauben.«

Sie hatte sich in Hedwig Kohler getäuscht. Sie blieb ruhig, zeigt keine Nerven und war von den Vorhaltungen nicht beeindruckt. Sie schob den Beleg langsam über den Tisch zurück und sagte mit ruhiger Stimme, ganz ohne Zittern: »Der Beleg belegt lediglich, zur aufgedruckten Uhrzeit ausgedruckt worden zu sein.«

Lydia Naber konterte sofort. »Aber wirklich nicht, Frau Kohler! Lassen Sie diese Taschenspielertricks, so funktioniert das nicht, und nicht einmal ein Anwalt, jedenfalls einer der die Situation richtig erkennt, würde versuchen, hier etwas in Zweifel zu ziehen. Ihre Fingerabdrücke sind auf dem Ding, und und und. Also, jetzt erzählen Sie doch mal, was an jenem Sonntagabend wirklich geschah! Wir sind sehr gespannt!«

»Ich bin an jenem Abend auf die Insel gefahren.«

»Das ist uns bekannt, auch die Uhrzeit, die Sie angegeben

haben, dürfte in etwa stimmen. Was geschah in der Zeit zwischen zweiundzwanzig Uhr und null Uhr dreißig!?«

Hedwig Kohler hob den Kopf und sah an die Decke. Sie wirkte wie abwesend und sah überhaupt nicht unglücklich aus oder wie jemand, der sich in Bedrängnis befand. Wieder trat Stille ein, das Klacken der Küchenuhr drang an die Ohren, und der Kühlschrank schaltete sich mit einem heftigen Rütteln aus. Leises Klirren von Flaschen war zu hören. Es war, als weckte das Geräusch Hedwig Kohler auf. Lydia Naber hatte sie eingehend beobachtet und wollte gerade die Frage stellen, ob sie vielleicht Medikamente nahm, doch da begann sie zu reden, und das wollte Lydia Naber unter keinen Umständen unterbrechen.

»Ich war wirklich in der Hotelbar und habe ihn dort nicht getroffen. Bin dann mit dem Auto zurückgefahren. Aber nicht die Zwanzigerstraße vor. Ich wollte über den Alten Schulplatz und hinten über den Stiftsplatz über die Fischergasse rausfahren. Hatte mir gedacht, ob ich ihn da vielleicht treffe oder sein Auto irgendwo sehe. Ich habe ihn gesehen. Er kam von der Linggstraße her, zwischen Hotel Stift und Cavazzen ist er durchgelaufen. Hatte seinen weiten Mantel an. Ich war genau gegenüber vor der Stephanskirche gestanden und wollte eigentlich hupen. Er ist da aber nach links runter abgebogen und Richtung Grub im Dunkel verschwunden. Ich habe das erst gar nicht so richtig verstanden … Ich habe das Auto einfach stehen lassen und bin ihm nach. Er ist in diesem dunklen Gässchen verschwunden. War schon alles dunkel, aber oben, ganz oben ging Licht an, und Musik hat gespielt. Die Tür unten war nicht ganz ins Schloss gefallen, und ich bin nach oben und habe ein paar Minuten gelauscht. Dann bin ich nach unten und habe gewartet bis er rausgekommen ist.«

»Um wie viel Uhr war das?«, fragte Lydia Naber in die entstehende Pause.

»Das weiß ich wirklich nicht.«

»Dann sind Sie wieder nach oben«, brachte Jasmin Gangbacher das Gespräch wieder in Gang.

»Ja. Zuerst wollte ich ihm ja nachgehen, aber ... irgendwie ... ich weiß heute gar nicht mehr warum, aber ich blieb in der dunklen Ecke hinter dem Treppenaufgang stehen, und er ist einfach an mir vorbeigegangen, ohne zu ahnen, dass ich da war.«

»Sie klingelten an der Tür von Mirabeau Schender«, sagte Lydia Naber.

»So heißt sie wirklich?«, kam es verwundert von Hedwig Kohler.

»Ja, so heißt sie.«

»Ja. Ich habe an der Wohnung geklingelt. Die Tür öffnete sich sofort, und ich weiß noch, wie erschrocken ich war.«

»Was geschah dann?«

»Es war dunkel. Im Gang und auch als die Wohnungstür aufging. Da war kein Licht, das aus der Wohnung her gekommen wäre. Ich schlug einfach in das Dunkel, einige Male.«

»Womit?«

»Es war so ein rundes Holz.«

»So ein rundes Holz«, wiederholte Lydia Naber, »wo hatten Sie es her?«

»Wie gesagt, es war schon dunkel, als ich die Treppe hochgegangen bin. Ich habe mich zeitweise eher hochgetastet. In einer Ecke des Treppengeländers, da lehnte der Stock. War wohl einer der Geländerstücke, oder so.«

»Wo genau war dieses Holzstück, ich meine, auf welcher Höhe der Treppe, und was haben Sie mit dem Ding gemacht?«

»Soweit ich mich erinnere, in der letzten Kehre vor der Wohnung. Ich habe das Ding dann weggeworfen.«

»Wo?«

»Ich weiß es nicht mehr. Ich hab's aus dem Auto geworfen, als ich schon wieder fuhr, schon nicht mehr auf der Insel.«

»Wo haben Sie Günther Bamm aufgelauert?«

Hedwig Kohler lachte kurz auf. Böse und resigniert. »Wirklich nicht. Ich habe ihn nicht mehr gesehen.«

»Das klingt wenig glaubhaft, denn Sie haben Mirabeau Schender äußerst brutal attackiert.«

Hedwig Kohler nickte. »Ja. Sie hat alles abbekommen. Den ganzen Frust. Aber ich habe nicht gesehen, wer da im Dunkel stand, es war ganz eigentümlich.«

»Sie verstehen, dass Sie mit uns kommen müssen.«

»Ja.«

»Was ist mit den Kindern?«

»Die habe ich schon zu meiner Schwester nach Nonnenhorn gebracht.«

*

Schielin hatte vom Zug aus Wenzel angerufen und gebeten, dass er ihn am Bahnhof abholen sollte. Mit dem Fahrrad würde jetzt alles zu lange dauern. Er hatte im Gang telefoniert und setzte sich wieder in den Großraumwagen des Eurocity. Er war zu zwei Dritteln gefüllt. Die schweizerischen Zuggarnituren rollten mit einem leisen Brausen über die Gleise. In der Bregenzer Bucht war noch immer graues Einerlei, und der Horizont hinter den Wellen verlor sich, als ende die Welt im Westen. Schielin dachte an die Mainau und die Dahlien. Welche würde wohl dieses Jahr den Publikumspreis gewinnen?

Einige Sitze hinter ihm klingelte ein Handy. Es wurde immer lauter. Die Erleichterung über das Ende des Klingelns mündete im Erschrecken über die aufdringliche Männerstimme, die durch den Waggon schnitt. Keine Stimme, die in einem Chor als Bass oder Tenor zu gebrauchen gewesen wäre, vielmehr so etwas wie ein Männer-Alt. Schon die ersten knappen Worte vibrierten aufgeregt und hysterisch. Es war die Aggressivität hinter den Sätzen, die der Mann laut und ungehemmt in den Waggon plärrte, die so ungemein abstoßend war.

Nach dem ersten »Ja, Schemmerle«, und der Wiederholung »Ja, Schemmerle«, legte der Unbekannte richtig los. Erst wichtigtuerisch: »Ja, das Meeting war schon notwendig, aber wenn ich nicht die Zügel angezogen hätte, also da musste man schon darauf achten, dass das da nicht verquatscht wurde. Der Müller und die Weser ... ich weiß gar nicht, aus welchem Grund die vom Vertrieb so protegiert werden, aber nun gut, es ist nun mal so. Ich habe ... ja, der war auch dabei ... ich habe jedenfalls dem Doktor Adler eine Mail geschrieben. Ich meine ich habe nichts dagegen, dass die Weser sich auf die Stelle da beworben hat, aber der Adler soll schon wissen, dass ich das für einen Fehler halte, ich meine, natürlich kann sie sich bewerben, ich frage mich allerdings, was manche Leute denken, wo sie so stehen ...«

Er wollte weiterreden, doch wurde er von seinem Gesprächspartner unterbrochen. Die Ruhe, die im Waggon eintrat, war beklemmend. Als hielten alle den Atem an, nur die Fahrgeräusche waren zu hören. Dann hörte man wieder das Lachen. »Sie meinen ... na gut, manchmal ist das eben schon notwendig, seine Meinung zu sagen ... Nein, natürlich nicht. Mit der Weser habe ich nicht gesprochen. Ach, Sie meinen, das wäre besser gewesen, ahja, mhm.« Er wechselte das Thema. »Das mit dem Willmans habe ich auch thematisiert. Ich hab ihm jetzt ein Ziel gesetzt für diesen Monat, und zwar von roundabout sechzehntausend Euro, oder raus! Erreicht er das nicht, ist er raus, dann fliegt er eben raus. Anders geht das nun nicht mehr. Ist ein Schlaffi und braucht einen Tritt, genau den hat er bekommen.«

Schemmerle lachte.

Schielin hatte gerade die Oberschenkel angespannt, um aufzustehen und mit Herrn Schemmerle kurz zu reden, als erneut eine Pause eintrat. Offensichtlich sprach die Gegenseite und das Gespräch endete ohne Verabschiedung. Das war eigentümlich. Schielin entspannte sich, allerdings nur körperlich.

Er nahm einen tiefen Blick von dem Kerl, als er – bereits am Bahndamm angekommen – aufstand, um den Zug zu verlassen; ein langer, schlaksiger Kerl, Anfang vierzig. Er saß am Fenster, trug einen schwarzen Anzug, helles Hemd und hellblaue Krawatte. Die dünnen, blonden Haare waren streng nach hinten gekämmt, und er kaute an den Fingernägeln.

Wenzel wartete bereits hinten an den Gleisen, und Schielin erzählte ihm während der Fahrt von dem gerade Erlebten. Wenzel nickte. »Plem-Plem-Land, wir sind in einem Plem-Plem-Land.«

Wenzel war von der Location, zu der ihn Schielin leitete, sichtlich beeindruckt. Diesmal wurden sie von einer Angestellten empfangen, die Schielin in einen kleineren Raum im Erdgeschoss brachte. Er strahlte weniger private Atmosphäre aus. Ein lang gezogener, niedriger Holztisch, darum herum schlichte, bequeme Ledermöbel. Hier wurde Geschäftliches besprochen und nicht geratscht.

Thomas Borgghes kam und begrüßte die beiden mit ernstem Blick.

»Sie müssen verstehen, dass wir etwas verwundert waren über Ihren Anruf, Herr Schielin, aber wir wollen den Termin gerne möglich machen, wenn es Ihnen bei der Lösung ihres Falles helfen sollte. Meine Mutter wird auch gleich kommen.«

Die Begrüßung durch Hedwig Borgghes war zwar freundlich, aber eine gewisse Distanz war deutlich spürbar.

Als sie neben ihrem Sohn den beiden Polizisten gegenüber Platz genommen hatte, hob Schielin entschuldigend die Hände. »Erst einmal vielen Dank, dass Sie so kurzfristig Zeit gefunden haben für diesen Termin.«

»Worum geht es denn eigentlich?«, fragte Thomas Borgghes, der anscheinend schnell zu einem Ende kommen wollte.

Schielin ließ ein nachdenkliches Grummeln hören, bevor er zu reden begann: »Mhmm. Es geht um Günther Bamm, wie Sie sich denken können. Wir haben inzwischen herausgefunden, dass er am Wochenende vor der Tat in der Schweiz gewesen ist, in St. Margrethen, auf dem Parkplatz beim Rheinpark.«

Thomas Borgghes zeigte keine Reaktion. Seine Mutter nahm den Kopf etwas zur Seite und sah Schielin streng aus den Augenwinkeln an. Schielin lächelte versöhnlich. »Wir haben von unseren Schweizer Kollegen auch erfahren, was sich zu dem Zeitpunkt, als sich Günther Bamm auf dem Parkplatz befand, vollzogen hat. Es war eine Geldübergabe.«

Hedwig Borgghes sah überrascht zu ihrem Sohn. Der hatte sich ihr zugewandt und zuckte mit den Schultern. Er sagte: »Herr Schielin. Es ist kein Geheimnis, was auf diesem Parkplatz stattgefunden hat. Wir werden Ihnen auch gerne die Details der Vorkommnisse erläutern, nur – wir sind etwas überrascht davon, dass Günther Bamm dabei gewesen sein soll. Uns war das bis jetzt nicht bekannt«, er wandte sich seiner Mutter zu, »oder …?«

Sie winkte energisch ab. »Natürlich nicht! Davon habe ich selbstverständlich nicht mit ihm gesprochen.«

Schielin nahm sein Kinn zwischen Daumen und Zeigefinger. »Wie gesagt … von den Kollegen in St. Gallen sind wir über die groben Zusammenhänge informiert worden. Uns würden nun wirklich die Details der Vorkommnisse interessieren. Vielleicht ergibt sich daraus eine Verbindung, die uns zu Günther Bamm bringt.«

Hedwig Borgghes richtete sich auf. »Es ist eine bedauerliche Geschichte, die uns da widerfahren ist. Wir waren aber vom ersten Augenblick an mit der Polizei in Kontakt und haben gar nicht erst versucht, die Sache unter der Hand zu regeln. Wir setzen uns nicht dem Einfluss von Kriminellen aus – das war unsere Haltung und so wird sie auch bleiben.«

»Das wissen wir, Frau Borgghes, das wissen wir. Ist Ihre Tochter eigentlich hier?«

Sie schüttelte den Kopf. »Sie ist geschäftlich unterwegs.

Wichtige Termine in Brüssel. Sie kommt am Freitag zurück, zu unserem Abschlussfest.«

»Mhm. Ihre Tochter Christiane führt und verantwortet die Geschäfte?«

Hedwig Borgghes nickte, und in der langsamen Bewegung ihres Kopfes drückte sich mehr aus als nur die Bejahung von Schielins Frage.

»Meine Tochter hatte eine Beziehung mit einem Mann namens Ernest Badagli-Smerof. Dieser Herr Badagli-Smerof stammt aus einer nicht unvermögenden schweizerischen Familie. Ein gut aussehender, gebildeter Mann, der sich in der Finanzwelt und auf öffentlichem Parkett nicht nur sicher, sondern auch äußerst elegant bewegen kann. Ich habe das einige Male selbst erlebt und war nicht weniger geschockt und enttäuscht als Christiane.«

Schielin war verwundert, mit welcher Selbstgewissheit die alte Dame wissen wollte, in welcher Weise ihre Tochter enttäuscht und geschockt gewesen war. Er sagte: »Dieser Badagli-Smerof ist nach wie vor inhaftiert, soll aber in der nächsten Wochen wohl auf freien Fuß gesetzt werden.«

Thomas Borgghes nickte. Seine Mutter sah zu ihrem Sohn – die stumme Aufforderung, die weiteren Details zu erläutern.

Thomas Borgghes beugte sich nach vorne und stützte den Oberkörper mit beiden Ellenbogen auf den Knien ab. »Dieser Badagli-Smerof hat von den Zusammenkünften mit meiner Schwester Aufnahmen angefertigt. Videoaufzeichnungen, mit versteckter Technik aufgenommen. Alles sehr professionell, mit Ton, hochauflösend und sehr scharf.«

»Ich gehe davon aus, es handelte sich nicht um Aufnahmen, in denen Firmeninterna preisgegeben wurden oder sonstige vertrauliche Dinge, die Firma betreffend«, sagte Wenzel, den gestört hatte, wie Thomas Borgghes, den er für einen Lackaffen hielt, zuvor die Worte *und sehr scharf* ausgesprochen hatte.

Thomas Borgghes sah Wenzel in die Augen. »In keiner der

Aufzeichnungen ging es um strategisch wertvolle Informationen, die die Firma betrafen. Es ging ausschließlich um die Darstellung sexueller Handlungen. Ich möchte das nicht im Detail erläutern, da ich davon ausgehe, dass Sie in ihrem Beruf eine Vorstellung davon haben, womit wir es zu tun hatten.«

»Badagli-Smerof hat ihre Schwester mit diesem Material erpresst?«

»Ja. Er hat es versucht. Ziemlich rüde sogar.«

»Wie?«

»Er hat Christiane um eine größere Geldsumme gebeten, und als sich das schwierig gestaltete, hat er die Situation eskalieren lassen und ihr eines der Videos gezeigt. Ein paar Tage später bekamen wir eine DVD zugesandt mit weiteren Aufnahmen.«

»Aber keine schriftliche Forderung, Geld zu zahlen.«

»So blöde war er nun wieder nicht.«

»Und die Erpressung?«

»Meine Schwester hat sich mit meiner Mutter besprochen. Dann wurde der Justiziar unserer Firma hinzugezogen.«

»Ergebnis?«, fragte Wenzel schmucklos.

»Wir haben uns umgehend an die schweizerische Polizei gewandt, denn die ganze Geschichte fand ausschließlich in der Schweiz statt. Badagli-Smerof ist ja auch Schweizer.«

Schiclin sah Hedwig Borgghes an. »Mhm. Sofort die Polizei also.«

Sie erwiderte kühl seinen Blick. »Bevor wir uns an die Polizei wandten, gab es einige Telefonate und ein Treffen mit anderen Personen, die in der Schweiz Verantwortung tragen.«

»Gut«, ließ Wenzel hören und dehnte den Selbstlaut. Er hatte eine ziemlich konkrete Vorstellung davon, was sie mit Leuten meinte, die Verantwortung trugen.

Thomas Borgghes fuhr fort, immer noch die Ellbogen auf den Knien: »Es gab ein Treffen in einem Hotel in Zürich. Meine Schwester war nun ihrerseits verkabelt. Eine sehr schwierige Situation für sie, denn ... also dieser Badagli-Smerof ... es war schon eine Herzenssache für sie, und dann so etwas ...«

»Die Verkabelung deshalb, um den Tatbestand der Erpressung zu fixieren, oder? Schriftlich hat er ja nichts gefordert, sondern nur die Filmchen geschickt«, fragte Wenzel.

Thomas Borgghes ging nicht darauf ein. »Es wurde die Übergabe eines größeren Geldbetrages vereinbart. Zeit und Ort ist Ihnen ja bekannt. Meine Schwester ist übrigens nicht mit in St. Margrethen gewesen. Es war einer unserer Juristen.«

Wenzel glitt ein Grinsen über die Lippen.

Thomas Borgghes richtete sich auf. »Es ist mir völlig schleierhaft, in welcher Weise dieser Bamm mit der Sache zu tun hat. Er konnte von nichts gewusst haben. Glauben Sie denn, er steckt in dieser Sache mit drin?«

»Nein, das nicht.«

»Das ist aber merkwürdig, finde ich.«

»Wir finden das auch«, sagte Wenzel.

Hedwig Borgghes sagte: »Wir haben von Anfang an entschieden, uns nicht erpressbar zu machen und es lieber in Kauf zu nehmen, ins Gerede zu kommen. Mit den schweizerischen Behörden war lediglich vereinbart worden, keine, sagen wir, besonders intensive Pressearbeit zu betreiben, und so war es denn auch. Es erschienen einige Artikel in Zeitungen und Magazinen. Ein wenig Häme und Schadenfreude – das gehört zum Geschäft dazu. In einigen Monaten wird niemand mehr davon reden.«

Schielin ahnte, welche Gefahr Hedwig Borgghes in dem Gespräch, das sie gerade führten, witterte. Über die Sache war schon ein erster Hauch flaumigen Grases gewachsen. Und nun kam er daher und brachte die Erpressung eines Gigolos in Verbindung mit dem Mord an einem Journalisten. Das war für das Geschäft wie eine Gasflasche in einem offenen Feuer.

Er fragte: »Sie sagten, dieser Badagli-Smerof stamme aus

einer nicht unvermögenden Familie. Aus welchem Grund hatte er es dann nötig, derart rüde und kriminell zu agieren.«

Thomas Borgghes grinste böse. »Wie wir schon sagten – die Familie ist nicht unvermögend. Das sagt aber nichts über die finanziellen Verhältnisse des Herrn aus. Er ist so etwas wie das schwarze Schaf, verstehen Sie.«

»Mhm.«

»Er kommt auf freien Fuß?«, fragte Wenzel.

»Es sieht so aus«, sagte Thomas Borgghes.

»Die Kaution beträgt knapp über eine Million Schweizer Franken. So völlig mittellos kann er nicht sein, der Herr Badagli-Smerof. Jedenfalls stellt sich dies aus der Sicht zweier unterbezahlter Kriminalbeamten so dar«, meinte Schielin. »Woher hat er denn das Geld?«

Thomas Borgghes zuckte mit den Schultern. »Seine Forderungen an uns beliefen sich auf acht Millionen Euro.«

»Forsch, sehr forsch, der Herr Badagli-Smerof«, stellte Schielin fest und wandte sich an Hedwig Borgghes. »Sie berichteten mir, dass es zu häufigen Treffen mit Günther Bamm kam, hier in diesem Haus …«

»Ich habe ihm nichts von der Sache erzählt«, sagte sie sofort.

Schielin hob die Hände und wiegelte ab, denn sie hatte ärgerlich geklungen, darüber, dass jemand meinen könnte, sie hätte geplaudert. »Nein, Nein. Da bin ich mir sicher, Frau Borgghes. Aber kann es nicht sein, dass Herr Bamm hier etwas … ja … aufgeschnappt hat, ein Gespräch mitbekam oder dergleichen.«

»Das kann ich mir nicht vorstellen.«

Wenzel presste die Lippen zusammen. Fast wäre ihm ein »Ich mir aber schon« herausgerutscht.

Sie schaute zur Decke und schüttelte den Kopf. »Es ist mir völlig schleierhaft, wie er davon erfahren haben kann. Und – was wollte er dort in St. Margrethen? Wir haben von Anfang an eine offene Kommunikation betrieben, verstehen Sie, Herr Schielin. Nichts ist geheim geblieben … natürlich sind die Videos nicht veröffentlich worden ... das war meine große Angst, dass da plötzlich etwas in diesem verdammten Internet auftaucht ... das wäre schrecklich gewesen, ist uns aber erspart geblieben. Ganz so verkommen war er letztlich wohl doch nicht. Aber ... Günther Bamm? Die Verbindung ist mir nicht klar.«

»Kannten sich denn Ihre Tochter und Bamm?«, fragte Schielin.

»Sicher. Sie haben sich hier ein paar Mal getroffen.«

»Und?«

Sie sah ihn konsterniert an. »Was und? Natürlich nichts, und. Da war nichts!«

Ihr Sohn verzog den Mund. »Wirklich nicht, meine Herren, da denken Sie in die falsche Richtung; Günther Bamm und Christiane – das war nicht denkbar. Sie sind sich freundlich, aber doch mit einer gewissen Distanz begegnet.«

Wenzel legte die Stirn in Falten. Gerne hätte er etwas Unflätiges gesagt, über die Art von Begegnungen und einer gewissen Distanz.

*

Auf der Rückfahrt zur Dienststelle hätte Wenzel sich gerne mit Schielin über das vorangegangene Gespräch ausgetauscht. Doch er kannte seinen Kollegen. Der saß auf dem Beifahrersitz, sah zum Seitenfenster hinaus und schwieg, war ganz in Gedanken. Niemand wollte gerne gestört werden, wenn er sich Gedanken machte. Kurze Zeit später saßen sie alle beisammen.

Lydia und Jasmin Gangbacher hatten Hedwig Kohler zur Dienststelle gebracht und die Protokolle aufgenommen. Sie blieb bei dem, was sie in ihrer Vernehmung schon gesagt hatte. Schielin erzählte von dem, was er in der Schweiz herausgefunden hatte. Die anderen hörten gespannt zu. Vor allem Gommert saß zeitweise mit offenem Mund da und vergaß sogar, ab und an einen seiner verqueren Kommentare abzugeben.

Schielin zog unzufrieden ein Resümee. Sie hatten mit Ludwig Rubacher einen zwar widerwärtigen Kerl, der als Betreuer alte Menschen ausnahm, der mit Bamm in Streit geraten war und dessen Alibi den Namen nicht verdiente. Aber war das als Motiv ausreichend, um jemandem den Schädel einzuschlagen, und war es genug, um ihn festzunehmen? Das ganz sicher nicht.

Bei seinem schlaksigen Bruder sah die Sache schon anders aus. Da liefen die zwei Spuren zusammen, einmal der Picasso, über den Bamm schreiben wollte, und dann dieses Landschaftsgemälde, über das er Leo Korsch informieren wollte. Dr. Heinrich Rubacher war nicht minder unsympathisch, doch in seinem Fall hielt das Alibi, denn sein Sohn blieb bei seiner Aussage, und es gab keine weiteren Indizien, die dies hätten entkräften können.

Vielleicht brachte der DNS-Abgleich ja etwas, doch Schielin war skeptisch. Er hatte so ein Gefühl.

Blieb noch Hedwig Kohler, die sich in ihren Lügen derart verstrickt hatte, dass sie selbst nicht mehr zu wissen schien, was richtig und was falsch war, was wirklich geschehen und was Einbildung war. Mit dem Angriff auf Mirabeau Schender hatte sie bewiesen, zu welcher Rohheit sie fähig war, sie war zur entsprechenden Zeit auf der Insel gewesen und auch in der Nähe des Tatortes. Eine heiße Kandidatin also für einen Haftbefehl, doch auch hier sträubte sich Schielins Ermittlergespür.

Auch Lydia Naber hatte nicht sehr engagiert argumentiert, als sie die Verdachtsmomente gegen Hedwig Kohler darlegte. Die Ermittlungen schienen sich in eine Sackgasse zu bewegen. Alle Spuren, die sie verfolgten, verloren sich oder führten in weitem Bogen um Bamm herum, aber nicht zu ihm hin. Auch die Geschichte mit der Erpressung von Christiane Borgghes brachte nichts zutage, denn es gab keine Geheimnisse. Die Familie hatte sich im Grunde genommen vorbildlich mit der

Situation auseinandergesetzt und die Kontrolle über die Lage behalten. Sofort Kontakt zu den Ermittlungsbehörden gesucht, alles offengelegt und auch gar nicht erst versucht, die Presse außen vor zu lassen. Die Ermittler hatten ihren Job getan und konnten einen Kriminellen festnehmen, die Öffentlichkeit hatte eine spannende Geschichte über eine reiche Frau, die geleimt worden war – und es würde geschehen, wie Hildegard Borgghes es gesagt hatte. In einiger Zeit würde sich niemand mehr dafür interessieren. Und es war legitim, darauf einzuwirken, möglichst wenig der intimen Ereignisse in die Öffentlichkeit gelangen zu lassen.

Schielin spürte, dass er feststeckte, nicht mehr weiterkam und darüber zusehends verdrossen wurde. Es war Zeit für eine Unterredung mit Ronsard.

Nach kurzer Diskussion entschieden sie sich dafür, Hedwig Kohler auf freien Fuß zu setzen. Sie würde ihnen nicht davonlaufen, wie die beiden Rubachers auch.

*

Am nächsten Tag kam er etwas später ins Büro und Kimmel fing ihn schon am Eingang ab. Er nahm ihn mit in sein Dienstzimmer und bat ihn, Platz zu nehmen. Er war ein schlechter Schauspieler, und Schielin sah ihm an, dass ihn etwas Unangenehmes bedrückte.

»Was ist los?«, fragte er unbekümmert.

Kimmels Stimme war belegt, und nach den ersten Worten musste er sich räuspern.

»Wie schätzt du den Fall Bamm ein. Kommt ihr da weiter, oder stagnieren die Ermittlungen?«

»Du bist doch genauestens über den Sachstand informiert«, entgegnete Schielin.

Kimmel fuhr sich übers Kinn. »Brauchen wir vielleicht Unterstützung?«

Schielin pfiff und lächelte dann zynisch. »Nachtigall, Nachtigall ... wer hat denn angerufen?«

Kimmel ging nicht auf die Frage ein. »Es ist ja auch vertrackt, und wir kommen nicht so recht weiter. Vielleicht steckt ja was anderes hinter dem Mord, Conrad. Dieser Bamm war Journalist, vielleicht hatte er Kontakt zu ... Geheimdiensten ...«

Er kam nicht weiter. Conrad Schielin lachte hart. »Oh je. Ich bitte dich, hör auf. Erst dachte ich ja, aus Kempten hätte sich jemand gemeldet, aber jetzt weiß ich, dass das Ministerium sich höchstselbst gemeldet hat. Geheimdienst! Auf so einen Schwachsinn kommen doch nur die in München drinnen.« Er beugte sich über den Schreibtisch. »Wir wissen doch beide – alle Sonderkommissionen, die von denen da drinnen eingesetzt werden, lösen keine Fälle – sie beerdigen sie. Geheimdienst ...«

Kimmel setzte an, kam aber nicht weit.

»Borgghes!«, sagte Schielin.

Kimmel suchte Flucht, indem er sich zurücklehnte. Ohne jede Spur von Emotion sagte er. »Es sind Leute mit Beziehungen.«

»Es sind freundliche Leute, die für jeden Euro ihrer Parteispenden eine Gegenleistung erwarten, weil ihr ganzes Denken nach diesem Prinzip ausgerichtet ist. Die waren über den Stand unserer Ermittlungen informiert, gleich nachdem ich das erste Mal dort war. Weißt du davon!?«

Kimmel richtete sich auf und schüttelte den Kopf. Es war ihm anzusehen, dass ihm das, was Schielin gerade gesagt hatte, nicht gefiel. »Ich habe nur mit Kempten geredet.«

»Sauber. Bei den Borgghes liegen die Nerven blank wegen diesem Gigolo und der Verbindung zu einem Mord, da liegt das Problem.«

»Dieser Gigolo geht uns nichts an.«

»Aber der Mann, den sie totgeschlagen haben, drunten auf der Insel, der geht uns schon etwas an.«

»Ergebnisse?«, sagte Kimmel betont nüchtern.

Schielin schürzte die Lippen. »Was hat denn das Mysterium gesagt?«

»Montag. Am Montag, mehr konnte ich nicht herausholen, erfolgt die Übergabe der Akten an das LKA.«

Schielin lachte resigniert. »Leider keine Ahnung.«

Schwesterliebe

Der nächste Tag gestaltete sich schwierig. Mit niemandem sprach er über das, was in Kimmels Büro besprochen worden war. Lydia Naber, Wenzel und Jasmin Gangbacher packten Doktor Heinrich Rubacher und seinen Sohn hart an. Heinrich Rubacher geriet derart in Wallung, dass sich in den schroffen Tälern seiner Narbe dunkelrote Flecken bildeten. Doch Vater und Sohn bestätigten voneinander unabhängig das Alibi, und die verehelichte Monika Rubacher, geborene Hickmeiser, berief sich auf ihr Aussageverweigerungsrecht. Robert Funk war auf einmal wie wild auf dieses Gemälde, und am Nachmittag hatte er Monika Rubacher so weit, dass sie es ihm zeigte. Es hing stolz gegenüber ihrem Schreibtisch.

Funk machte sie verrückt, forderte, Belege über den Erwerb des Kunstwerks vorzuzeigen und ihm zu erklären, wie es in ihren Besitz gelangt war. Sie wand sich gekonnt, ganz Geschäftsfrau, die harte Verhandlungen gewohnt war. Es half ihr alles nichts – Robert Funk ließ einen Mitarbeiter des Auktionshauses kommen, und das Gemälde sachgerecht transportieren. Dort, in der Bindergasse, sollte es auch darauf warten, Leo Korsch wiederzusehen. Robert Funk fühlte sich gut an diesem Abend; ein Gefühl, das sich selten einstellte, aber der Gedanken, zusammen mit Leo Korsch in einen Raum zu treten, auf das Gemälde zu zeigen und zu fragen, »Ist es das?«, erfüllte ihn schon jetzt mit einer großen Zufriedenheit, mit großem Glück.

In der Mordsache Bamm hingegen ging nichts voran. Jeder spürte, dass die Ermittlungen an einem Punkt angekommen waren, an dem etwas geschehen musste – egal was.

Als Schielin Mittwochabend zu Hause ankam und in die Stube trat, saß Marja auf dem Sessel, der an die Wand gerückt war. Die beiden Mädchen standen ihr gegenüber – in zerlumpt aussehenden Klamotten und in Pose. Musik war keine zu hören. Er wurde von den beiden Mädchen mit gezügelter Freundlichkeit begrüßt, und ihre Gesichter sprachen eindeutig aus, was er fühlte: Er störte. Offensichtlich berieten sie mit Marja die Details des Projektes *Songcontest.* Es war ihm nicht unrecht, denn er wollte so schnell wie möglich mit Ronsard losziehen. Albin Derdes wollte er jetzt auch nicht über den Weg laufen, denn er brauchte seine Gedanken für andere Dinge, als über die künstlerische Herausforderung der modernen Adaption einer Lebendkrippe zu sinnieren – er sollte einen Mord klären, aber das schien rundherum kaum jemanden zu interessieren.

Marja folgte ihm für einen Augenblick in die Küche und berichtete fragmentarisch, worum es bei der Probe ging. Er wusste schon mit den Namen nichts anzufangen, die sie wie selbstverständlich aussprach. Er fragte, ob es möglich sei, dass er neulich in diesem Krach Karel Gott gehört haben konnte oder ob er sich besser einen Neurologen suchen sollte. Sie lachte und konnte ihn beruhigen. Dann sagte sie: »Ist doch schön, dass die beiden sich so gut vertragen. Es könnte ganz anders sein.«

Er dachte an die äußerlich so ungleichen Brüder Rubacher, wie die beiden einander begegneten, und stimmte gerne zu.

Ronsard trabte freudig zum Gatter. Wenigstens einer, dachte Schielin, zog ihm das Halfter über, kraulte ihn hinter den Ohren und sah dann zu, möglichst schnell zwischen den Bäumen zu verschwinden. Nach einigen Minuten, in denen Ronsard willig neben ihm hergestackst war, blieb Schielin stehen und lauschte. Die Wipfel der Baumstämme wogten langsam, gezogen von unfühlbaren, zarten Winden. Ab und an ächzte ein Stamm jammervoll über das Schicksal, sich ewig Biegen und Dehnen zu müssen. Meisen dominierten den Gesang der Vögel. Dazwischen Buchfinken und Amseln. Ein sanftes Rauschen über allem, und aus der Ferne das Dröhnen von Motoren, die ihre Fahrzeuge den Schönbühl hinauftrieben.

Weit und breit kein Mensch zu sehen. Schielin ging weiter.

Wie hatte ein Mensch wie Günther Bamm die Welt wahrgenommen? Was hatte er gefühlt, als er in jener letzten Nacht seinem Mörder gegenübergetreten war? Und wie hatte der Mensch empfunden, der das getan hatte? Schielin blieb abrupt stehen und fragte Ronsard: »Was glaubst du mein Freund, wie dieser Mensch gefühlt hat? Sein Herz wird geklopft haben, ganz sicher, denn so kalt ist niemand. Und ein Profikiller im eigentlichen Sinn war es auch nicht, denn die verwenden andere Waffen. Ob er wütend war, oder eher voller Angst?«

Schielin ging weiter. Ronsard stoppte an einem Baum und rieb das Kinn kräftig an der groben Rinde.

»Nein. Wut kann es nicht gewesen sein. Es wären viel mehr Spuren zu erkennen gewesen. Es hat sehr überlegt stattgefunden. So tötet keiner, der trunken vor Wut das gräulichste Ventil sucht und die Wut ausleben will. Es war im Grunde genommen eine nüchterne Tat. Ja, nüchtern. Hedwig Kohler war wütend, blind vor Wut. Sie hat einfach draufgehauen, ins Dunkel hinein, ganz egal, wen oder was sie traf. Stumme, fürchterliche Wut. Da unten am Kleinen See aber, das war – Angst. Da hatte jemand Angst.«

Schielin blieb stehen. »Die Rubacher-Sippe ist wirklich widerwärtig. Aber ich bezweifle ganz einfach, dass Günther Bamm derjenige war, der ihnen mit dem, was er da schreiben wollte, so viel Angst machen konnte, dass einer von denen ihn umbrachte. Die Rubachers, weißt du, das sind eher diejenigen, die fähig sind, im Zorn zu töten, die all der aufgestauten Wut über ihr unglückliches Dasein freien Lauf lassen. Gott möge uns und sie davor behüten, dass es einmal Wirklichkeit wird, denn ich weiß nicht, wie diese Typen noch einmal Frieden finden sollen.

Aber wem hat Günther Bamm Angst gemacht? Das ist die Frage, auf die wir noch keine Antwort haben, mein Freund, und du bleibst alle paar Meter stehen und schabst den Schädel an einem Baumstamm. Das bringt uns nicht gerade schnell voran und hindert meine Gedanken daran, flügge zu werden.

Welche Angst muss man empfinden, um einen anderen Menschen töten zu können, welche Angst? Glückliche Kinder können ihre Angst ausleben, sie dürfen weinen, schreien, kreischen, davonrennen, Zuflucht und Schutz suchen bei Menschen, denen sie vertrauen. Erwachsene... da ist das schon schwieriger mit den Ängsten. Vertrauen!? Das haben Erwachsene zu kleinen Kügelchen auf denen *zepam* steht.

Als ich ein Kind war, hatte ich Angst vor dem dunklen Keller. Und wenn mich meine Mutter am Abend runtergeschickt hat, um ihr etwas zu holen, habe ich mich oben im Dachboden versteckt, obwohl's da mindestens genauso dunkel war, hinter einer Truhe, in einem düsteren stickigen Loch – an einem Ort also, der fast ebenso gruselig war, wie der Keller, und trotzdem fühlte ich mich sicher und geborgen.

Das mit der Angst ist also so eine Sache. Ich glaube, Günther Bamm war ein Mensch, dem die abgrundtiefen Ängste, zu denen einige seiner Mitmenschen fähig sind, gar nicht bewusst waren.«

Schielin drehte eine Runde am Ortsrand von Weißensberg und kehrte wieder nach Hause zurück. Es war dunkel, als er ins Haus ging. Er mochte nichts essen, was ein Zeichen für den Rest der Familie war, möglichst keine Grundsatzdiskussionen anzufangen. Er zog sich mit einer halbvollen Flasche Spitalhalde in sein Zimmer zurück und legte Dinu Lipati auf.

Er hatte Günther Bamms Notizbuch dabei und blätterte ohne Ziel darin herum. Er war mehr bei der Musik und beim Wein, als bei den Hieroglyphen. Die eingelegten Zettel und Zeitungsausschnitte nahm er ebenfalls in die Hand. Auch die Anzeige des St. Galler Auktionshauses kam ihm wieder in die

Finger. Genau! Da hatte er eigentlich nachfragen wollen, es aber vergessen. Schon etwas benommen vom Wein, ließ er versonnen das Zeitungspapier durch seine linke Hand gleiten. Durch den noch dünnen Nebel des Alkohols hindurch, riss ihn ein Wort zurück in die Welt, in der er lebte – die reale Welt, jenseits der Lindauer Spitalhalde, rot, trocken, zwölf Volumenprozent. Jetzt schlug sein Herz, wie das jenes Menschen, dem Günther Bamm vor eineinhalb Wochen gegenübergestanden hatte. Er sah auf die Uhr. Zu spät für Ermittlungen.

Es hatte drei Uhr geschlagen, als er das Haus verließ. Schlafen konnte er nicht mehr, und er brauchte jetzt die Umgebung der Dienststelle, die Geräusche, den Geruch, alles. Er verbrachte die Zeit im Büro damit, im Bürostuhl zu sitzen, den Zeitungsausschnitt anzustarren und seine Gedanken darüber klar werden zu lassen, was genau geschehen war. Endlich erreichte der kleine Zeiger der Uhr die fünf auf dem Zifferblatt, und er rief bei Lydia Naber an. Als sie bald darauf in die Dienststelle kam, roch es nach Kaffee. Sie berieten sich.

Kurz nach sieben erreichten sie die Kollegin der Kriminalpolizei St. Gallen. Lydia Naber führte die Verhandlungen, die sich zu Anfang durchaus schwierig gestalteten. Am späten Vormittag kam der Rückruf mit dem Okay, und Schielin verschwand mit Lydia Naber. Den Nachmittag verbrachten die beiden bei der Kantonspolizei in St. Gallen, ohne dass jemand auf der Dienststelle in Lindau davon wusste.

*

Am Freitagmorgen glotzten Schielin aus dem Spiegelbild im Bad dunkle Augenringe entgegen. Immer noch hing ein trüber grauer Schleier über dem See, und ein feiner, kaum spürbarer Niesel schwebte auf Land, Menschen und Tiere herab.

Er war aufgeregt, als er zusammen mit Lydia in Kimmels

Büro trat. Als er es eine halbe Stunde später verließ, hatte er das Gefühl, seine Nervosität in doppelter Weise auf Kimmel übertragen zu haben. Er war bereit, es zu wagen, regelte noch einiges Organisatorische, dann fuhren sie los.

Nachdem sie geklingelt hatten, kam wieder ein Angestellter und holte sie ab, ohne vom unangemeldeten Besuch überrascht zu sein. Das Fest der Borgghes stand davor, langsam Fahrt aufzunehmen. Im weitläufigen Park standen Zelte und Pavillons. Unter einem davon hatte eine Gruppe junger Musiker Platz gefunden. Sanfte Klänge von Cello, Geige, Saxophon und Fagott summten durch die entlegene Welt des Parks, über den sich ein schon deutlich gelbes Blätterdach spannte. Aus dem Obergeschoss der Villa drangen ganz andere Laute – Rockmusik.

Sie warteten in der Vorhalle und sahen Hildegard Borgghes kommen. Ihr Gesicht versteckte mühsam den Ärger, den sie darüber empfinden musste, schon wieder Polizei im Hause zu haben. Noch dazu am Tag des großen Abschiedsfestes und entgegen den Anweisungen, die sie unbekannten Leuten gegeben hatte, die Verantwortung trugen.

Schielin bewunderte, wie professionell sie die Kunst beherrschte, kühl und distanziert zu agieren, ohne eine offene Unhöflichkeit zutage treten zu lassen. Das war es wohl, was man Stil nannte, was mit Bildung zu tun hatte – auf gewandte Art und Weise Macht auszuüben.

Er äußerte den Wunsch, mit ihrer Tochter und ihrem Sohn sprechen zu wollen, und kurze Zeit später fanden sich Lydia Naber und er im oberen Salon wieder. Die Türen zur Terrasse standen weit offen. Christiane und Thomas Borgghes saßen einander gegenüber auf gepolsterten Stühlen. Dazwischen, in einem breiten Sessel, ihre Mutter. Auf einem Stuhl etwas weiter hinten im Raum saß ein Doktor Schiffner, Justiziar der Familie. Das ernste und bestimmte Auftreten der Polizisten hatte Hildegard Borgghes ein wenig verunsichert. Sie machte einige fahrige Bewegungen, während Schielin etwas umständlich in seinen Unterlagen blätterte, bevor er zu reden begann.

»Wir werden den Fall Günther Bamm am Montag an eine andere Dienststelle abgeben.«

Keiner der ihm Gegenübersitzenden zeigte eine Reaktion.

»Wir möchten noch einige offene Fragen klären, um spätere Rückfragen zu vermeiden.«

Thomas Borgghes verhehlte nicht, dass er von Schielins Erklärung wenig hielt. Seine Schwester Christiane betrachtete ihn dagegen sehr aufmerksam und interessiert. Hildegard Borgghes zeigte erste Anzeichen von Ungeduld. Sie hob ostentativ ihre linke Hand und sah auf die Uhr. Doktor Schiffners dürre Gestalt hing auf dem Stuhl. In dem ausgemergelten Gesicht wachten funkelnde Augen über das Geschehen.

Schielin wandte sich an Christiane Borgghes. »Dieser Herr Badagli-Smerof... wie ist eigentlich der Kontakt zwischen Ihnen beiden seinerzeit zustande gekommen?«

Hildegard Borgghes erhob sich und wollte etwas sagen. Fragen in diese Richtung wollte sie von vornherein unterbinden.

Lydia Naber hob die Hand und sagte ruhig, aber bestimmt. »Bleiben Sie sitzen!«

Völlig konsterniert und von der ungewohnten und auch ungehörigen Verhaltensweise überrumpelt, sank sie zurück und schwieg.

»Nun?«, fragte Schielin freundlich nach.

Christiane Borgghes hob die Hände und sah zu ihrer Mutter. »Ja. Auf einer Veranstaltung war es wohl, wo wir uns kennengelernt haben.«

»Geschäftlich?«

»Ja, sicher.«

»Welche Geschäfte oder Geschäftsinteressen vertrat Herr Badagli-Smerof denn?«

Sie wusste die Frage nicht zu beantworten. Stattdessen fragte sie: »Was bisher passiert ist, reicht mir schon, wirklich. Erklären Sie mir doch bitte, was Ihre Fragen mit dem Mord an diesem Journalisten zu tun haben?«

»Das werden wir Ihnen gerne erklären. Aber zuvor haben wir noch einige Fragen. Erinnern Sie sich nicht?«

»Nein, daran erinnere ich mich wirklich nicht. Ich möchte mich außerdem gar nicht daran erinnern.«

»Das verstehe ich, und es ist mir nicht angenehm, Ihnen diese Fragen hier stellen zu müssen. Alles, was wir von Badagli-Smerof wissen, lässt es uns sonderbar erscheinen, wie ausgerechnet er es geschafft hat, in einen Kreis von Menschen zu kommen, mit denen Sie geschäftliche Verbindungen unterhalten. Wie wir inzwischen wissen, ist er nicht vermögend, hat keine Unterstützung durch seine Familie und ging keiner geregelten Beschäftigung nach. Er hauste in einer kleinen Mietwohnung in Winterthur. Haben Sie eine Vorstellung davon, wie er überhaupt in Ihre Nähe kommen konnte?«

Sie sah Schielin eindringlich an. Es war zu sehen, dass ihre Gedanken in Aufruhr waren, denn diese Frage hatte sie sich bisher noch nicht gestellt oder nicht zu stellen getraut. »Ich weiß es nicht«, sagte sie.

Schielin sah zu Hildegard Borgghes und fragte: »Haben Sie eine Erklärung dafür?«

Sie holte tief Luft. »Nun ja. Solche Leute finden immer Mittel und Wege, zu ihrem Ziel zu gelangen.«

Lydia Naber richtete sich an Thomas Borgghes. »Und Sie?«

Er stöhnte. »Pohh. Dieser Badagli-Smerof war schon ein dreister Kerl, zudem sehr eloquent. Fest steht, dass es ihm irgendwie gelungen ist, den Kontakt herzustellen. Es ist aber Gott sei Dank so, dass wir in der Regel nicht mit solchen Leuten zu schaffen haben. Und es war auch richtig von uns, sofort die Polizei einzuschalten.«

Lydia Naber stimmte zu. »Das war sehr richtig und darüber hinaus auch sehr mutig von Ihnen. Nicht viele hätten so reagiert.«

Eine Pause trat ein.

Schielin brach die Stille. »Wenngleich er ja nichts erreicht hat, dieser Badagli-Smerof.«

Hildegard Borgghes brauste auf. »Ich bitte Sie! Es war schlimm genug, was ...«

Schielin hob die Hand und unterbrach sie. Sie sollte keine Sicherheit mehr gewinnen.

»Also Ihre Tochter macht einen sehr gefestigten Eindruck auf uns. Sie führt weiterhin die Firmengeschäfte, vielleicht sogar noch engagierter als bisher, und sie scheint an dieser Unterhaltung immer mehr Interesse zu finden, wenn ich es richtig einschätze.«

Schielin holte den Zeitungsausschnitt hervor und hielt ihn hoch. »Dieser Zeitungsausschnitt lag im Notizbuch von Günther Bamm.« Er las die Anzeige des St. Gallener Auktionshauses vor, dann drehte er das Stück Papier um und las laut: »Maximilian Schreiber, David Kruhl, Sebastian Zinn, Thomas Borgghes, Heinrich von Klitzenberg, Peter Schmeidmann, Ernest Badagli-Smerof, Robert Freinberg ...«
Er sah Thomas Borgghes an. »Sie kannten sich, nicht war. Sie waren schließlich zusammen im Internat, sieben Jahre lang, haben zusammen Sport betrieben – Kricket. Genau der richtige Sport für jemanden, der lernen will, zuzuschlagen, oder. Und so, wie es sich auf diesem Bild hier darstellt, waren Sie richtige Kumpels, Freunde. Ich will gar nicht von Ihnen wissen, wie sich das erklären könnte. Ich will von Ihnen wissen, wo Sie am Sonntag zwischen zweiundzwanzig und zwei Uhr früh waren?«

Christiane Borgghes ließ einen jammernden Laut hören. Sie saß zusammengesunken auf dem Stuhl und biss auf den rechten Zeigefinger. Lydia Naber behielt alle anderen im Blick, während Schielin sich ausschließlich auf Thomas Borgghes konzentrierte. Der saß bleich und bewegungslos auf seinem Stuhl.

Lydia Naber holte ein Diktiergerät aus der Tasche während

sie sprach. »Wir haben auf den Bonbonpapierchen sowohl Fingerabdrücke und DNS sichern können. Sie sind an diesem Mittwochabend zu spät gekommen, bei Ihrer Nachsuche. Ich denke, wir werden eine Übereinstimmung feststellen. Draußen stehen unsere Leute, die das Haus hier durchsuchen werden. Sie könnten nach allem, was passiert ist, Ihrer Mutter und Ihrer Schwester das alles ersparen, wenn Sie uns die Tatwaffe aushändigen und ein Geständnis ablegen.«

»Wir gehen davon aus, dass Günther Bamm, als er hier im Hause war, um sich mit Ihrer Mutter zu treffen, etwas erfahren hat, was ihn veranlasste, der Sache nachzugehen. Vielleicht hat er ein Telefonat belauscht oder eine Notiz gelesen, die versehentlich herumlag ... wissen Sie, wie es passieren konnte, dass er Ihnen auf die Schliche gekommen ist, Herr Borgghes?«

Doktor Schiffner stand auf und ging auf den Tisch zu. »Herr Borgghes wird sich derzeit nicht zur Sache äußern, meine Herren.«

»Damen und Herren«, giftete Lydia Naber und stand auf. »Na, dann das große Programm, mit allem drum und dran.«

Hildegard Borgghes deutete auf sie. »Jetzt bleiben Sie sitzen. Niemand wird dieses Haus durchsuchen. Das wird nicht notwendig sein.«

Es war nicht notwendig.

*

Mattigkeit war über dem Tisch aufgezogen. Leo Korsch lehnte sich zurück, an die Lehne des Sofas. Seine Frau sah versonnen auf die Tischplatte. Schielin, Robert Funk und Lydia Naber saßen still in den Sesseln und lauschten den Klängen des Pianos. Auch an zwei anderen Tischen erstarben die Gespräche bei den ersten Takten, die das Instrument anschlug. Ein Nocturne von Chopin. Vielleicht lag es an dem, was am Tisch besprochen wurde, vielleicht an der Musik, die die Zuhörer nicht über die

Ohren zu erreichen schien, sondern direkt durch Brust und Bauch in den Körper drang und wie eine die Seele sedierende Arznei wirkte.

Es war Sonntagnachmittag, und sie saßen im Salon des Hotels Bad Schachen, auf dem Tisch standen Kaffeetassen, und Robert Funk war noch mit der Schokoladentorte zugange.

Leo Korsch konnte sich als Erster von den wohligen, musikalischen Fesseln befreien und fragte: »Was ich nicht verstehe ist Folgendes – dieser Thomas Borgghes war doch ein so reicher Mensch, er hatte doch alles, Geld, Häuser, Autos, einen absolut sichern Job?«

»Er hatte fast alles, und reich war er schon gar nicht, wenn man mal die Konten und Immobilien beiseitelässt. Er hatte keinen Platz für sich gefunden in dieser Welt«, erklärte Schielin, »denn für ihn gab es nur die des Chefs. Es war für ihn in einem für uns unvorstellbaren Maße unerträglich, nicht die Führungspersönlichkeit in der Familie und in der Firma sein zu können. Er sah sich als Sekretär seiner Mutter und als Angestellter seiner Schwester. Vor einigen Jahren, kurz nach dem Tod des Vaters, hatte er versucht, die Verantwortung für einen Teil der Firmen zu bekommen, aber die Mutter wollte das nicht.«

»Aber er hätte doch alle Möglichkeiten gehabt, sich selbstständig zu machen, etwas Eigenes aufzubauen. Das Kapital dazu hätte er doch sicher erhalten.«

Schielin hob die Schulter.

Leo Korschs Frau fragte: »Aber was wollte er mit dieser widerlichen Erpressung bewirken?«

»Wir wissen nicht, wer von den beiden auf die Idee gekommen ist. Es ist aber so, dass Thomas Borgghes der Meinung war, eine Schwachstelle bei seiner Schwester gefunden zu haben. Sie ist ein wirklich starke Persönlichkeit, attraktiv, Firmenchefin, reich… aber ohne Beziehung. Seine Frustration ist über die Jahre zu Hass geworden, und er hoffte wohl, mit dieser Aktion seine Schwester psychisch aus der Bahn zu werfen und diese Gelegenheit nutzen zu können, die Führung zu übernehmen und seiner Mutter zu beweisen, dass er es kann.«

Lydia Naber ergänzte: »Aber auch da hat er sich getäuscht. In seinem Denken, seiner Planung hatte er überhaupt nicht berücksichtigt, dass seine Schwester und seine Mutter derart konsequent reagieren würden – sofort zur Polizei zu gehen und diesen schmierigen Typen festnehmen zu lassen. Ab diesem Zeitpunkt hatte er die Sache nicht mehr im Griff.«

»Dann ging es also gar nicht unmittelbar um das Geld, bei dieser Sache?«, stellte Frau Korsch fest.

»Für Thomas Borgghes nicht. Für Badagli-Smerof war es ein lustiges Abenteuer. Der wäre sogar für ein Jahr – mehr wäre es nicht geworden, weil er sehr vorsichtig agiert hat – ins Gefängnis gegangen. Thomas Borgghes hätte ihn dafür entsprechend entlohnt, denn über ausreichend Geld verfügte der ja.«

»Und dieser Gigolo war auch in einem Internat?«, fragte Leo Korsch.

Schielin versuchte zu erklären: »Die Wahrheit ist, dass sich vor vielen Jahren im Internat zwei Versager getroffen haben, Brüder im Geiste – Thomas Borgghes und Ernest Badagli-Smerof. Beide aus reichem Haus, aber ohne die charakterliche Eignung, in große Fußstapfen zu treten. Jedoch beide ausgestattet mit einem enormen Geltungs- und Machtbedürfnis. Es gibt eben solche und solche Internate, und in diesem betreffenden werden die Sprösslinge reicher Leute mehr verwahrt, denn erzogen. Nicht vergleichbar mit Internaten, die sich neben Bildungsvermittlung auch der Charakterbildung widmen.«

»Dieser Thomas Borgghes ist also ein Mensch, der seinen Platz nicht gefunden hat.«

»So könnte man das ausdrücken.«

»Und wie hat Günther Bamm von dieser unglaublichen Geschichte erfahren.«

»Er war des Öfteren zu Gast in der Villa, um sich mit der

Mutter zu unterhalten. Es gab ein einziges Telefonat, das Thomas Borgghes mit Badagli-Smerof geführt hat und aus dessen Dialog erkennbar war, was da lief. Zu diesem Zeitpunkt, das haben wir mit Thomas Borgghes ermitteln können, war Günther Bamm im Hause. Er muss es mitbekommen haben.«

»Hat Günther Bamm denn diesen Borgghes mit der Information erpresst, denn irgendwie muss er ja davon Kenntnis erlangt haben.«

»Ja. Günther Bamm hat einen Fehler gemacht.«

»Welchen?«

»Nachdem Badagli-Smerof vorübergehend festgenommen war und Bamm seinen Namen erfahren hatte, begann er mit seinen Nachforschungen, ganz klassisch. Er hat alte Zeitungsarchive ausgewertet, die Wohnorte ermittelt und ist schließlich auf das Internat gestoßen. Er ist dorthin gefahren und hat unter anderem eine Sekretärin und einen Hausmeister nach Thomas Borgghes und Ernest Badagli-Smerof befragt. Das war natürlich ein Fehler, denn vonseiten der Internatsverwaltung wurde Thomas Borgghes darüber informiert, dass ein Journalist namens Günther Bamm Fragen gestellt hat. Da musste der nur noch eins und eins zusammenzählen.«

»Er hat ihn also abgepasst und erschlagen?«

»Günther Bamm hatte an diesem Sonntag, als er sich mit Ihnen treffen wollte, versucht, mit Hildegard Borgghes ein Gespräch zu führen. Sie war an diesem Wochenende in ihrer Wohnung in München. Ihr Sohn hat das verhindert. Er ist mit dem gleichen Zug aus München nach Lindau zurückgefahren und hat Bamm wohl verfolgt. Spät in der Nacht kam es zu einem Treffen der beiden, im Stadtgarten, am Kleinen See. Thomas Borgghes schweigt bisher darüber, aber wir vermuten, dass er versucht hat, Bamm zu bestechen, ihn auf welche Weise auch immer zu bewegen, nichts über die Sache zu sagen. Und als der nicht wollte ... mit einem Kricketschläger.«

»Ein richtiger Totschlag also«, meinte Leo Korsch erschüttert.

»Nein, ein richtiger Mord«, entgegnete Schielin, »es gab ja für Borgghes keinen vernünftigen Grund diesen Kricketschläger am Sonntagabend mitzunehmen. Jedenfalls hat er uns noch keine nachvollziehbare Begründung dafür geben können. Wie wir inzwischen wissen, spielt er in einem der beiden Münchner Vereine und hatte bisher weder Kricketschläger im Haus am Bodensee gehabt, noch hat er da diesen Sport betrieben. Wir haben seine Termine überprüft – sein Sekretariat erfasst ja wirklich alles. Da war keine Zeit für Kricket. Der nächste Spieltermin wäre in Kolbermoor gewesen, in fünf Wochen. Wir sind davon überzeugt, dass er diesen Schläger mitgenommen hat, um Bamm damit zu erschlagen. Aus welchem Grund wäre er sonst an diesem Sonntagabend mit diesem Ding durch die Gegend gefahren. Außerdem hätte er nach seiner Ankunft genügend Zeit gehabt den Schläger in die Villa zu bringen. Da war er aber nicht, wie die Auswertung der Zugangskontrolle ergeben hat. Vielmehr wartete er geduldig wie eine Spinne einige Stunden lang auf sein Opfer – das Tatwerkzeug griffbereit.«

Leo Korsch hatte bestürzt und schweigend zugehört.

»Wann reisen Sie denn zurück nach London?«, fragte Lydia Naber, um das betretene Schweigen zu unterbrechen.

»Morgen geht unser Flug.«

Robert Funk fuhr ein letztes Mal genüsslich über die Lippen, dem Geschmack der Torte auf der Spur. »Und das Gemälde?«

»Wird vom Auktionshaus Zeller rübergebracht.«

»Sie haben sich mit Frau Rubacher geeinigt?«

»Haben wir.«

»Wie wird das Bild verschickt?«

»Es wird nicht verschickt. Wir haben uns dazu entschlossen, dass es hier in Lindau bleiben soll und dass es möglichst viele Menschen, die Freude an Kunst haben, sehen sollen. Wir möchten, dass es zukünftig im Cavazzen hängt. Dann haben wir wieder einen Grund mehr, einmal im Jahr hierher an den See zu reisen.«

Leo Korsch sah augenzwinkernd zu Schielin. »Dieses Hotel hier, Bad Schachen? Die Besitzer tragen den gleichen Namen wie Sie, Herr Schielin – Sie sind da nicht ... irgendwie ...?«

»Gott behüte!«, wehrte Schielin ab, »mein Häuschen ist sicher genauso alt, aber ich habe damit genug zu tun, ich bin also nicht irgendwie ...«

Am späten Nachmittag vertrieb eine leichte Brise erst den Regen, der sich seit zwei Tagen über dem Bodensee eingenistet hatte. Noch vor der Dämmerung waren erste Risse in der grauen Wolkendecke zu erkennen, und als es schließlich dunkel geworden war, funkelten die Sterne. Leo Korsch stand auf dem Balkon und sah hinüber zur Insel, von wo die Lichter über das Wasser flackerten. Ein Zug kroch langsam über den Bahndamm, und von drinnen, aus dem Zimmer, drangen die Klänge von Beethovens Mondscheinsonate. Leo Korsch dachte an seine Tante, an die vielen glücklichen Stunden, die er in dieser Stadt verbrachte hatte, und an das Gemälde, das da drüben, in einer Transportkiste verpackt, auf seine neue Heimat wartete. Ihm war, als wäre er angekommen. Leo Korsch war ein glücklicher Mensch.

Galgeninsel – Schielins erster Fall
Galgeninsel, Jakob Maria Soedher, 240 Seiten, 9,95 €

Pulverturm – Schielins zweiter Fall
Pulverturm, Jakob Maria Soedher, 240 Seiten, 9,95 €

Heidenmauer – Schielins dritter Fall
Heidenmauer, Jakob Maria Soedher, 256 Seiten, 9,95 €

weitere Krimis von Jakob Maria Soedher

Der letzte Prediger – Buchers erster Fall
Taschenbuch, 480 Seiten, 9,95 €, Juli 2009

Requiem für eine Liebe – Buchers zweiter Fall
erschienen im Aufbau-Verlag (Berlin), 336 Seiten, 8,95 €

Im Schatten des Mönchs – Buchers dritter Fall
Taschenbuch, 400 Seiten, 9,95 €, Juli 2009

Liebe und andere Gründe zu morden
Liebe und andere Gründe zu morden, 160 Seiten, 9,95 €

Professor Dr. Ludwig Armbruster

Professor Dr. Ludwig Armbruster wurde am 7. September 1886 im badischen Markdorf geboren. Nach dem Abitur studierte er katholische Theologie in Freiburg und München. 1909 wurde er zum Priester geweiht. Neben seiner Tätigkeit im kirchlichen Dienst betrieb er ein naturwissenschaftliches Studium, welches er 1913 mit der Promotion abschloss. Er widmete fortan seine ganze wissenschaftliche Tätigkeit der Bienenkunde und wurde 1923 Direktor des Instituts für Bienenkunde und 1929 Ordinarius für Bienenkunde in Berlin. Nach der Machtübernahme der Nationalsozialisten gehörte Professor Armbruster zu den Hunderten von den Universitäten und Hochschulen vertriebenen Wissenschaftlern. Der NS-Rektor Schucht warf Armbruster vor ein ›Judenfreund‹ zu sein. Armbruster unterhielt rege Kontakte zu jüdischen Studenten und Wissenschaftlern und war seit 1931 Mitglied im »Deutschen Komitee pro Palästina zur Förderung der jüdischen Palästinasiedlung«. 1943 musste Armbruster wegen der Bombenangriffe Berlin verlassen und zog in sein Haus nach Lindau, das er einige Jahre zuvor erworben hatte. Nach dem Krieg arbeitete er als bienenkundlicher Berater in der französischen Besatzungszone. Seine Bemühungen um Rehabilitation scheiterten. Er beschäftigte sich eingehend mit geschichtlichen, architektonischen und geologischen Themen seiner Bodensee-Heimat, der gegenüber er große Hingezogenheit verspürte. Im Jahre 1957 erhält er das Bundesverdienstkreuz 1. Klasse und 1969 wird auf dem in München stattfindenden Apimondia-Weltkongress zum Ehrenmitglied ernannt. Am 4. Juni 1973 stirbt Ludwig Armbruster in Lindau. Im Rahmen eines Festaktes in der ehemaligen Benediktinerabtei *St. Peter auf dem Schwarzwald* wird Professor Dr. Ludwig Armbruster am 30. April 2006 rehabilitiert.

Danksagung

Der Autor dankt Frau Dr. Irmgard Jung-Hoffmann (Berlin) für ihre Informationen über Professor Ludwig Armbruster.